삼국지 6

적벽(赤壁)

삼국지 6
적벽(赤壁)

1판 1쇄 펴냄 2020년 2월 26일

원 작 나관중
편 저 요시카와 에이지
번 역 바른번역
출 간 하진석
출판사 코너스톤
주 소 서울시 마포구 독막로3길 51
전 화 02-518-3919
ISBN 979-11-87011-86-6 04830

삼국지

천하 패권을 다투는 영웅들

6

적벽

차례

삼고초려

1

10년 동안 이야기를 나누어도 서로 이해하기 어려운 사람이 있고, 하룻밤 사이에도 백년지기가 되는 사람도 있다. 현덕과 공명은 단번에 서로 오랜 친구 같은 정을 품게 되었다. 서로 마음을 열고 뜻을 모은 것이다.

공명이 이윽고 속내를 말하기 시작했다.

"조금 전에 장군이 말씀하신 대로 저같이 어리석은 사람이 내는 의견도 나무라지 않고 들어주신다면 저도 소견이 없지는 않습니다만…."

"이참에 선생이 생각하는 방책을 털어놓아 보시오."

현덕은 자세를 가다듬었다.

"한실이 쇠약해질 징조를 보이고 간신이 등장하여 나라 안팎을 어지럽히니 주상(主上)은 결국 낙양을 버리고 장안으로 도망갔소. 두 번이나 어가에 먼지를 묻히고 우리 하찮은 신하들은 힘없이 한탄만 하는 동안에 역적 세력이 걷잡을 수 없이 커졌소. 지금도 잃지 않은 건 고고한 일편단심뿐. 선생, 이 시대를 헤쳐 나갈 방책은 무엇이오?"

"한 말씀 올리겠습니다. 동탁이 난을 일으킨 이후에 영웅호걸은 헤아릴 수 없을 정도로 등장했습니다. 그중에서 특히 하북의 원소는 강대하고 유력했지요. 아쉽게도 원소는 자기보다도 실력이 부족하고 나이도 어린 조조에게 무너졌습니다."

"약자가 강자를 쓰러뜨렸다. 하늘의 뜻이오? 아니면 땅의 이치요?"

"사람의 힘이지요. 사상, 경영, 작전, 인망 모두 사람의 힘에 달려 있습니다. 조조는 지금 정권 쟁탈을 다투는 장에서 천자를 끼고 제후들에게 명령하며 군사와 정권을 다 거머쥐니 마치 그 기세는 해가 떠오르는 듯합니다. 조조에게 창을 맞대기는 쉽지 않습니다. 아니, 지금 조조에게 대항하는 건 불가능하다 해도 과언이 아닙니다."

"아…, 때는 이미 늦어버린 것이오?"

"그렇진 않습니다. 강남부터 강동에 이르는 지방을 살펴볼까요? 강동은 손권 땅으로 오나라가 지배한 지 이미 3대를 넘겼습니다. 지세는 험준하고 자연에서 나는 산물은 풍부하며 백성은 순종적입니다. 게다가 현명하고 능력 있는 신하가 많아 지반이 탄탄합니다. 그러므로 외교로 오나라를 우리 편으로 삼는 건 가능할지 몰라도 싸워 이길 수는 없습니다."

"흠…. 과연 그렇소."

"어찌 보면 지금 천하는 조조와 손권으로 나뉘어 남이든 북이든 어느 쪽도 세력을 뻗을 수 없을 듯해 보이지만…. 유일하게 양쪽 어디에도 속하지 않은 곳이 있습니다. 바로 형주(荊州)입니다. 또 익주(益州, 사천성四川省)입니다."

"오호라!"

"형주 땅은 진정 무(武)를 기르고 문(文)을 일으키기 충분한 곳입니다. 사방으로 도로가 뚫린 교통 요충지고 남방과 무역을 하여 이익을 얻고 북방에서는 자원을 얻을 수 있는 천혜의 땅입니다. 지금 하늘에서 장군에게 둘도 없는 요행을 내렸다고 하는 이유는 형주의 국주 유표(劉表)가 우유부단하고, 늙고 병든데다가 아들 유기(劉琦)와 유종(劉琮)도 의지하기에는 부족한 평범한 인물이라는 점입니다. 익주는 견고한 요해로 장강은 물줄기가 깊으며 만산의 산속에는 넓고 기름진 땅이 있어 장래가 기대되는 땅입니다. 아쉽게도 이 땅의 주인 유장(劉璋)은 시대에 밝지 못하고 성질 또한 좋지 않습니다. 요상한 종교를 퍼뜨려 백성은 악정에 몸부림치며 어진 군주가 나타나길 갈망합니다. 그러니 이곳에서 방법을 찾아야 합니다. 형주에서 일어나 익주를 쳐 등에 업고 천하에 나선다면 그때는 조조와도 당당하게 맞설 수 있겠지요. 오나라와도 화해든 전쟁이든 양쪽 다 대비하여 외교할 수 있을 것입니다. 천 리 길도 한 걸음부터라지 않습니까? 한실이 부흥할 희망도 이젠 어리석은 꿈은 아닙니다. 실현을 기대할 수 있다고 믿습니다."

공명은 자기 생각을 소상하게 털어놓았다. 그런 포부를 다른 사람에게 밝힌 건 아마 오늘이 처음이리라.

2

'천하삼분지계(天下三分之計)'. 공명은 평소 자신이 품었던 지론을 역설하였다.

중국은 너무 넓다. 해서 항상 어딘가는 소란이 있고 그 소란이 일파만파로 퍼져 전 국토에 화가 미치기도 한다. 이 넓은 땅을 통일하기란 쉽지 않다. 하물며 지금은 더더욱 그렇다. 현재 북쪽에는 조조가 있고 남쪽에는 손권이 있다 해도 형주와 익주와 서촉(西蜀) 54주는 아직 어느 쪽에도 속해 있지 않았다. 좀 늦은 감이 있지만, 이제라도 세력을 일으키려면 이 지방밖에 없다.

북쪽에 자리한 조조는 하늘의 때를 얻은 사람이고 남쪽의 손권은 땅의 이점을 쥔 사람이다. 현덕은 사람을 조화롭게 다스려 솥을 지탱하는 세 발과 같은 모양으로 천하삼분의 기운을 일으켜야 한다고 공명은 주장했다.

현덕은 자신도 모르게 무릎을 탁 쳤다.

"선생이 해주는 말을 들으니 갑자기 안개구름이 걷혀 대륙 구석구석까지 한눈에 내려다보이는 듯한 느낌이 드오. 익주에서 정병을 길러 진천(秦川)으로 나간다. 아, 여태까지 꿈에도 생각지 못했소…."

현덕의 눈동자는 미래에 대한 희망과 이상으로 불타올랐다.

이때 공명이 동자를 불러 지시했다.

"서가에 있는 커다란 족자를 가져오너라."

잠시 후 동자는 자기 키보다 긴 족자를 낑낑대며 끌어안고 와서는 벽에 걸었다. 서촉 54주를 나타낸 지도다.

공명이 손가락으로 지도를 가리켰다.

"어떻습니까, 천지 크기가…."

공명은 당장 눈앞에 벌어지는 일에 혈안이 되어 있는 세상 사람들의 좁은 안목을 비웃었다.

현덕은 이 대목에서 마음에 걸리는 일이 있었다.

"형주의 유표와 익주의 유장은 나와 같은 한실 종친이니 그 나라를 빼앗을 수는 없소. 무엇보다 동족 간에 서로 다툰다는 비난도 피할 수 없을 터."

돌아오는 대답은 명확했다.

"걱정하시지 않아도 됩니다. 머지않아 유표가 유명을 달리할 것입니다. 유표가 앓는 병세가 꽤 위중하다는 말을 양양의 어느 의사에게 들었습니다. 지병이 없다 하더라도 나이가 있지 않습니까? 아들들은 아직 언급할 가치도 없습니다. 한편, 익주의 유장은 건재하다고는 하지만, 국정이 혼란스러워 백성이 고통 받으니 누군가 바로잡지 않으면 도리가 아니겠지요. 오히려 도탄에 빠진 백성이 겪는 괴로움을 덜어주고 복리와 희망을 안겨주는 것이야말로 장군의 사명이 아니겠습니까? 그렇지 않으면 장군이 천하를 호령하고 촉나라, 오나라와 대항하여 정립(鼎立)을 도모하는 의미가 있겠습니까?"

그 말을 듣고 현덕은 진심으로 몽매함을 깨달아 사죄했다.

"알겠소. 돌이켜보니 내 생각이 어리석었던 건 대의와 소의를 혼동해서인 듯하오. 불현듯 지금 깨달은 바가 크오."

"모든 사람에게 있는 약점입니다. 비단 장군만이 아닙니다."

"부디 우리 진영에 머물면서 아침저녁으로 기탄없이 날 가르쳐주시오."

"안 됩니다."

공명은 급히 어조를 딱딱하게 바꾸었다.

"오늘 소견을 말한 건 지난날 범한 실례를 사죄하여 보인 작은 성의입니다. 밤낮으로 장군 곁에 머물 수는 없습니다. 저는 분수를 지켜 청명한 날에는 밭을 갈고 비 오는 날에는 책을 읽으며 이곳에서 지내고 싶습니다."

"선생이 나서지 않는다면 한(漢)의 천하는 끝이 나겠지요. 그 또한 어쩔 수 없는 일인가…."

현덕은 눈물을 주르륵 흘렸다.

3

지극한 정성은 사람을 움직인다. 현덕은 천하를 위해 울었다. 그 눈물은 사사로운 마음에서 흘린 게 아니다.

"…."

공명은 깊은 고민에 빠진 듯했지만, 이윽고 입을 열어 조용하면서도 힘 있게 울리는 목소리로 승낙했다.

"장군의 마음은 잘 읽었습니다. 부족하지만 절 내치지 않으신다면 오랫동안 장군을 도와 나랏일에 힘을 보태겠습니다."

그 순간 현덕 눈이 휘둥그레졌다.

"초려(草廬)를 나서겠다는 말이오?"

"이것도 인연이겠지요. 장군은 절 만나려고 여러 주를 헤맸고 저는 장군이 오시기를 기다리며 오늘까지 초려에 은거하였는지도 모릅니다."

"꿈이라도 꾸는 듯하오."

현덕은 기쁜 나머지 관우와 장비를 불러 소상하게 이야기하고는 가져온 금과 비단을 공명에게 내렸다.

"군신 관계를 맺은 증표로 드리는 물건입니다."

공명은 처음에는 거절하였으나 크나큰 현자를 방문하는 데에는 예의가 있고 마음만 담은 물건이라고 전하니 그제야 겨우 아우 균에게 물건을 받으라 했다.

"감사히 받겠습니다."

공명은 아우에게 다짐을 들려주었다.

"별 재능도 없는 날 유 황숙은 삼고(三顧)의 예를 다하여 과분한 기대를 하고 찾아오셨다. 이제 게으른 몸을 일으켜 세워야 할 때가 왔구나. 지금부터 황숙을 따라서 신야(新野)로 갈 생각이다. 넌 형수를 잘 섬기고 초려를 지키며 하늘의 때를 기다려라. 다행히 공을 세우는 날이 오면 형도 다시 이곳으로 돌아오겠지."

"그날이 오기를 기다리며 집안을 잘 돌보겠습니다."

균은 정중히 형이 결정한 뜻을 받아들였다.

그날 밤 현덕은 초려에서 하루를 묵고 다음 날 아침 말 머리를 나란히 하고 초막을 나섰다. 와룡 언덕을 내려오니 전날 밤에 이 내용을 신야로 고하러 갔던 듯 마중 나온 수레가 마을 어귀까지 와 있었다. 현덕은 공명과 한 수레에 타고 신야성으로 돌아가는 중에도 친근하게 이야기를 나누었다. 이때 공명은 27세, 현덕은 47세였다.

신야로 돌아간 두 사람은 잠도 같은 방에서 자고 식사를 할 때도 자리를 따로 하지 않았다. 밤낮으로 천하를 논하고 인물을 평가하고 역사를 살피고 정책을 궁리했다.

공명이 신야의 병력을 살펴보니 불과 수천에 지나지 않았다. 재력도 빈약했다. 해서 공명은 유비에게 권했다.

"형주는 인구가 적은 게 아니라 실제로 호적에 등재된 사람이 적습니다. 그러니 유표에게 권해서 호적을 정리하고 유민을 장부에 올려 위급할 때는 바로 병적(兵籍)에 포함할 수 있도록 조치해야 합니다."

또 자신이 보증인을 서 남양에서 이름난 부호 민(黽) 씨에게 천만 관(貫)을 빌려 은밀히 유비 군자금에 보태 내실을 강화했다. 공명 집안은 숙부도, 현재 오나라를 위해 일하는 형 제갈근도, 처 황 씨 집안도 당대 명문가다. 게다가 성실하고 진지한 공명의 인격만은 다들 인정했으므로 공명을 휘하에 가담시킨 현덕은 동시에 공명의 든든한 배경과 도타운 신용까지 함께 얻은 셈이다.

위대한 '천하삼분지계'는 아직은 현덕과 공명 두 사람 마음속에 품은 원대한 계획이다. 두 사람은 서서히 내실을 충실히 다지면서 북부와 중부에서 벌어지는 움직임 그리고 강서와 강남에 일어나는 흐름을 신중히 지켜볼 뿐이다.

오나라의 정열

1

눈을 돌려 남쪽을 살펴보자. 오나라는 그 후 어떻게 움직이고 발전을 이루어냈을까?

조조는 북방 공략이라는 대업을 이루어냈다. 그에 비해 현덕은 고난과 역경의 연속이었지만 끈기 있게 살아갈 길을 모색하고 공명을 초려에서 이끌어 내어 천하 인재를 얻었다. 광대한 북방 땅을 점령한 조조가 해낸 과업과 인재를 초야에서 찾아낸 현덕이 올린 수확 중에서 어느 쪽이 크고 어느 쪽이 작은지 결과를 보기 전까지는 가볍게 속단할 수 없다.

그러는 동안에 오나라가 이룬 발전은 어디까지나 문화적이고 내실을 다지는 데 있었다. 무엇보다 손책 뒤를 이은 손권은 젊었다. 조조보다 28살이나 어렸으며 현덕과 비교해도 22살 젊은 군주다. 남방은 천혜의 산물이 풍부하고 교통이 좋아 자연스럽게 사람과 지식이 괴어들었다. 당연히 문화, 산업, 나아가서는 군수, 정치 등 여러 기능이 다른 어느 도시보다 활발하게 이루어질 수밖에 없었다.

때는 건안 7년 무렵이다. 공명이 초려를 나서기 6년 전이다.

아름다운 관선 1척이 돛대에 허도 정부 깃발을 내걸고 양자강을 따라 내려왔다. 중앙에서 보낸 사신이다. 사신 일행은 오회(吳會, 오나라 수도. 오나라 땅이 형주와 양주 교차 지점에 위치해 오회 또는 오도吳都라 했음 – 옮긴이) 빈관(賓館)에 묵었고 나중에 성으로 들어와 조조의 말을 전했다.

"아직 어리긴 하지만 이번에 손 각하 장남을 도읍으로 부르기로 했습니다. 조정에 두고 교육시켜 성인이 된 후에는 관리로 삼고 싶다는 분부십니다. 물론 황제 폐하의 황공한 뜻을 받든 말씀이기도 합니다."

사신 말만 들으면 영광스러운 일이었지만, 인질을 요구한다는 뜻이다. 손권도 그 점은 정확하게 파악하였지만, 공손하게 은명(恩命)에 감사를 표했다.

"조만간 회의를 거친 후에 다시 말씀드리지요."

이리 대답하고 문제를 해결할 시간을 끌었다.

그 후에도 여러 번 장남을 올려 보내라고 조조 측에서는 재촉 아닌 재촉을 했다. 조정을 등에 업은 조조가 내리는 명령은 이미 개인 명령에 그치지 않는 절대적인 힘을 발휘하였다.

"어머니, 어찌하면 좋겠습니까?"

손권은 결국 어머니 오 부인에게 도움을 청했다.

"네게도 이제 훌륭한 신하가 많지 않으냐. 왜 이럴 때 여러 신하를 불러들여 의견을 묻지 않고…."

생각해보면 아들을 보내고 말고의 문제가 아니다. 인질을 보내지 않으면 당연히 조조와 적국이 되는 것이다. 하는 수 없이 오회 빈관에서 회의를 열었다. 당시 오나라를 움직이는 수뇌 대부분은 이곳에 모였다. 장소, 장굉(張紘), 주유, 노숙 등 숙장을 비롯하여 팽성(彭城)의 만재(曼才), 회계의 덕윤(德潤), 패현의 경문(敬文), 여남의 덕추(德樞), 오군의 휴목(休穆), 공기(公紀), 오정(烏亭)의 공휴(孔休) 등의 얼굴이 보였다.

예전에 수경 선생이 천하 인재는 복룡과 봉추(鳳雛)라며 공명과 나란히 칭했던 봉추는 양양의 방통(龐統)을 일컫는데 그 방통도 와 있었다. 그 밖에 여양의 여몽(呂蒙), 오군의 육손(陸遜), 낭야의 서성(徐盛) 등 구름 떼 같은 인재가 모여 오나라가 예전 같지 않게 융성하다는 사실을 여실히 보여주는 듯했다.

"지금 조조가 오나라에 인질을 요구하는 건 제후 예에 따른 일이다. 인질을 보내면 조조에게 복종을 맹세하는 게 되고, 거부하면 즉시 적대 표시가 된다. 지금 오나라는 중대한 기로에 서 있다. 어찌하면 좋을지 허심탄회하게 의견을 토로해주길 바란다."

장소가 선임으로서 먼저 자리에서 일어서 전원에게 발언을 요구했다.

2

사람들이 번갈아 일어나 각자 생각하는 바를 말하고 논했다.

"인질을 보내야 합니다."

"인질을 보내서는 안 됩니다."

두 파로 나뉘어 팽팽하게 이어진 토론은 밤이 새도록 끝날 줄을 몰랐다.

"제가 한마디 하겠습니다."

이윽고 주유가 처음으로 입을 열었다.

오 부인 여동생의 아들인 주유는 전 주군 손책과 동갑이어서 손권보다는 위였지만 대장들 사이에서는 가장 나이가 어렸다.

"주유의 말을 들어봅시다."

사람들은 잠시간 주유가 하는 말에 귀를 기울였다.

"외람된 말씀이지만 저는 초(楚)나라가 일어선 무렵을 떠올렸습니다. 초나라는 처음에 형산(荊山) 부근 100리도 안 되는 땅을 점령하여 세력이 미미했습니다만, 현명하고 능력 있는 선비가 모여 900여 년 기초를 닦았습니다. 지금 우리 오나라는 아버지와 형이 이룬 과업을 손 장군이 3대째 이어가고 있습니다. 땅은 6개 군에 걸쳐 있고 병사는 정예하며 식량은 풍부하고 산을 녹여 구리를 만들고 바닷물을 말려 소금을 만들 수 있습니다. 백성은 난(亂)을 생각지 않고 무사는 용감하며 군세어 주위 어디를 봐도 맞서는 적이 없습니다."

"…."

주유가 하는 연설을 처음 듣는 사람도 있는지 시원시원한 언변과 명백한 논리에 많은 사람이 의외라는 표정을 지었다.

"그러니 무엇이 두려워 조조 밑에 머릴 숙입니까? 장남을 인질로 보내는 건 속령(屬領)임을 승인하는 것과 같습니다. 인질을 보낸 후에는 조정에서 부르기라도 하면 오나라 장군은 언제

든 도읍으로 달려가야 합니다. 또 승상부에 몸을 굽혀야 하니 위계는 일개 제후에 지나지 않을 것이고 정해진 수레 몇 승, 말 몇 필 이상 의장도 갖출 수 없습니다. 하물며 남쪽에 위치하니 천하 패업은 생각지도 못할 꿈이지요. 일단 지금은 아무 말 없이 인질도 보내지 않고 조조가 어떻게 움직이는지 지켜볼 때입니다. 조조가 진정 한나라 조정의 충신다운 정의를 표하고 천하에 임한다면 그때 가서 국교를 맺어도 늦지 않습니다. 혹시 조조가 반역을 일으키고 조정에 충성을 다하는 재상이 아니라 판단되면 그때야말로 오나라는 하늘의 때를 보아서 일어나 큰 이상을 품어야 합니다."

"옳은 말이오."

"그렇다. 바로 그때를 노려야 한다."

연설을 마친 주유가 자리에 앉고 나서도 한동안 일동은 주유의 발언을 마음에 새기면서 가만히 있었다. 의견은 만장일치였다. 조용한 가운데 하나가 되었다.

그날 주렴 안쪽에서 회의를 듣던 오 부인도 조카 주유가 보여준 기량을 든든하게 생각해 나중에 따로 불러들였다.

"넌 손책과 같은 해에 달포 늦게 태어났을 뿐이라 내 아들 같은 생각이 든다. 앞으로도 손권을 잘 도와주길 바란다."

오 부인은 다정하게 주유를 치하했다.

하여 인질 문제는 오나라가 묵살함으로써 그대로 지나갔다. 물론 중앙 권위는 심하게 흠집이 났다. 조조도 그 이후로는 사신을 보내지 않았다. 조조가 오나라에 대해 중요한 결심을 품었다는 사실은 상상하기 어렵지 않다. 전쟁 선언 없는 전쟁, 무언의 국교 단절 상태에 들어갔다. 그렇지만 장강 물줄기만은 1000리를 흘렀다. 그사이에 시간은 또 흘렀다.

건안 8년 11월 무렵, 손권은 출정을 결정해야 했다. 형주가 지배하는 강하성(호북성 무창)에 있는 황조(黃祖)를 공격하기 위해서다. 병선을 준비해 병사들을 가득 태우고 오나라 군대는 장강을 거슬러 올라갔다. 물위를 새카맣게 메운 수군의 위용은 오나라에서만 볼 수 있는 장관이다.

3

이번 전쟁은 처음으로 강에서 벌이는 수전(水戰)으로 오나라 군대가 절대적으로 우세했다.

"황조의 목은 손안에 들어온 거나 마찬가지다."

장수들이 하나같이 적을 지나치게 얕본 결과 예상과 달리 육지전으로 이어진 전투에서는 오군이 대패하고 말았다. 무엇보다 큰 손실은 손권 측 대장 중 능조(淩操)라는 용감한 장군이 적진 깊숙이 침투한 탓에 적에게 포위되어 황조 휘하 감녕이 쏜 화살에 맞아 전사한 것이다. 이 일로 사기가 곤두박질쳐 오나라 군대는 패주할 수밖에 없었지만, 그때 오나라 무사 중 용맹한 기개를 내뿜은 젊은이가 나타났다. 바로 능통(淩統)이라는 무사였다. 장군 능조 아들로 불과 15세 소년이었지만 아버지가 적군이 쏜 화살에 맞아 쓰러졌다는 소식을 듣고는 홀로 적진으로 들어가 아버지 시체를 찾아 돌아왔다.

"이번 전쟁은 불리하다."

손권은 깨끗이 단념하고 본국으로 철수했지만 어린 능통의 이름은 순식간에 아군들 사이에 널리 알려졌다.

"마치 능통을 유명하게 만들려고 전쟁을 한 듯하다."

건안 9년 겨울, 손권의 아우 손익(孫翊)은 단양(丹陽) 태수가 되어 임지로 향했다. 아직 어리기도 했지만 손익은 성격이 급하고 격하며 거칠었다. 게다가 술을 좋아하고 평소에도 뭔가 마음에 차지 않는 일이 있으면 부하든 사졸이든 바로 면박을 주고 폭력을 휘두르는 버릇이 있었다.

"죽여버리겠네."

"그런 결심이 섰다면 나도 기꺼이 돕겠소."

단양 도독 규람(嬀覽)이라는 자가 나섰다. 규람은 자신과 비슷한 원한을 품은 군승(郡丞) 대원(戴員)과 급기야 죽이 맞아 은밀하게 손익의 동태를 살폈다. 손익은 어리기는 하지만, 힘센 걸물이다. 항상 칼을 차고 다녔으며 틈을 보이지 않아 두 사람은 매번 허무하게 기회를 놓쳤다.

급기야 규람과 대원은 계책을 세웠다. 오나라 군주 손권에게 부근에 날뛰는 산적을 토벌하고 싶다고 청을 올린 것이다. 허락이 떨어지자마자 규람은 은밀히 손익 휘하 대장 변홍(邊洪)이라는 자를 한패로 끌어들여 현령이나 장수들에게 회의를 연다고 알렸다. 회의가 끝나고는 성대한 연회 자리를 마련하는 것도 잊지 않았다.

손익도 물론 빠질 수 없는 모임인지라 시간이 되어 채비를 마쳤다.

"자, 다녀오리다."

손익은 아내에게 외출을 알렸다.

손익의 부인은 서 씨라는 여인이다. 오나라에는 미인이 많지만 서 씨는 그중에서도 빼어난 용모로, 시대를 초월해 이름이 드높았던 여성이다. 서 씨는 어려서부터 역학을 좋아해 점을 곧잘 봤다. 그날도 남편이 출타하기 전에 혼자 점을 보는 중이었다.

"어찌 된 일일까요? 오늘은 점괘가 좋지 않아요. 뭐라도 핑계를 대고 출석하지 않는 편이 좋겠어요."

서 씨는 거듭 말하며 손익을 붙잡았다.

"무슨 말이오? 남아일언중천금(男兒一言重千金)이라 했소, 하하하."

손익은 신경도 쓰지 않고 처소를 나섰다.

회의를 마치고 연회가 벌어지니 캄캄한 저녁이 되어서야 귀가하게 되었다. 술을 거나하게 마신 손익은 비틀거리며 문밖으로 나왔다. 미리 말을 맞추고 준비하던 변홍이 불시에 덤벼들어 손익을 단칼에 베어 죽였다.

그러자 변홍을 부추겼던 규람과 대원 두 사람이 돌연 놀랐다는 태도를 보였다.

"주군을 해친 역적이다."

규람과 대원은 변홍을 체포해 시내로 끌어내어 목을 치려고 별렀다.

변홍은 되레 당황하였다.

"약속이 다르다. 이 악당 놈들. 네놈들이 꾸민 일이 아닌가!"

아뿔싸, 변홍은 울부짖었지만 그사이에 변홍의 목은 땅으로 떨어지고 말았다.

4

규람이 저지른 악행은 그것으로 그치지 않았다. 규람은 다른 야망을 품은 지독한 사람이다.

한편, 손익의 부인 서 씨는 늦게까지 돌아오지 않는 남편을 애타게 기다렸다.

"뭔가 나쁜 일이라도 생기지 않았을까?"

자신이 친 점이 적중하지 않기를 바라며 계속해서 빌었다. 기분 탓인지 오늘은 호롱불 빛깔도 불길한 느낌이 들었다.

"왜 이렇게 마음이 어수선하지…?"

문득 장막을 나와 밤하늘을 올려다보는데 중문에서 복도를 거쳐 우르르 한 무리의 병사가 몰려 들어왔다.

"서 부인 아니십니까?"

앞장선 사람이 물었다. 살펴보니 칼을 찬 사람은 도독 규람이다. 규람은 병사를 뒤에 남기고 성큼성큼 열 걸음 정도 서 씨 가까이로 다가왔다.

"부인, 태수께서는 오늘 밤 회관 문밖에서 부하 변홍에게 살해되었습니다. 그래도 변홍은 그 자리에서 붙잡아 시내로 끌어내 목을 쳐서 원수를 갚았습니다. 제가 부인을 대신해 원수를 갚아드렸습니다."

규람은 마치 생색이라도 내듯 연달아 고했다.

"슬퍼하지 마십시오. 이제부터는 무슨 일이든 제가 힘이 되어드리겠습니다. 앞으로 닥칠 일은 저와 의논하시면 됩니다."

규람은 부인 팔을 끌어 침실로 들어가려고 했다. 정신을 놓고 멍하니 서 있던 서 씨가 가볍게 규람의 팔을 뿌리쳤다.

"지금은 아무것도 의논할 일이 없습니다."

"다음에 다시 오겠습니다."

"사람들 눈도 있습니다. 이달 말 그믐쯤이면…."

서 씨가 눈물도 머금지 않고 오히려 아양을 떠는 눈초리를 보이며 말하니 규람은 고개를 끄덕였다.

"좋습니다. 그때 뵙지요."

규람은 날아갈 듯한 기분으로 돌아갔다. 천하 악당이라는 말은 규람 같은 자를 두고 하는 말인 듯했다. 규람은 예전부터 서 씨 미모에 홀딱 반해 독니를 감추어 갈아왔던 것이다.

비탄에 빠진 서 씨는 남편 손익의 장례를 치른 다음에 은밀히 죽은 남편의 가신 손고(孫高)와 부영(傅嬰)을 불러들였다.

서 씨는 울면서 호소했다.

"남편을 해친 사람이 변홍이라고 하지만 나는 믿지 않소. 진짜 하수인은 도독 규람이오. 점을 쳐서 짐작하여 말하는 게 아니라 확증이 있소. 그대들에게 말하기도 부끄럽지만 규람은 내게 도에 어긋나는 불의를 요구했소. 부인이 되길 강요하오. 해서 화를 억누르고 그믐밤에 오라고 약속했소. 그때 내가 신호를 보내면 덤벼들어 남편의 원수를 죽여주시오. 제발 도와주기 바라오."

서 씨가 충직한 가신이라고 꿰뚫어보고 털어놓은 만큼 두 사람은 비탄에 차서 죽은 주군의 원한을 풀어주리라 다짐하고 그믐밤을 손꼽아 기다렸다.

이윽고 규람이 약속 장소에 나타났다. 서 씨는 곱게 화장을 하고 주안상을 준비해놓고 기다렸다.

규람은 조금 취기가 돌았다.

"내 아내가 되시오. 싫으시오?"

규람은 비열한 본성을 드러내며 서 씨 가슴에 칼을 들이대고 협박했다.

서 씨는 당황한 기색 없이 쓴웃음을 보이며 물었다.

"당신이지요?"

"물론 내 아내가 되라는 말이오."

"그게 아니라, 남편을 죽인 장본인 말이요."

"뭐? 뭐, 뭐라고…."

서 씨는 불쑥 규람이 차고 있던 칼자루를 붙잡고 미친 듯이 절규했다.

"불공대천의 원수. 부영! 손고! 이놈을 죽여버리시오."

"옛!"

두 충신이 동시에 덤벼들어 뒤에서 규람을 한 칼씩 베었다. 서 씨도 빼앗은 칼로 옆구리를 푹 찔렀다. 그러고 나서 규람이 쏟아내는 피를 뒤집어쓰고 피투성이가 된 채 엎어져서 울고 싶은 만큼 엉엉 울었다.

방울 소리

1

손고와 부영은 그날 밤 병사 50여 명을 데리고 대원 저택을 덮쳤다. 그러고는 대원 목을 베어 미망인 서 씨에게 바쳤다.

"원수를 갚았습니다."

서 씨는 상복으로 갈아입고 규람과 대원의 수급을 바쳐 죽은 남편의 혼을 기렸다.

"이제 원한은 풀었습니다. 저는 평생 다른 집에 시집가지 않겠습니다."

서 씨는 굳게 맹세했다.

이 소동은 곧 오나라 군주 손권 귀에 들어갔다. 손권은 적잖이 놀라서 병사들을 당장 이끌고 단양으로 한달음에 달려갔다.

"내 아우를 죽인 자는 내게 화살을 당긴 자와 같다."

손권은 남아 있는 무리를 빠짐없이 토벌한 후 손고와 부영을 등용하여 아문독병(牙門督兵)으로 명했다.

아우 부인이었던 서 씨에게는 이렇게 말했다.

"원하시는 대로 남은 생을 즐기십시오."

그러고는 녹지를 주어 서 씨를 고향으로 돌려보냈다.

강동 사람들은 서 씨가 보인 지조를 칭송했다.

"오나라의 이름난 꽃이다."

서 씨 이름은 입에서 입으로 전해져 역사책에도 남아 있을 정도다.

그로부터 3~4년 동안 오나라는 평화로웠지만, 건안 12년 10월 겨울 손권의 어머니 오 부인이 중병에 걸렸다.

"이번에는 아무래도…."

다들 걱정이 컸다.

오 부인도 여생이 얼마 남지 않았음을 스스로 깨달은 듯했다. 위독한 상태에서 장소와 주유 등 중신을 자기 방으로 불러 유언을 남겼다.

"내 아들 손권은 오나라를 물려받은 지 아직 얼마 되지 않았을 뿐만 아니라 나이도 젊소. 장소와 주유, 두 사람은 부디 스승의 마음으로 손권을 가르쳐주시오. 나머지 신하들도 마음을 모아 주군을 도와서 나라를 잃지 않도록 힘써주길 바라오. 강하에 있는 황조는 예전에 남편을 멸망시킨 오나라 적이므로 반드시 원수를 갚아야 하오."

손권에게는 이런 유언을 남겼다.

"권아, 네게는 너만이 지닌 장점이 있지만 단점도 있다. 아버지 손견, 형 손책은 둘 다 적은 병력을 거느리고 전란 중에 일어서 천신만고를 겪으며 부침을 수습하여 오나라 기초를 닦았지만, 너는 낙원과도 같은 오성에서 태어나고 자라 지금 3대째 이

어받아 군림하는 중이다. 결코, 교만하여 아버지와 형이 한 노고를 잊어서는 안 될 것이다."

"염려 마십시오."

손권은 어머니 손을 살짝 잡아보고는 그 손이 너무 야위어서 깜짝 놀랐다.

"장소와 주유는 훌륭한 신하다. 오나라 보물이라 여기고 항상 가르침을 귀담아들어라. 내 아우도 후당에 있다. 이제부터는 어머니처럼 잘 모셔야 한다."

"그리하겠습니다."

"나는 어려서 부모를 일찍 여의고 남동생 오경(吳景)과 함께 전당(錢塘)으로 이주해 살 때 돌아가신 네 아버지 손견에게 시집갔다. 자식을 넷 낳았지. 장남 손책은 젊어서 죽고, 셋째 손익도 얼마 전에 잃었다. 남은 건 너와 막내 여동생 둘뿐이다. 권아, 여동생을 잘 보살펴라. 좋은 남편을 골라 시집보내주어라. 어미 말을 어긴다면 구천에서라도 어미를 볼 생각 말아라…."

오 부인은 말을 마치자 홀연 숨을 거두었다.

머리맡을 둘러싸고 있던 사람들 입에서 터져 나오는 오열이 문밖까지 흘렀다.

고릉(高陵)에 있는 아버지 묘지 옆에 아름다운 천과 의복으로 관을 꾸며 손권은 정성스럽게 어머니 장례를 치렀다. 음악과 노래와 춤이 달포 가까이 멈추었고 제사 지내는 방울 소리와 새가 지저귀는 소리만 들렸다.

2

상을 치른 겨울을 지나, 해는 건안 13년으로 들어섰다. 강남에 찾아온 봄은 싹을 틔웠고 날마다 하늘은 드높아졌다. 오나라 젊은 군주 손권은 일찍이 신하들을 불러 모았다. 황조를 치는 게 어떻겠냐는 의제로 회의를 시작하였다.

장소가 먼저 운을 떼었다.

"아직 어머니 기일도 돌아오지 않은 시기에 병사를 움직이는 건 안 될 일입니다."

주유는 그 말을 받았다.

"황조를 치라는 말은 오 부인께서 남기신 유언이었습니다. 잊으셨습니까?"

누구 말을 들어야 할지 손권은 결정짓기 어려웠다. 그때 도위(都尉) 여몽이 와서 사건을 하나 보고했다.

"용추(龍湫) 나루를 경비하는데 강하 상류 쪽에서 배 1척이 내려오더니 도적 떼 20명 정도가 해안으로 올라왔습니다."

여몽은 일단 말머리를 열고는 차근차근 이어 나갔다.

"재빨리 포위하여 누구냐고 따져 물었더니 맨 앞에 있던 두목 같은 사내가 말하기를, 저는 황조 수하로 이름은 감녕(甘寧), 자는 흥패(興覇)라는 사람으로 파군(巴郡) 임강(臨江)에서 자랐습니다. 젊은 시절부터 힘쓰기를 좋아해 망나니들을 끌어모아 무리를 이끄는 대장이 되어 탐욕을 채우고 힘자랑하며 허세를 부리느라 항상 강한 활과 도끼를 지니고 갑옷으로 무장하며 허리에는 큰 칼과 종을 달고 몇 년 동안 강호를 활개치고 다녔습니다. 그랬더니 사람들은 종소리를 들으면 '금범적(錦帆賊)이 왔다! 금범적이 왔어!'라며 도망가곤 했습니다. 이를 재미 삼아 지내다 보니 급기야 무리는 800여 명에 이르렀고 점점 더 나쁜 짓을 저지르고 다녔습니다. 그러다 불현듯 시절이 바뀌었다고 생각해 지은 죄를 반성하고 한때 형주로 가서 유표를 모셨습니다. 허나 유표의 사람됨이 듬직하지 못해 이왕 모실 거면 오나라로 가서 분골쇄신 뜻을 세우자고 무리를 설득해 형주를 벗어나 강하까지 왔는데 황조가 아무리 사정해도 보내주질 않았습니다. 할 수 없이 잠시 머무르며 황조를 모셨지만, 황조가 저를 중요한 일에 등용해줄 리 없었습니다.

그뿐만 아니라, 어느 해 전쟁에서 황조가 적들에게 둘러싸여 목숨이 위태로울 때 혼자 구출해낸 일도 있었지만 여태 그 일에 대한 포상도 없고 계속 졸개 취급을 받을 뿐이었습니다. 황조 신하 중에 소비(蘇飛)라는 사람이 있습니다. 소비는 제 처지를 동정하여 언젠가 황조에게 넌지시 감녕을 중요한 일에 등용하면 어떠냐고 천거했습니다. 그러자 황조가 '감녕은 강에서 도적질이나 하던 놈이다. 어떻게 강도를 진영에 끌어들이겠나. 데리고 있으면서 맹수 대신 이용하는 게 가장 낫다.' 이리 말하니 소비는 더욱 저를 애처롭게 여겨 어느 날 밤 술자리에서 황조와 나누었던 이야기를 털어놓으며 '네 목숨이 얼마 남지 않았으니 빨리 다른 나라로 가서 좋은 주군을 찾아라. 여기 있으면 너는 아무리 충성을 바쳐도 전에 지은 죄를 평생 짊어져야 해서 승진하는 일은 생각지도 못한다'고 알려주었습니다. 어찌해야 하는지를 소비에게 물으니 자신이 조만간 악현(鄂縣) 관리로 이동하니 그때 기회를 봐서 도망치라고 말해주었습니다. 소비에게 몇 번 절하고 그날을 기다려 임지로 가는 배라 속이고 며칠 밤 동안 강을 따라 내려와 겨우 오나라 영토 땅을 밟은 것입니다. 부디 오나라 장군께 잘 전해주십시오.

여기까지가 감녕이 소상하게 신상을 밝힌 이야기로 장군께 전해달라고 간청했습니다."

"흠. 그런 일이 있었구나…."

손권을 비롯하여 그 자리에 있던 장군들이 수긍했다.

여몽은 다음 말을 덧붙이고 보고를 마쳤다.

"감녕이라면 황조 밑에 용사가 있다고 다른 나라까지 알려진 사람입니다. 저도 이야기를 듣고는 딱한 마음이 들었고 그 처지를 동정해 '주군이 등용할지 안 할지 보증할 수는 없지만, 유능한 무사라면 기꺼이 양성하고 현명한 사람은 예를 다해 맞이하는 명군이시니 어찌 되었든 널 불러들이겠지' 하고 화살을 부러뜨려 다짐을 표시했습니다. 그러니 감녕은 '배에서 육지에 있는 수하 수백 명을 불러들여 분부를 내리실 때까지 얌전히 기다리겠다'며 지금 용추 해안가에 무리지어 대기하는 중입니다."

3

"때가 왔다!"

손권은 손뼉을 치며 기뻐했다.

"황조를 칠 계획을 논하는 지금 같은 때에 감녕이 수하 수백 명을 거느리고 내 영토로 망명해 온 건 물이 차올라 강기슭에 자란 풀이 흔들리는 것과 같다. 하늘이 정해주신 때가 온 것이다. 황조가 멸망할 전조다. 어서 감녕을 불러들이라."

손권 명을 받은 여몽도 제대로 체면을 세울 수 있어 만족스러워하며 즉시 말을 몰아 용추로 돌아갔다. 여몽은 머지않아 감녕을 오회성으로 데려왔다.

손권은 신하들을 거느리고 직접 감녕을 만났다.

"예전부터 그대 이름은 들어서 알고 있다. 나라를 떠나온 사정도 여몽에게 들었고. 그러니 우리 오나라를 위해 황조를 쳐부술 계책이 무엇인지 듣고 싶다. 과감히 말해보라."

손권이 먼저 물었다.

감녕은 배례하고 대답했다.

"지금 한실의 사직(社稷)은 위태롭고 조조가 부리는 횡포는 날이 갈수록 더해갑니다. 조조가 임금 자리를 빼앗을 속내를 드러내 보일 날도 멀지 않았습니다."

"형주는 오나라와 인접한 곳이다. 형주 내부 사정을 자세히 이야기해보게."

"강과 하천의 흐름은 산과 구릉을 굽이돌고, 공격과 수비에 빈틈이 없고, 땅은 비옥하며 백성은 풍요롭습니다. 더할 나위 없는 이런 나라에도 약점이 있습니다. 주군 유표의 가정 내 불화와 신하들 마음이 일치하지 않는 점입니다."

"유표는 온화하고 박학한 성향으로 인재를 잘 기르고 문화를 사랑하여 천하 현재(賢材)는 모두 유표 땅에 모인다고 세상 사람들이 말한다만….”

“말씀하신 대로입니다. 아쉽게도 그 이야긴 유표가 젊었을 때 받은 평가로 만년에 기력이 쇠하고 병들어가면서 장점은 단점이 되어버렸습니다. 무슨 일에든 우유부단하여 밖으로는 큰 뜻을 펼치지 않고 안으로는 쇠퇴해 쓸데없는 일에 휘말리더니 급기야 규방 다툼을 둘러싸고 적자 서자 사이에 암투가 생기는 등 망조를 감출 수 없게 되었습니다. 그러니 유표를 친다면 바로 지금이 때입니다.”

“형주로 진입하려면 어찌해야 좋겠나?”

“먼저 황조를 무찔러야 합니다. 황조는 무서워할 것 없는 자입니다. 황조도 이제 늙은 호랑이라서 임무에는 어둡고 사리사욕에 눈이 멀어 위아래 사람들이 진심으로 따르지 않습니다.”

“군량과 무기 상황은?”

“군대는 충실히 준비해놓았지만 활용할 줄 모르고 대오를 정비하지 않으니 지금 공격하면 무너질 것입니다. 장군이 지금 기세를 몰아 강하, 양양을 치고 초관(楚關)까지 군대를 치고 들어가면 파촉(巴蜀)을 취하는 것도 그리 어렵지 않습니다.”

“잘 말해주었소. 진정 금옥같이 귀한 말이오. 이 기회를 놓치면 안 될 것이오.”

손권은 일단 주유에게 병선을 준비하라고 지시했다.

반면 장소는 걱정이 생겼다.

“지금, 군사를 움직이면 나라가 비는 틈을 타서 난이 일어날 수도 있습니다. 적어도 탈상할 때까지 내정을 다지는 데 마음을 쓰시는 편이 어떠십니까?”

장소는 강하게 만류했다.

감녕은 장소가 해주는 충고에 반대했다.

"그런 이유로 지금 소하(蕭何) 임무를 공에게 부여한 것이오. 난을 걱정한다면 성을 잘 지켜 후방을 견고히 하는 데 전념해 주길 바라오."

"이미 내 마음은 정해졌다. 장소도 그만하게. 뜻을 모아서 술잔을 들게나."

손권은 이 한마디로 다른 의견을 눌러버렸다. 그러고 나서 또 감녕을 향해 결전을 다졌다.

"그대를 보내 황조를 치는 일은 이 술과 같은 것이다. 단번에 마셔버리게. 만약 황조를 쳐부순다면 공은 그대 몫일세."

술잔 가득히 술을 부어 감녕에게 건넸다.

하여 주유를 대도독(大都督)으로 명하고 여몽을 대장으로 선봉에 세웠으며 동습(董襲)과 감녕을 양 날개 부장으로 한 오나라 10만 군대는 장강을 거슬러 올라 강하로 치고 들어갔다.

4

기러기는 흩어져 구름에 숨고 버드나무, 복숭아나무는 바람에 흔들려 강기슭에 찾아든 봄을 감추어버렸다. 이물과 고물을 나란히 하고 강을 거슬러 올라오는 병선 수백 척이 보인다는 비보는 일찍이 강하에 전해졌다.

"큰일이다!"

강하에 위급함을 알리는 소식이 전해지고 또 전해졌다.

황조는 몹시 놀랐지만, 예전에 오나라와 싸워서 이긴 경험을 떠올렸다.

"오나라 풋내기들, 뭐하자는 건가."

황조는 소비를 대장으로 명하고 진취(陣就)와 등룡(鄧龍)을 선봉으로 하여 강 위에서 적을 맞으려고 병선을 늘여놓고 만반의 준비를 했다.

장강에 부딪는 파도는 크게 출렁였다. 오군은 면구(沔口)를 천천히 제압하여 시가에 있는 만 어귀로 접어들었다. 수비군은 작은 배를 모아 강기슭 일대에 배로 보루를 만들었고 그 위에 크고 작은 활을 늘어 세워 일제히 화살을 쏘았다. 오군 배는 쏟아지는 화살을 피할 길이 없어 진로를 헤매며 갈피를 못 잡았고, 물밑에는 굵은 동아줄이 가로 세로로 둘러쳐져 있는지라 그 줄에 걸려 노는 놓치고 키는 부러졌다.

"이번에도 대세가 기울었단 말인가…."

한때는 주유도 눈썹을 찌푸릴 정도였다.

"그럴 리가 있습니까? 지금부터입니다."

감녕은 동습을 재촉하며 미리 계획한 대로 결사적으로 앞으로 치고 나가려고 신호 깃발을 돛대에 내걸었다. 쾌속선 100여 척을 재빨리 강에 내린 다음 결사대 병사가 20명, 30명씩 올라탔다. 파도와 파도 사이에 울려 퍼지는 징과 북소리, 함성에 이끌려 결사대가 일사불란하게 육지로 뛰어 올라갔다. 어떤 병사는 물속에 쳐놓은 동아줄을 끊어버리고, 어떤 병사는 우박같이 날아오는 화살을 쳐내고, 뱃머리에 버티고 선 궁수는 육지에 있는 적에게 활을 쏘아대며 전진했다.

"적을 봉쇄하라."

"상륙하지 못하게 하라!"

적이 탄 작은 배도 출렁출렁 흔들리고 또 흔들렸다. 그러고는 불을 던지고 기름을 뿌리는 게 아닌가. 흰 파도는 하늘로 치솟았고 푸른 피는 장강을 밤하늘같이 물들였다.

황조 선봉장 진취는 강변으로 헐레벌떡 뛰어올랐다.

"분하게도 수군 진영은 무너져버렸다. 제2진은 육지 보루를 굳게 다져라."

진취가 목이 쉬도록 좌우 부하에게 명령하는 걸 여몽은 놓치지 않았다.

"꼼짝 마라!"

여몽이 소리 소문 없이 진취 근처로 다가갔다. 그러고는 진취가 물가에 뛰어오르자마자 창을 휘두르며 덤볐다. 진취는 적잖이 당황했다.

"앗, 오나라 여몽?"

진취는 칼을 휘둘러 막으며 부하들을 향해 소리쳤다.

"조심해라! 적은 이미 상륙했다."

부하를 주의시키면서 어디로 도망갈지 몰라 갈팡질팡했다. 적이 이렇게 빨리 육지로 들이닥치리라고는 꿈에도 생각지 못한 듯했다.

"네 이놈. 이름이 아깝지도 않으냐."

여몽은 진취를 쫓으며 뒤에서 창을 던져 진취가 쓰러지자마자, 큰 칼을 뽑아 그 수급을 베어 들어 올렸다.

황조 군 대장 소비는 수군의 붕괴를 막고자 강기슭까지 말을 내몰았다. 그 모습을 본 오군 장수들은 공을 세우려 서로 앞다투어 소비에게 덤벼들었지만, 여름에 환한 등불로 달려드는 날벌레처럼 그 주위에는 시체가 쌓일 뿐이다.

그때 오나라 장수 중에 반장(潘璋)이라는 강한 무사가 나타났다. 반장은 앞을 가로막는 적군과 아군 사이로 뛰어들어 소비에게 바싹 다가가더니 말에 걸터탄 채로 소비를 사로잡아 옭아맨 다음 말안장 옆에 끼고 아군 배로 돌아가 버렸다.

반장이 손권에게 소비를 바치니 손권은 눈을 부라리며 매섭게 노려봤다.

"아버지 손견을 죽인 적장이 바로 이놈이다. 네놈 목을 바로 베는 건 아깝다. 개선한 후에 황조 목과 나란히 아버지 무덤에 바칠 터. 함거(轞车)에 집어넣어 본국으로 송환하라."

꿀벌과 공자

1

오나라는 이번 전투에서 바다와 육지 양쪽에서 승리를 얻고 그 기세를 몰아 적이 주둔하는 본성을 공격했다.

'강하에는 황조가 있다.'

강하의 황조는 그토록 오랜 세월 이곳에서 위세를 떨쳤는데 지금은 흔적도 없이 오나라에게 짓밟혔다.

성 아래까지 가니 누구보다 이곳 지리에 밝은 감녕이 맨 먼저 달려 나갔다.

"다른 사람 손에 황조 목을 넘기는 건 굴욕이다."

감녕은 눈에 핏발을 세웠다.

서문, 남문에는 아군이 몰려왔지만, 동문으로는 아무도 오지 않았다.

'황조는 아마 이 길로 도망치리라.'

감녕은 문밖에서 몇 리 떨어진 곳에 조용히 숨어서 기다리고 또 기다렸다.

강하성 위로 검은 연기가 매캐하게 피어오르고 망루와 전각이 불꽃에 휩싸였을 무렵, 대장 황조는 비참하게 패해 불과 20기 정도 부하를 이끌고 동문에서 달려 나왔다.

그러자 길옆에서 철갑 옷을 입은 병사 5~6기가 불시에 황조 옆으로 치고 들었다. 감녕은 기선을 빼앗겼다.

"누구지?"

감녕이 가만 살펴보니 오나라 숙장 정보와 그 부하들이다. 정보는 오늘 싸움을 단단히 별렀고 당연히 황조 목도 노렸다. 정보는 손견이 황조로 인해 원정길에서 패하고 죽은 이후로 2대 손책, 3대 손권을 섬기며 역대 숙장들에게 뒤지지 않는 오나라 장수로 지냈다.

"오늘이야말로 불공대천 원수를 갚겠다."

정보는 영광스럽게 죽은 주군을 위해 복수하려고 굳게 다짐하던 참이다.

그렇지만 감녕도 그냥 바라보고만 있을 수는 없었다. 한발 늦었다는 사실에 당황하여 감녕은 허리춤에 있는 화살을 집어 들고 1대 메겨서 쏘았다. 화살은 정확하게 황조 등을 꿰뚫었다. 황조는 쿵! 하고 말에서 고꾸라졌다.

"맞았다! 적장 황조가 화살에 맞았다!"

감녕은 황조가 말에서 떨어지는 모습을 보고는 외치면서 말을 몰고 나와 정보와 함께 황조 목을 들어 올렸다. 강하를 점령한 후, 두 사람은 함께 황조 수급을 손권에게 바쳤다.

손권은 황조 수급을 땅에 홱 내던져버렸다.

"아버지를 죽인 원수! 상자에 넣어서 본국으로 보내라. 소비

목과 함께 아버지 무덤에 바치고 제사를 지내겠다."

손권은 분통을 터뜨렸다. 그러고는 병사들에게 일일이 은상을 내리고 철수 명령을 내렸다.

"감녕이 세운 공이 컸다. 감녕을 도위에 봉하겠다."

손권은 1000여 명 병사를 남기고 감녕에게 강하성 수비를 맡기려 했다.

그러자 장소가 진언했다.

"그리 좋은 방책이 아닙니다."

장소는 다시 고려해보길 촉구했다.

"작은 성 하나를 지키기 위해서 병사를 남겨두면 이후에도 신경 써야 합니다. 그렇다고 오래 지킬 수도 없습니다. 차라리 깨끗하게 버리고 돌아가면 유표는 반드시 병사를 들여 황조를 위한 복수를 하려고 계획할 것입니다. 그때 다시 적을 쳐부수고 밀려나는 적과 함께 형주까지 들어가면, 형주로 진입하기도 쉬울 것입니다. 이곳 지세나 요해는 이미 아군이 경험했으니 두 번이든, 세 번이든 치기 어렵지는 않습니다."

강하를 미끼로 유표를 어루꾀자는 계책을 내놓았다.

"좋은 생각이다."

손권도 찬성하여 점령지는 방치하기로 결정하고 군대는 전부 병선에서 개가를 울리며 선선히 본국으로 발걸음을 돌렸다.

한편, 함거에 실려 먼저 오나라로 보내진 소비는 오나라 군대가 개선했다는 소식을 들었다.

'내가 예전에 감녕을 도와주었으니 감녕에게 부탁하면 한번 힘을 써줄지도 모른다.'

소비는 문득 옛일을 떠올리고 편지를 써서 은밀히 감녕에게 전해달라고 부탁했다.

2

개선한 후 바로 손권은 아버지와 형 무덤에 참배하고 이번 전쟁에서 올린 혁혁한 전과를 보고했다. 그러고는 공을 세운 신하들을 모아놓고 성대한 연회를 벌였다.

연회 자리에서 감녕이 손권 발밑에 무릎 꿇고 고했다.

"긴히 드릴 말씀이 있습니다."

"새삼스럽게 왜 그러느냐?"

"제가 세운 보잘것없는 공에 은상을 내리시는 대신 소비 목숨을 구해주십시오. 만약 예전에 소비가 절 구해주지 않았더라면 저는 공을 세우기는커녕 목숨도 부지할 수 없었을 것입니다."

감녕은 고개를 조아리며 호소했다.

손권도 만약 소비가 동정을 베풀지 않았더라면 오늘 오나라가 거둔 대승도 없었을 것이라는 생각은 들었다. 그렇지만 손권은 고개를 저었다.

"소비를 구해주면 또 달아나 오나라에 원한을 품을 것이다."

"그런 일은 없을 것입니다. 제 목을 걸고 맹세합니다."

"맹세할 수 있겠나?"

"어떤 맹세든지 하겠습니다."

"그대를 봐서라도…."

손권은 결국 소비 목숨을 살려주라고 명했다. 게다가 여몽에게도 감녕을 데리고 왔다는 이유로 은상을 내렸다. 이후 횡야중랑장(橫野中郎將)으로 칭한다는 결정이다.

그 순간 별안간 연회장에 흐르는 온화한 분위기를 확 깨는 소리가 들려왔다.

"네 이놈, 게 서라!"

호통치면서 칼을 뽑아 들고 감녕에게 달려든 자가 있었다.

"무슨 짓이냐!"

감녕도 경악하여 그자를 질책하면서 앞에 있는 탁자를 집어 들어 바로 상대 칼을 막으며 맞섰다.

"물러서라! 능통!"

상황이 급박한 나머지 명령을 내릴 틈도 없었다. 손권은 난동 부리는 자를 뒤에서 힘껏 끌어안아 막으며 꾸짖었다.

소란을 피운 사람은 오군 여항(余抗) 사람 능통으로, 자는 공적(公績)이라는 청년이다. 지난 건안 8년에 벌인 전투에서 아버지 능조가 황조를 치러 가서 큰 공을 세웠지만, 당시 황조를 섬기던 감녕이 쏜 화살에 맞아 안타깝게도 목숨을 잃었다. 그때 능통은 불과 15살이었고 첫 출전이었다. 능통은 그 후 언젠가 원한을 갚고야 말겠다며 슬픈 마음을 달래고 피눈물을 마시며 가슴에 통한을 새겼던 것이다.

능통의 심경을 듣고 손권이 어렵게 말을 꺼냈다.

"오늘 피운 소란에 대해서는 나무라지 않겠다. 그대 효심을 기특히 여겨 이번에 저지른 무례는 용서한다. 같은 주군을 섬기는 신하들은 모두 형제와도 같지 않으냐. 감녕이 예전에 그대 아버지를 쏜 건 당시 섬기던 주군에게 충성을 다한 것이다. 지금 황조는 멸망했고 감녕이 오나라에 충성하는 신하가 된 이상 예전에 쌓아둔 원망으로 책망할 이유가 없다. 그대 효심은 충분히 이해하나, 효만 알고 충의 길은 모르면 사사로운 원망에 집착하게 되는 법. 날 봐서라도 그간에 쌓아둔 원한은 싹 잊어버리게."

주군이 타이르니 능통은 칼을 순순히 내려놓고 마루에 넙죽 엎드렸다.

"알겠습니다. 부디 헤아려주십시오. 어릴 적부터 입은 주군의 은혜를 잊을 수 없지만…. 아버지를 빼앗기고 비탄에 빠진 아들 마음은 어떠하겠습니까? 또 아버지를 죽인 인간을 눈앞에 마주하는 심정은 어떠하겠습니까?"

능통은 머리를 바닥에 찧어 이마에서 피를 철철 흘리며 통곡 아닌 통곡을 했다.

"내게 맡겨라."

손권은 장수들과 함께 능통을 달래느라 애를 먹었다. 능통은 아버지를 따라 강하로 나갔던 첫 출전을 시작으로 올해 21살이 된 젊은 장수지만 용맹한 기백으로 명성이 높았다. 능통의 사람됨을 손권도 총애했다.

그 후 능통에게는 승렬도위(承烈都尉)직을 내리고 감녕에게는 병선 100척에 병사 5000명을 주어 하구 수비를 맡겼다. 능통이 가슴에 담은 숙원을 풀어주기 위해서다.

3

오나라는 날이 갈수록 기세를 더해갔다. 남방 하늘에 융성한 기운이 넘쳐났다. 지금 오나라가 가장 힘을 불어넣는 부분은 수군 편제다. 배를 만드는 기술도 급격하게 진보했다. 특히 큰 배를 건조하는 작업을 활발히 진행하였다. 그 배들을 파양호(鄱陽湖)에 불러 모으고 주유가 수군 대도독을 맡아 맹훈련을 시키느라 열심이다. 손권도 마음 편히 지켜보지만은 않았다. 숙부 손정에게 오회를 맡기고 파양호 근처 시상군(柴桑郡, 강서성江西省 구강九江 서남쪽)까지 진영을 이끌었다.

그 무렵 현덕은 신야에서 공명을 맞아들여 장래를 위한 계획을 세워 만반의 준비를 하느라 눈코 뜰 새 없이 바빴다.

"중대한 일이 있다고 형주에서 급사를 보내왔소. 가는 게 좋겠소, 가지 않는 게 좋겠소?"

그날 현덕은 유표가 보내온 서면을 들고 한참을 고민했다.

공명이 명쾌한 해답을 내놓았다.

"가도록 하십시오. 아마도 오나라에 패한 황조 원수를 갚으려는 회의겠지요."

"유표와 만났을 때는 어떤 태도를 보이는 게 좋겠소?"

"양양 모임이나 단계에서 있었던 일을 넌지시 언급하고 혹시 유표가 주군께 오나라를 공격하는 역할을 맡겨도 결단코 수락해서는 안 됩니다."

장비와 공명을 거느리고 현덕은 형주성으로 발걸음을 옮겼다. 장비와 병사 500명을 성 밖에 대기시키고, 현덕은 공명과 둘이서 입성했다. 그러고는 계단 아래서 절을 하니 유표는 현덕을 당 위로 맞아들였다.

"일전에 있었던 양양 모임에서 귀공을 어려움에 부닥치게 해 면목이 없소. 채양을 참해 사죄를 표하려고 했지만, 본인을 포함한 무리가 부끄러이 여기고 마음 깊이 참회하는지라 부득이하게 용서했소. 모쪼록 그 일은 없었던 일로 잊어주시오."

유표가 먼저 양양 모임 관련 이야기를 꺼냈다.

현덕은 빙그레 미소 지었다.

"아마도 그 일은 채양이 꾸민 일이 아닐 듯싶습니다. 하찮은 조무래기들이 벌인 짓이겠지요. 저도 잊은 지 오래입니다."

"강하에서 황조가 전쟁에서 패하고 목숨을 잃었다는 이야기는 들었소?"

"황조는 파멸을 자초한 것입니다. 평소에 자중하지 못하는 대장이었으니 언젠가 벌어질 일이었습니다."

"해서 말인데 오나라와 전쟁을 벌여야겠소만…."

"지금 남쪽으로 병력을 보내면, 북방에 있는 조조가 바로 틈을 노려 쳐들어올 겁니다."

"그렇소, 그게 문제요. 나도 이제 나이가 들어 앓아눕는 일도 흔하오. 난국을 맞아 이리저리 고심하니 정신이 혼미해져 어찌할 바를 모르겠소. 그대는 한나라 후손으로 유가 종친이요. 나를 대신해 나랏일을 다스려주고 내가 죽은 뒤에는 뒤이어 형주를 맡아주지 않겠소?"

"그럴 수는 없습니다. 이런 난국에 재주도 없는 제가 큰 나라를 어찌 다스릴 수 있겠습니까?"

공명이 계속 현덕에게 눈짓을 보냈지만 통하지 않았다.

"약한 말씀 마시고 건강에 유념하시어 마음을 다잡으십시오. 훌륭한 계획을 세워 나라를 다스리시기 바랍니다."

그 말만 남기고는 성을 나와 객사로 물러갔다.

나중에 공명이 조용히 물었다.

"왜 수락하지 않으셨습니까?"

"은혜를 베푼 사람이 위험에 처했는데 그것을 어찌 기쁨으로 삼을 수 있겠소."

"나라를 빼앗는 일은 아니잖습니까?"

"물려주는 것이라고는 해도 은인에게 닥친 불행은 불행이오. 내게는 명확한 행운이고. 그럴 수는 없소."

공명은 가볍게 한숨 지으며 어쩔 수 없다는 듯 중얼거렸다.

"주군은 진정 인자(仁者)십니다."

4

그때 누군가 달려와서 알렸다.

"유기 도련님이 오셨습니다."

현덕은 놀라며 유기를 곧바로 맞아들였다.

'유표의 세자 유기가 무슨 일로 여길 찾아왔지?'

당에 맞아들여 찾아온 이유를 물으니 유기는 눈물을 보이며 고했다.

"장군께서도 아시다시피 저는 형주의 세자로 태어나긴 했지만, 계모 채 씨가 유종을 후사로 세우려고 항상 제 목숨을 노리는 형국입니다. 이대로 성에 있다간 언제 살해 당할지 모릅니다. 장군, 저를 도와주십시오."

"짐작은 간다. 세자, 집안일은 타인이 참견해서 될 일이 아니다. 어느 집안이나 힘든 일이 있으면 좋은 일도 있는 법. 그걸 극복하는 게 집안의 한 사람으로서 임무 아니겠는가."

"다른 일이라면 얼마든지 견딜 수 있지만 제 목숨이 위태롭습니다. 죽고 싶지 않습니다."

"공명, 세자를 위한 좋은 방도가 없소?"

공명은 냉정하게 고개를 가로저으며 대답했다.

"남의 집안일은 제 알 바 아닙니다."

"…."

유기는 수심에 잠긴 채 터덜터덜 돌아갔다. 현덕은 안타까운 듯 배웅하며 위로했다.

"내일 세자 객사로 공명을 심부름 보낼 테니 그때 이 일에 대한 묘책을 은근히 물어보아라."

현덕이 유기 귀에 대고 속닥였다.

다음 날 현덕은 공명에게 은근슬쩍 부탁했다.

"어제 세자가 날 방문했으니 답례를 하러 가야 하는데, 어찌된 일인지 아침부터 배가 아파 꼼짝할 수가 없소. 날 대신해 다녀와주지 않겠소."

해서 공명은 유기가 머무는 객사로 발걸음을 옮겼다. 바로 돌아오려고 했으나 유기가 예를 다해서 술을 권해와 그냥 일어날 수가 없었다.

술잔이 몇 순배 돌았을 무렵이다.

"선생이 오셨으니 꼭 함께 읽으며 배움을 얻고 싶은 고서가 있습니다. 대대로 내려오는 희귀한 책입니다. 좀 봐주시지 않겠습니까?"

학문을 즐기는 공명을 부추기며 전각 위로 청했다. 공명은 자못 궁금한 듯 방을 둘러보았다.

"책은 어딨습니까?"

공명은 의아하다는 표정으로 물었다.

유기는 공명 발밑에 무릎을 꿇고 눈물을 흘리며 절을 했다.

"선생, 용서해주십시오. 선생을 이곳으로 청한 이유는 어제 말씀드린 대로 저를 위기에서 구해주길 바라서입니다. 부디 죽음을 피할 수 있는 방책을 들려주십시오."

"모릅니다."

"그런 말씀 마십시오."

"어찌 다른 사람 집안일을 간섭하겠습니까? 그런 방책은 없습니다."

소맷자락을 뿌리치고 전각을 내려가려니 어느새 거기 놓여 있던 사다리가 치워진 게 아닌가.

"세자께서 저를 속이셨군요."

"물어볼 사람이 선생 외에는 없습니다. 저는 지금 생사의 갈림길에 서 있습니다."

"아무리 그러셔도 없는 방책을 가르쳐드릴 수는 없습니다. 어려움을 헤치고 목숨을 보전하고 싶으시면 스스로 지혜를 짜고 용기를 내 위험과 싸우는 수밖에 없습니다."

"어떻게 해도 선생의 가르침을 구할 수 없단 말씀입니까?"

"소원한 것은 친밀한 것을 떼어놓지 말 것이며, 새로운 것은 오래된 것을 떨어뜨리지 말 것이다. 이 말 그대로입니다."

"정 그러시다면 어쩔 수 없습니다."

유기는 돌연 칼을 뽑아 들고 자결하려고 몸부림쳤다.

공명은 부리나케 유기를 막았다.

"기다리십시오."

"이거 놓으십시오."

"이럴 정도로 심려하신다면 계책을 알려드리겠습니다."

"정말입니까?"

유기는 칼을 얼른 내려놓고 공명 앞에 넙죽 엎드렸다. 유기 눈은 반짝이기 시작했다.

5

공명은 공손하게 이야기하기 시작했다.

"옛날 춘추(春秋) 시대 진나라 헌공(獻公)의 부인은 아들을 둘 두었습니다. 형은 신생(申生), 아우는 중이(重耳)라 불렀지요."

공명은 옛이야기를 예로 들어 유기를 가르쳤다. 유기는 온정신을 귀로 집중시켜 열심히 들었다.

"얼마 후 헌공의 두 번째 부인 여희(驪姬)에게도 아들이 태어났습니다. 여희는 그 아이에게 뒤를 잇게 하려는 생각에 항상 정실 아들 신생과 중이에 대한 험담을 했습니다. 헌공이 보기에 정실이 둔 아들들은 수재였으므로 여희가 참언해도 신생과 중이를 폐하려고 하지는 않았습니다."

"신생이라는 자는 지금의 저와 처지가 비슷합니다."

"여희는 어느 따뜻한 봄날, 헌공을 누각으로 맞아들여 주렴 안에서 정원에 찾아온 봄 풍경을 즐기라 하고, 몰래 옷깃에 꿀을 바른 다음 신생을 정원으로 불렀습니다. 당연히 수많은 벌이 달콤한 꿀 향기를 맡고는 여희 머리와 옷깃으로 날아들었지 뭡니까. 여희가 놀라서 소리를 지르니 아무것도 모르는 신생은 여희 몸을 감싸면서 옷깃을 털어내고 등을 두드렸습니다. 누각에서 두 사람을 바라보던 헌공은 분개했습니다. 신생이 여희를 희롱한다고 의심하기 딱 좋은 상황이었으니까요. 그 후로 헌공은 신생을 미워했고, 해가 갈수록 아들을 의심하게 되었습니다."

"아…. 채 부인도 그런 식입니다. 언젠가부터 저도 이유 없이 아버지에게 미움 받게 되었습니다."

"이 계책이 성공하자 여희는 용기를 얻어 또 다른 모략을 꾸몄습니다. 돌아가신 왕후의 제삿날이었습니다. 여희는 몰래 제사 음식에 독을 숨긴 다음 신생에게 '어머님 제사 음식을 그대로 물리면 아까우니 아버지께 가져다드리라'고 말했습니다. 신생은 여희 말 대로 아버지께 음식을 권했지요. 그때 여희가 들어와 '밖에서 가져온 음식을 함부로 드시면 안 된다'며 개에게 음식 하나를 던져 줬습니다. 그랬더니 개는 그 자리에서 피를 토하고 죽어버렸습니다. 헌공은 감쪽같이 여희 손에 놀아나 신생을 죽이고 말았습니다."

"아…, 아우 중이는 어찌 되었습니까?"

"다음은 내 차례라고 미리 알아챈 중이는 다른 나라로 부리나케 도망가 몸을 숨겼습니다. 19년이 지난 후 세상에 나온 진나라 문공이 바로 중이였습니다. 지금 형주의 동남, 강하 지방은 황조가 오나라에 패한 후 지킬 사람도 없이 방치된 상태입니다. 세자, 세자가 계모의 화에서 벗어나고 싶으시다면 아버지께 부탁해 강하로 가서 지키십시오. 중이가 나라를 벗어나 자신에게 처한 난을 피한 것과 같은 결과를 얻을 수 있을 것입니다."

"선생, 진심으로 감사드립니다. 정말 고맙습니다. 이제야 살아갈 힘이 생깁니다."

유기는 백번 절을 하고는 손뼉을 쳐 신하를 불러 사다리를 가져오게 한 다음 공명을 배웅했다.

공명은 돌아가서 이 일을 있는 그대로 현덕에게 고했다.

"좋은 계책이오."

현덕도 함께 기뻐했다.

잠시 후 형주에서 현덕을 부르는 사신이 찾아왔다. 현덕이 성으로 가보니 유표가 이런 의논을 하는 게 아닌가.

"장남 유기가 무슨 생각인지 갑자기 강하로 보내달라고 하오. 어떡하면 좋겠소?"

"잘된 일이지 않습니까? 부모 슬하에서 벗어나 멀리 떨어져 지내는 일이 좋은 경험이 될 뿐만 아니라, 강하는 오나라와 경계에 위치한 중요한 땅이니 누구든 친족을 보내는 게 형주의 사기를 북돋우기에도 좋을 것입니다."

"그렇소?"

"그러면 동남쪽 방비는 장남과 함께 굳건히 하시고, 저는 서북쪽 방비를 맡겠습니다."

"음…. 듣자 하니 요즘 조조도 현무지(玄武池)에 병선을 띄워 부지런히 수군을 조련한다는 소문이오. 아무래도 남쪽을 정벌하려는 야심이겠지. 아무쪼록 방비에 전력을 다해주길 간절히 바라오."

"심려치 마십시오."

그러고 나서 현덕은 신야로 돌아갔다.

공명, 첫 싸움에 임하다

1

그 무렵 조조는 직제를 대대적으로 개혁했다. 더불어 끊임없이 내정을 쇄신하고 유능한 인물은 과감하게 등용하여 각료를 강화하는 데 힘을 쏟았다.

'무슨 일이 생기면 언제라도 대응한다'는 임전 태세를 갖추는 것이다. 모개(毛玠)를 동조연(東曹掾)에, 최염(崔琰)을 서조연(西曹掾)에 임명한 것도 이 무렵이다. 그중에 특이하다고 평가 받는 인사가 있었다. 주부 사마랑(司馬朗) 아우며, 하내(河內) 온(溫) 사람으로 이름은 사마의(司馬懿), 자는 중달(仲達)이라는 자를 문학연(文學掾)으로 등용한 일이다.

사마중달은 항상 문교(文敎) 방면 관리로만 일했는지라 문관 쪽에서는 재능을 인정받았지만, 군정 방면에서는 아직 재략을 알 길이 없었다. 군부에 여전히 중하게 쓰인 사람은 하후돈, 조인, 조홍 등이다.

어느 날, 남방 형세에 관한 군사 회의가 열린 자리에서 하후돈이 조조에게 의견을 올렸다.

"지금 현덕은 신야에서 공명을 군사로 임명해 병마를 조련하느라 여념이 없다고 하니 그냥 두면 훗날 큰 우환이 될 것입니다. 먼저 이 방해물을 제거한 뒤 대계(大計)에 임하는 게 순서일 듯합니다."

대장들 사이에서 다른 의견을 품은 듯한 기색도 보였다.

"그러는 게 좋을 듯하오."

조조가 바로 동의하니 그 자리에서 현덕을 토벌하자는 결론이 내려졌다. 하후돈을 도독으로 하고 우금, 이전을 부장으로 한 10만 군대가 편제되어 길일을 골라 출진하기로 결정했다. 그사이에 순욱(荀彧)은 두 번 정도 조조에게 이론(異論)을 제기했다.

"들은 바로는 공명이라는 자는 예사롭지 않은 군사인 듯합니다. 지금 가벼이 여겨 현덕과 부딪치는 건 승리를 거두어도 이득이 적고, 만에 하나 패하기라도 한다면 중앙군으로서 위엄이 실추되어 잃는 게 큽니다. 신중히 사려해보심이 어떠신지요."

그러자 하후돈이 곁에서 웃어젖혔다.

"현덕이나 공명 따위 어차피 자기 영지도 갖지 못한 들쥐 무리에 지나지 않소. 지금 하신 말씀은 기우일 뿐이오."

"아니오, 장군. 현덕을 얕잡아보면 아니 될 말이오."

그때 곁에서 불쑥 순욱을 도와 가세하는 사람이 있었다. 얼마 전까지 신야에서 현덕을 곁에서 모시던 서서(徐庶)다.

"아, 서서인가."

조조는 서서의 존재를 알아채고 다급하게 물었다.

"새로이 현덕의 군사가 된 공명은 어떤 인물인가?"

"이름은 제갈량, 자는 공명, 도호는 와룡 선생이라 칭하는 자로 위로는 천문에 능통하고 아래로는 지리와 민정을 꿰뚫으며 《육도》를 줄줄 외고 《삼략》을 가슴에 품어 신출귀몰하는 범상치 않은 인물입니다."

"그대와 비교한다면?"

"저 같은 사람과는 비교도 안 됩니다. 절 반딧불이라 한다면 공명은 달 같은 존재입니다."

"그 정도란 말이오?"

"저를 어찌 공명에 비하겠습니까?"

그러자 하후돈은 서서가 하는 말을 꾸짖고 한층 더 큰소리를 쳤다.

"공명도 한낱 인간일 뿐. 다른 사람과 뭐 그리 차이가 나겠소. 무릇 평범과 비범 차이도 종이 한 장에 지나지 않소. 내 눈에 어린 공명 따위는 한낱 먼지와 같소. 게다가 그 애송이는 아직 실전 경험도 없잖소. 만약 이번 전쟁에서 공명을 사로잡아 오지 못한다면 내 목을 승상께 바치겠소."

조조는 하후돈의 말을 장하게 여겨 출진하는 날에는 기꺼이 몸소 말을 몰고 부문까지 나와 10만 장병을 배웅했다.

2

한편, 신야 내부에는 공명을 맞아들이고 나서 좀 묘한 분위기가 감돌았다. 젊은 공명을, 오랜 세월 고락을 함께한 신하보다 상석에 앉히고 거기다 스승에 대한 예를 갖출 뿐 아니라, 주군과 기거를 함께하며 같은 침상에서 잠을 자고 일어나서는 한 상에서 밥을 먹다니, 지나치게 총애하는 것 아닌가 하는 질시가 쏟아졌다.

관우와 장비도 그런 생각이 겉으로 드러나기도 했고 언젠가는 현덕에게 거침없이 불평을 털어놓은 적도 있었다.

"대체 저 공명이란 자에게 어느 정도 재주가 있는 겁니까? 형님은 사람을 너무 신뢰하는 경향이 있잖습니까?"

"그렇지 않다."

현덕은 빙긋 웃음을 머금었다.

"내가 공명을 얻은 건 물고기가 물을 얻은 것과 같다."

장비는 그 후로 공명을 볼 때마다 불쾌하기 짝이 없다는 듯한 표정을 지으며 비웃었다.

"물이 온다. 물이 흘러간다."

말 그대로 공명은 물과 같은 사람이다. 성에 머물러도 있는지 없는지 모를 정도로 항상 조용했다.

언젠가 공명이 문득 현덕이 쓴 모자를 보고는 평안하던 미간을 찌푸리며 물었다.

"무엇입니까?"

현덕은 유달리 용모를 치장하는 걸 좋아했다. 해서 진귀한 재료가 있으면 모자를 엮어 구슬로 장식한 다음 쓰고 다녔는지라 그 모습을 나무라는 말인 듯했다.

"이거 말이오? 얼룩소 꼬리요. 희귀한 재료지요. 양양 어느 부호가 보내왔는데 모자로 엮어보았소. 이상하오?"

"잘 어울리십니다. 헌데 슬프지 않습니까?"

"왜 그러오?"

"아녀자처럼 용모를 가꾸셔서 어쩌실 생각입니까? 주군께 큰 뜻이 없다는 증거입니다."

공명이 조금 화가 난 듯 나무라자 현덕은 갑자기 얼룩소 꼬리로 만든 모자를 내동댕이쳤다.

"어찌 본심으로 이런 짓을 했겠소? 근심을 잠시간 잊으려 했을 뿐이오."

현덕의 얼굴이 이내 굳어졌다.

"주군과 유표를 비교하면 어떻습니까?"

"유표에 미치지 못하네."

"조조와 비교하자면?"

"더더욱 미치지 못하네."

"이미 주군은 그 두 사람에게 미치지 못하며 거느린 병력은 불과 수천에 지나지 않습니다. 만약 조조가 내일이라도 공격해 온다면 어떻게 막으시겠습니까?"

"바로 내가 항상 걱정하는 점이오."

"걱정거리는 그저 걱정한다고 해결되지 않습니다. 대책을 세워야 합니다."

"좋은 방법이 있으면 가르쳐주오."

"내일부터 시작하겠습니다."

공명은 얼마 전부터 신야 호적부를 작성하여 백성 중에서 장정을 징집했다. 성에 주둔하는 병사 수천 명 이외에 새로 농병대 조직을 계획한 것이다. 다음 날부터 공명은 직접 교관이 되어 농민병 3000여 명을 조련하기 시작했다. 구보, 포복, 전진, 후퇴 등 진법 기본을 가르치고 극기 정신을 불어넣었으며 활 쏘는 법과 칼 쓰는 법까지 일일이 가르쳤다. 두어 달이 지나니 3000농병은 규율을 잘 지켜 공명의 손발같이 움직였다.

그때 하후돈을 대장으로 한 10만 병사가 신야를 치러 남하한다는 소식이 들려왔다.

"10만 대군이라오. 어찌하면 막을 수 있겠는가?"

현덕은 두려운 마음을 관우와 장비에게 털어놓았다. 장비가 먼저 나섰다.

"들판에 큰불이 났습니다. 그렇다면 물을 보내서 끄면 되지 않습니까?"

하필 이럴 때 쓴소리로 빈정댔다.

3

사사로운 감정에 사로잡혀 있을 때가 아니다. 현덕은 관우와 장비에게 부탁했다.

"지혜는 공명에게 빌리고 용맹은 두 사람에게 맡기겠다."

장비와 관우가 물러나자 현덕은 공명을 불러 대책을 꼼꼼하게 의논했다.

"걱정하지 마십시오."

공명은 말을 이었다.

"단, 지금 걱정하실 건 밖이 아닌 내부입니다. 아마 관우와 장비는 제 명령에 따르지 않을 것입니다. 군령이 행해지지 않으면 패배하는 건 눈에 보이듯 뻔합니다."

"난처한 문제요. 대체 어찌하면 좋겠소?"

"황송한 말씀이지만 주군이 쓰는 검과 인수를 저에게 잠시만 맡겨주십시오."

"어려운 일도 아니오. 그거면 되겠소?"

"예. 장수들을 불러주십시오."

현덕은 공명 손에 검과 인수를 건네주고 장수들을 불러들였다. 공명은 군사 자리에 앉았고 현덕은 중앙에 놓인 의자에 앉았다. 공명이 엄숙하게 일어나 아군 진영 배치를 명했다.

"신야에서 90리 떨어진 곳에 박망파(博望坡, 하남성 신야 북쪽)라는 지형이 험한 곳이 있소. 왼쪽에는 예산(豫山)이라는 산이 있고 오른쪽에는 안림(安林)이라는 숲이 있소. 모두 이곳을 전장이라 생각해주기 바라오."

공명은 먼저 지형을 차근차근 설명했다.

"관 장군은 1500기를 이끌고 예산에 숨어 있다가 적군이 반쯤 통과했을 때 후진을 공격하여 적의 치중(輜重)을 습격해 불을 지르시오. 장 장군은 마찬가지로 병사 1500기를 거느리고 안림으로 들어가 뒤쪽 계곡에 숨어 있다가 남쪽에서 불길이 치솟는 걸 보고는 곧장 달려 적의 중군 선봉과 맞서 무찌르면 되오. 관평과 유봉은 각각 500명을 이끌고 유황, 염초를 준비해 박망파로 가서 양쪽에서 불을 놓아 적을 불길로 감싸시오."

다음에는 조운을 지명했다.

"조 장군을 선봉으로 명하오."
조운이 기뻐하며 임하자 공명이 덧붙였다.
"단, 어떤 공도 세워서는 안 되며 거짓으로 지고 도망쳐 오길 바라오. 이기는 것만이 능사가 아니고 적을 깊이 유인하는 게 귀공 임무요. 결코, 전군에 내린 임무를 잊어서는 안 되오."
공명이 그 밖의 모든 임무에 관한 지시를 하나하나 명하자 장비가 기다렸다는 듯이 공명을 향해 큰 소리로 물었다.
"군사 말씀 잘 알아들었습니다. 한 가지 물어보고 싶은 게 있습니다. 군사는 어느 방면으로 가실 겁니까?"
"주군은 한 부대를 이끌고 선봉 조운과 수미 형태를 이루어 말하자면 진로를 막는…."
"닥쳐라, 주군 이야기가 아니다. 너는 어디서 전투를 벌일 각오인지를 묻는 것이다."
"나는 여기서 신야를 지킬 것이오."
장비는 큰 입을 열고 거침없이 웃었다.
"와하하, 아하하. 그렇고말고, 너란 놈이 짜낸 지혜도 뻔히 보이는 정도구나. 모두 들었소?"
장비는 손뼉을 딱딱 치며 웃어젖혔다.
"주군을 비롯하여 우리 모두에게 본성을 떠나 멀리 나가서 싸우라고 명령하면서 자기는 신야를 지킨다 하오. 편히 앉아서 우리가 무사하기만을 바란다고. 우하하…. 우습지 않소?"
공명은 한마디로 그 웃음을 지워버리듯 위엄 있게 나무랐다.
"여기 검과 인수가 있소. 명령을 어기는 자는 베겠소. 군기를 흩트리는 자도 마찬가지요!"

공명은 장비를 홱 노려봤다. 화가 난 장비는 반항하려고 했으나 현덕이 달래니 마지못해 나갔다. 그러고는 공명을 비웃으면서 출진했다.

4

겉으로는 명령에 따라 전선으로 나갔지만, 공명이 군사로서 지휘하자 내심 의심을 품은 사람은 관우와 장비뿐만은 아니다. 관우도 장비를 살살 달래보기는 했다.

"어쨌든 공명의 계책이 제대로 들어맞는지 지켜보는 의미에서 이번만큼은 명령에 따라보자."

관우도 썩 탐탁지는 않은 듯했다.

때는 건안 13년 7월, 가을이다. 하후돈은 10만 대군을 이끌고 박망파까지 치고 들어왔다. 마을 길잡이를 불러 그곳 지명을 물었다.

"뒤는 나구천(羅口川)이고 좌우는 예산, 안림입니다. 앞은 박망파입니다."

군량을 옮기는 치중대(輜重隊)가 주를 이루는 후진 수비에는 우금과 이전을 두고, 하후돈은 부장 하후란(夏侯蘭)과 호군(護軍) 한호(韓浩)를 데리고 앞으로 더 진격했다. 그러고는 일단 가벼운 차림을 한 장수 수십 명을 데리고 적의 진용을 시찰하러 높은 곳으로 올라가 보았다.

"하하하, 저건가. 와하하."

하후돈은 말 위에서 입이 찢어지도록 웃어젖혔다.

"뭐가 그리 우스우십니까?"

주위에 있는 장수들이 자못 궁금하여 물었다.

"아까 서서가 승상 앞에서 공명이 가진 재주를 칭송하며 마치 신통력이라도 있는 것처럼 말했는데, 지금 내 눈으로 공명이 지휘한 포진을 보고 얼마나 어리석은지 알았소. 빈약한 병력으로 어설프게 진을 배치하고 내게 대항하다니…. 개와 양을 부추겨 호랑이와 싸우게 하는 형국과 같구나."

하후돈은 웃음을 참지 못하고 자신이 조조 앞에서 현덕과 공명을 산 채로 잡아들이겠다고 큰소리친 것도 이 진형을 보면 이미 현덕 군의 목이 부처님 손바닥 안에 있는 것이나 다름없다고 덧붙였다. 이미 적을 얕잡아본 하후돈은 선봉에 선 병사들을 향해 단번에 쳐들어가라 호령하고 앞장서서 달려 나갔다.

그때 조운도 반대편에서 말을 달려 하후돈 쪽으로 달려왔다. 하후돈은 목청껏 소리를 질렀다.

"쥐새끼들의 대장 현덕이 나눠 주는 좁쌀을 먹고 함께 나라를 훔치는 꼴사나운 무리야, 어디로 가느냐! 하후돈이 여기 있다, 목을 내놓아라!"

"무슨 소리냐!"

조운은 쏜살같이 창을 휘두르며 내달렸다. 그러고는 10여 합 맞부딪치고 일부러 서둘러 달아났다.

"기다려라, 겁쟁이 졸개!"

하후돈은 의기양양하여 꽤 깊숙이까지 쫓아왔다. 호군 한호는 그 모습을 보고 하후돈을 쫓아가서 충고했다.

"너무 깊이 들어가는 건 위험합니다. 조운이 달아나는 모습을 보니 맞서는 척하다가 끌어들이고, 끌어들여서는 또 달아나니 분명히 어딘가에 복병을 숨겨두었을 것입니다."

"무슨 개 풀 뜯어 먹는 소리냐!"

하후돈은 웃어넘겼다.

"복병이 있다면 복병을 쳐부수면 되지 않느냐, 이까짓 적 십면매복(十面埋伏, '십면十面'은 10면이 아니라 모든 방위나 장소를 뜻하며 '매복埋伏'은 숨어 있다는 뜻으로 '십면매복'은 도처에 적이 있어 피할 곳이 없다는 의미. 이 말이 처음 등장하는 건 원나라《전한서평화前漢書平話》라는 소설로, 해하垓下 전투 장면을 묘사하면서 이 표현을 씀 – 옮긴이)으로 들어간들 두려울쏘냐. 그냥 쫓고 또 쫓아서 물리치자."

하여 어느새 하후돈은 박망파로 접어들었다. 그러자 철포가 쩌렁쩌렁 울리면서 쇠북 소리, 화살이 날아가는 소리가 귀를 시끄럽게 때리기 시작했다. 깃발을 보니 현덕이 이끄는 부대다. 하후돈은 너털웃음을 호탕하게 터뜨렸다.

"이것이 적의 복병이라는 것인가. 버러지 놈들, 단번에 해치워주마."

하후돈은 달리는 말에 박차를 가했다.

기세가 등등한 하후돈 휘하 병사들은 그날 밤 안으로 신야까지 밀고 들어가 단번에 적의 본거지라도 차지할 듯한 기세였다. 현덕은 한 무리 부대를 이끌고 힘껏 싸웠지만, 공명이 전한 계책이 있어 더는 막지 못하는 척하면서 조운 부대와 합세해 줄행랑 놓기 시작했다.

5

어느새 해가 뉘엿뉘엿 저물어 안개 같은 구름 위로 달빛이 희미하게 비쳤다.

"이보게, 우금. 잠시 기다리게."

말에 채찍을 휘두르며 서둘러 앞으로 달려가던 우금은 뒤에서 부르는 소리에 비지땀을 닦으며 뒤돌아보았다.

"이전 아닌가. 무슨 일인가?"

이전은 숨을 헐떡이며 쫓아왔다.

"하후 도독은 어디 계시는가?"

"성격이 급하신 대장이니 어찌 지체하겠소. 달리는 말에 몸을 맡기고 앞장서서 달려 나가서 우리는 2리 정도 뒤처졌을 것이오."

"이대로 밀고 들어가는 건 위험하네."

"왜 그러시오?"

"너무 무턱대고 밀고 들어가고만 있소."

"쳐부술 것도 없는 적세요. 전진할 수 있는 건 아군이 강해서가 아니라 적이 너무 미약해서요. 무엇을 두려워하겠소."

"두려워하는 건 아니지만, 예전에 병법을 배울 때 본 '험한 길이 갈수록 좁아지고 산천이 가까워져 초목이 우거지면 적에게 화공 계책이 있음을 알고 주의해야 한다'는 말이 문득 떠올랐소."

"음…. 듣고 보니 이 부근 지세는…. 그 말 그대로요."

우금은 발걸음을 우뚝 멈췄다. 그리고는 병사들을 불러 멈추라 지시하고, 이전에게 부탁했다.

"이 장군은 여기서 후진을 견고하게 하고 잠시간 사방을 경계하게나. 아무래도 지세가 심상치 않으이."

우금은 홀로 말을 내달려 겨우 하후돈을 따라잡았다. 이전의 말을 그대로 전하니 하후돈도 그제야 깨달은 듯했다.

"큰일이다. 너무 깊숙이 들어온 듯하다. 왜 좀 더 빨리 말하지 않았나."

그때 살기라고 할까, 병기라고 할까, 오랜 세월 전쟁터를 오갔던 하후돈인지라 감지할 수 있는, 왠지 등골이 오싹하며 온몸에 털이 곤두서는 듯한 느낌에 사로잡혔다.

"퇴각하라!"

말 머리를 돌려세울 틈도 없었다. 주변 일대 산과 계곡과 골짜기 나무 사이에 튀어 오르는 불꽃이 보였다. 그러자 곧 시커먼 광풍과 함께 불은 온 산의 나뭇가지를 훑고 계곡물은 구릿빛으로 끓어올랐다.

"복병이다!"

"화공이다!"

갈팡질팡하는 사람과 말이 뒤엉켜 서로 밟고 밟혀 넘어지는 아비규환에 이르렀을 때, 이미 천지는 함성으로 뒤덮이고 사면은 쇠북이 내는 울림으로 꽉 찼다.

"하후돈은 어딨느냐. 낮에 한 헛소리는 어떻게 됐느냐."

조자룡 목소리다.

천하의 하후돈도 계곡에 떨어져 죽는 자, 말에 밟혀 목숨을 잃는 자 등 아군의 엄청난 사상자를 보고는 뒤돌아 조운을 마주할 용기를 잃은 듯했다.

“말에 의지하지 마라. 말을 버리고 물을 따라서 후퇴하라!”

부하들에게 외치며 자기도 말을 버리고 달아나 몸 하나 겨우 건졌다.

“아뿔싸.”

후진에서 기다리던 이전은 전방에 솟은 불길을 보고는 서둘러 구하려 했으나 갑자기 눈앞에 관우 군대가 나타나 길을 막아서는 바람에 흠칫 물러났다. 그러고는 박망파에 있는 치중대를 지키려고 말 머리를 돌렸으나 이미 현덕 휘하 장비가 들이닥쳐 치중을 모조리 불태워버린 다음이었다.

“불 그물 속에 있는 적, 한 놈도 놓치지 마라!”

장비 군대가 후방에서 협공해 왔다.

칼에 베여 쓰러지는 자, 불타 죽는 자, 사상자는 셀 수도 없었다. 하후돈, 우금, 이전 등 장수들은 군수 물자를 옮기는 수레까지 불타는 광경을 망연자실 지켜볼 수밖에 없었다.

“아…, 틀렸다.”

고개 넘어 달아났지만, 그 와중에 하후란은 장비를 만나 목이 달아났고 호군의 한호는 불길에 휩싸여 전신에 큰 화상을 입었다.

6

전쟁은 새벽이 되어서야 끝났다. 산은 불타고 계곡은 시체로

빼곡히 메워졌다. 처참하게 피어오르는 연기 속에서 관우와 장비는 병사들을 그러모은 다음 의기양양하게 어젯밤에 이룬 전과를 둘러보았다.

"적의 시체는 3만을 넘겠소. 무사히 달아난 병사는 반도 채 안 될 거요."

"거의 전멸했군."

"조짐이 좋소. 군량과 다른 전리품도 어마어마할 거요. 이런 대승을 거둔 건 평상시에 단련해둔 실력에서 비롯되었소. 역시 평소에 잘해야 하는 거요."

"그것도 있지만…."

관우는 말끝을 흐리며 말 머리를 나란히 한 장비 얼굴을 보고 말했다.

"이 작전은 전부 공명이 지시한 것이니 그 공을 인정할 수밖에 없다."

"음…. 내놓은 계책은 하나같이 맞아떨어졌소. 그 녀석도 제법 하는구먼."

장비는 그래도 조금은 분한 듯했지만 내심 공명의 지모를 인정하지 않을 수 없었다.

전장을 뒤로하고 신야로 귀환하는데 맞은편에서 깃발을 힘차게 든 기마병 500여 기가 호위한 수레가 이쪽으로 다가오는 게 아닌가.

"누구지?"

가만히 보아하니 수레 위에 의연하게 앉아 있는 사람은 군사 공명이다. 말을 타고 앞서 오는 두 장군은 미축과 미방이다.

"오, 저것은…."

"군사인가?"

위광(威光)은 거스를 수 없는 법. 관우와 장비는 그 모습을 보고 부지불식간에 말에서 내렸다. 그러고는 수레 앞으로 가 넙죽 엎드려 지난밤에 거둔 전과를 공명에게 낱낱이 보고했다.

"우리 주군의 덕과 모두가 선보인 충성 어린 무용에 의한 결과요. 나 또한 기쁘기 그지없소."

공명은 수레 위에서 의젓하게 말하며 대장들을 치하했다. 자신보다 한참 나이가 많은 맹장들을 내려다보며 말하는 것만 보아도 이제 갓 28살 된 젊은이로는 보이지 않았다.

잠시 후 조운, 관평, 유봉 등 장수들도 휘하 병사들을 거느리고 괴어들었다. 관우의 양자 관평은 적의 군량 차를 70여 대나 빼앗아 처음 나간 전투에서 하늘을 찌르는 기세를 보였다. 이윽고 백마를 걸터탄 현덕의 모습이 보이니 전군이 개가를 알리는 함성을 드높이며 맞이했다.

"무사하셨군요."

"축하드립니다."

"대승을 거두고 귀성하십니다."

사람들은 기뻐하며 신야로 개선했다. 펄럭이는 깃발과 번이 길거리를 가득 메웠고 백성은 군대를 맞이하여 연방 절을 하고 춤을 추며 환호작약했다. 손건은 성을 지켰으므로 성 아래에 사는 장로들을 거느리고 성문으로 마중 나왔다.

"이곳이 적에게 유린당하지 않은 건 우리 영주가 현자를 과감하게 등용한 덕분입니다."

하나같이 입을 모아 현덕의 덕을 칭송하고 공명의 영명함을 우러렀다. 그러나 공명은 그리 기뻐하는 기색이 아니었다.

성으로 돌아와 며칠 뒤 현덕이 나름 만족해하며 공명을 칭찬하였다.

"아닙니다. 아직 안심할 수 없습니다."

공명은 그다지 기뻐하지 않았다.

"지금 하후돈이 지휘하던 10만 기는 패해서 살아남은 군사도 얼마 되지 않으니 당분간 위급함은 넘겼습니다만, 반드시 다음에는 조조가 직접 공격해 올 것입니다. 아군 안위는 그때 가봐야 알 수 있습니다."

"조조가 공격해 온다면 쉽지 않은 일이오. 북쪽의 원소를 무너뜨리고 기북, 요동, 요서까지 석권한 기세로 남쪽으로 몰려온다면…."

"반드시 올 것입니다. 그러니 대비를 해야 합니다. 그러기에는 신야는 영토도 좁고 성 주변 요해는 약해 의지할 만한 곳이 못 됩니다."

"신야를 떠난다면 어디로 가야 하오?"

"신야를 떠나 의지해야 할 견고한 곳은…."

공명은 말을 하다 말고 조용히 주위를 둘러보았다.

허도와 형주

1

"한 가지 계책이 있긴 합니다."

공명은 목소리를 한껏 낮추고 속삭였다.

"유표는 요즘 병이 깊어져 아무래도 용태가 위독한 듯합니다. 이는 하늘이 주군을 도우려는 것입니다. 기꺼이 형주를 빌려 대책을 세우십시오. 형주는 땅이 넓고, 요해는 험하며, 군수 물자와 재원도 풍족합니다."

현덕은 고개를 가로저었다.

"좋은 계책이긴 하지만 유표가 베푼 은혜를 받아 오늘의 내가 있는 것이오. 은인에게 닥친 위기를 틈타 나라를 빼앗으려는 짓은 할 수 없소."

"이번 기회에 소의는 버리고 대의를 생각하지 않으면 안 됩니다. 지금 형주를 차지하지 않으면 훗날 후회해도 소용이 없습니다."

"정에도 벗어나고 의에도 어긋나는 일이오."

"이러는 동안에 조조 대군이 밀려온다면 어찌하실 생각이십니까?"

"어떠한 화를 입더라도 은혜도 모르는 무리라고 비난 받는 것보다는 나을 것이오."

"아…. 주군은 참으로 인자십니다!"

공명은 그 이상 강요하지도 충고하지 않고 입을 다물었다.

한편, 큰소리친 것이 무색하게 대패를 하고 목숨만 간신히 건져 도읍으로 달아난 하후돈은 얼굴을 가리고 죽음을 맞는다는 의미로 죄인처럼 헝겊으로 눈을 가리고 조심스럽게 승상부 계단 밑에 무릎을 꿇었다. 얼굴을 볼 면목이 없다고 말하는 듯한 비참한 모습이다. 조조는 자리로 나오더니 그 모습을 쳐다보고 쓴웃음을 지었다.

"풀어줘라."

조조는 좌우 신하들에게 턱으로 지시하고는 하후돈을 계단 위로 불렀다. 하후돈은 바닥에 납작 엎드려서 묻는 대로 전쟁 상황을 보고했다.

"무엇보다 큰 실책은 적에게 화공 계책이 있다는 사실을 눈치채지 못하고 박망파를 넘어 계곡 사이로 너무 깊숙이 들어간 점입니다. 하여 승상의 수많은 장수를 잃었으니 그 죄 백번 죽어야 마땅합니다."

"어렸을 때부터 병법을 공부하고 오늘까지 무수히 많은 전쟁터를 경험해온 장군이 좁은 길에는 반드시 화공의 위험이 도사리고 있다는 것도 모르면서 어찌 군을 지휘할 수 있겠는가."

"이제 와 무슨 변명을 하겠습니까? 우금이 그 점을 깨닫고 제게 주의를 주었습니다만 돌아가기에는 이미 늦은 때였습니다."

"우금은 대장군다운 재주와 지식을 갖췄다. 그대도 범상한 장군은 아닐 터. 다음 기회에 오늘 입은 치욕을 씻어버리게."

조조는 나무랐을 뿐 더는 질책하지 않았다.

그해 7월 하순이다. 조조는 80만 대군을 일으켰다. 선봉을 네 군단으로 나누고 중군에는 다섯 부대를 배치하여 후속, 유격, 치중 등 대대적으로 편성하고는 내일 허도를 출발한다고 호령했다.

중태부(中太夫) 공융(孔融)이 출전 전날 조조에게 간언했다.

"북방을 정벌할 때도 이 정도 대군은 아니었습니다. 이처럼 대군을 동원하여 전쟁에 임하신다면 낙양, 장안 이후 가장 큰 참화를 세상에 불러일으킬 것입니다. 그리되면 많은 병사를 잃고 백성을 괴롭게 만들 터. 천하에서 쏟아지는 원망과 한탄이 승상에게로 향할 것입니다. 현덕은 한의 종친으로 조정 뜻을 거역한 적이 없고, 오나라 손권도 불의를 저지른 적도 없을 뿐만 아니라 그 세력은 강동과 강남 6개 군에 달하며 장강 요해를 거느리고 있어 아무리 힘으로 밀어붙인다고…."

"닥쳐라! 출진을 앞두고 귀신 씻나락 까먹는 소리를 지껄이는 게냐. 더 입을 놀리면 베어버리겠다!"

조조가 호통치며 물러나게 했다.

공융은 분개하여 부문을 나서면서 한탄했다.

"어질지 못함으로 어짊을 치는 셈이다. 아, 어찌 패하지 않겠는가!"

근처에 서서 말을 돌보던 사람이 우연히 공융이 중얼거리는 말을 듣고 주인에게 일러바쳤다. 그 주인이라는 자는 평소에 공융과 사이가 좋지 않은 극려(郄慮)였는지라, 극려는 또 재빨리 조조에게 달려가 이말 저말 덧붙여서 참언했다.

2

사소한 걸 트집 잡아 커다랗게 부풀려 호소한다. 주군이라는 위치에 있는 사람이 가진 자부심과 약점을 파고든다. 남을 헐뜯는 자가 쓰는 공통 수법이다.

조조는 그런 소인배 혀에 놀아날 정도로 우둔한 주군은 결코 아니었다. 그렇지만 어떤 인물이라도 큰 조직 위에 군림하는 왕자(王者)의 심리를 갖게 되면 처음 뜻을 세울 때 가졌던 극기나 반성의 마음가짐이 옅어지게 마련이다. 인간이 공통으로 느끼는 평범하고 사소한 감정이 아무런 제어도 받지 않고, 오히려 보통 사람 이상으로 노골적으로 드러난다.

무능한 소인배는 직무인 듯 감언과 아첨을 일삼는다. 조조 주위에는 항상 진심으로 충고를 올리고 약점을 보좌하는 순욱 같은 좋은 신하도 있었지만 반대인 사람도 많았다.

"아무래도 공융은 승상에 대해 원망을 품은 듯합니다. 어젯밤도 돌아갈 때 혼잣말로 '어질지 못함으로 어짊을 치는 셈이니 어찌 패하지 않겠느냐'며 불평했다고 합니다. 게다가 평소 언행에 비춰보아도 의심스러운 점이 꽤 있습니다."

극려는 봇물 터지듯 평소에 가슴에 담아두었던 말을 움직이는 혀에 맡기고는 죽 늘어놓았다.

"언젠가 승상이 금주령을 내리셨을 때도 공융은 웃으며 '하늘에 주기(酒旗)가 있고 땅에 주군(酒郡)이 있는데 사람에게 기쁨의 샘이 없다면 세상 어디에 환희에 찬 소리가 울리겠는가'라고 말했습니다. 백성에게 술을 금할 정도라면 곧 혼인도 금할 것이라는 둥 말도 안 되는 힐난을 하기도 했습니다."

"…."

"오래된 일입니다만, 공융은 조정 연회에서 벌거숭이로 승상을 모욕한 예형(禰衡), 그 기설학인(奇舌學人)과는 예전부터 친한 사이였습니다. 예형이 몹쓸 장난을 친 것도 나중에 들어보니 공융이 부추긴 것이었다고 합니다."

"…."

"그뿐만이 아닙니다. 공융은 형주의 유표와는 꽤 오래전부터 서신을 주고받는 사이입니다. 게다가 현덕과는 막역한 사이라 하니 불시에 공융 집을 덮쳐 수색해보면 증거가 될 만한 게 나올지도 모릅니다. 내일 형주로 출발하시기 전에 꼭 진실은 밝히시고 출진하십시오."

"…."

조조는 기나긴 시간을 주절거리게 내버려 두었다. 조조는 한마디도 하지 않았지만, 언짢은 표정이다. 들을 만큼 듣고 나서는 돌연 소리를 꽥 질렀다.

"시끄럽다! 물러가라."

그러고는 턱을 들어 파리라도 쫓듯이 극려를 눈앞에서 내쫓았다. 과연 이간질하는 자의 속마음을 꿰뚫어보았다고 생각했더니 오산이다. 오히려 반대다. 조조는 바로 정위(廷尉)를 불러 들였다.

"어서 가봐라."

조조는 정위에게 무언가를 은밀히 지시했다. 정위는 무사 한 무리와 포리(捕吏)를 이끌고 불시에 공융 집을 덮쳤다. 당연히 공융은 아무런 저항도 하지 못한 채 붙잡혔다.

공융 하인 중 한 사람이 안채로 번개같이 달려갔다.

"크, 큰일입니다. 주인 나리께서 지금 정위에게 포박되어 밖으로 끌려갔습니다!"

하인은 안채에 있던 공융 아들에게 울먹이며 알렸다.

때마침 두 아들은 바둑을 두었는데 조금도 놀라지 않았다.

"둥지가 이미 부서졌으니 알이 깨지지 않을 리가 있겠느냐."

그러고는 두세 수를 더 두었다.

물론 뒤따라 들어온 포리와 무사 손에 붙잡혀 그 자리에서 두 사람 다 칼에 베여 목숨을 잃었다. 집은 불에 타고 공융 부자와 일족의 목이 길에 내걸린 건 당연지사다.

순욱은 나중에 그 사실을 알았다.

"아무리 그래도 너무하셨습니다."

순욱은 씁쓸하게 한마디 했을 뿐 여느 때와 같은 간언은 하지 않았다. 간언을 올리기에도 이미 늦었고 아무 말도 하지 않는 것도 일종의 간언이라고 생각했으리라.

3

조조가 직접 대군을 이끌고 허도에서 남쪽으로 내려온다는 소식을 전령이 잇달아 전하는 동안 형주에 있는 유표는 병이 더 깊어져 자리보전하는 상태였다.

"그대와 나는 한실 종친으로 나는 그대를 친아우처럼 생각하니…."

병실에 현덕을 불러들여 유표는 가쁜 호흡으로 띄엄띄엄 이야기했다.

"내가 죽은 후에 이 나라를 그대가 물려받은들 누가 빼앗았다고 의심하겠소. 그런 말을 아무도 하지 못하게 내가 유언장을 남기겠소."

현덕은 굳이 사양했다.

"감사한 분부지만 태수께는 아들이 있지 않습니까? 제가 뒤를 이을 것까지는…."

"아이들 장래도 그대가 맡아주면 안심이오. 부족한 아들을 도와 형주를 그대가 물려받았으면 좋겠소."

유언과 다름없는 절실한 부탁이었지만 현덕은 그 부탁마저도 끝까지 사양했다.

공명은 나중에 그 말을 들었다.

"의리를 지키려는 주군의 행동이 되레 형주에 재앙을 불러일으킬 것입니다."

공명은 한탄했다.

그 후 유표가 앓는 병은 점점 깊어질 뿐이었다. 허도 100만 군세가 이미 도읍을 떠났다는 소식이 들려오자 유표는 정신이 혼미해질 정도로 놀라 뒷일을 현덕에게 부탁한다는 유언장을 서둘러 작성했다. 유비가 형주를 물려받지 않는다면 장남 유기를 형주 주군으로 세워달라는 내용이다.

채 부인은 마음이 썩 편치 않았다. 채모나 심복 장윤(張允)도 불만이 이만저만이 아니었다.

"어찌하면 유기를 밀쳐내고 유종을 군주로 세울 수 있을까?"

밤낮으로 그 문제를 두고 은밀히 의논했다. 유표의 장남 유기는 그것도 모른 채 아버지가 위독하다는 소식을 듣고 멀리 강하 임지에서 화급히 형주로 돌아왔다. 그러고는 객사에도 들지 않고 곧바로 성으로 가니 내문이 굳게 닫혀 유기를 성안으로 들이려 하지 않았다.

"아버지를 간호하기 위해서 멀리 강하에서 헐레벌떡 달려온 유기다. 수문장은 문을 열어라, 어서 문을 열어라."

그러자 문 안에서 채모가 큰 소리로 대답했다.

"아버지 명을 받들고 국경을 지키러 간 자가 무단으로 강하 요지를 버리고 돌아오다니! 대체 누구 허락을 받고 이 땅을 밟은 것이냐. 군대 임무가 중대하다는 사실을 잊었는가. 아무리 장남이라 해도 이곳에 발을 들일 수는 없다. 돌아가라, 강하로 돌아가란 말이다."

"채모 숙부님이 아닙니까? 먼 길 달려온 사람을 문 안으로 들이지도 않고 너무하지 않습니까? 바로 강하로 돌아갈 터이니 아버지 얼굴만이라도 볼 수 있게 해주십시오."

"안 된다!"

채모는 목소리에 숙부의 권위를 담아 한층 더 호되게 꾸짖고 유기를 쫓아냈다.

"아무리 병환 중이라고 하나 네 얼굴을 보면 역정을 내실 게 뻔하다. 그러면 효에도 어긋나는 일이다. 불효를 저지르려고 부러 예까지 온 게 아니잖으냐!"

유기는 한참을 문밖에 서서 울먹이다가 결국 맥없이 말을 걸터타고 강하로 말 머리를 돌렸다.

그해 가을 8월 무신일(戊申日), 유표는 세상을 떠났다.

채 부인과 채모 그리고 장윤은 거짓 유서를 만들었다. 유서 내용은 이랬다.

형주의 통(統)은 차남 유종에게 잇게 하라.

채 부인이 낳은 차남 유종은 그 당시 불과 14살이었지만 총명했다. 어느 날 유종이 숙장과 막관(幕官)들이 있는 자리에서 물었다.

"돌아가신 아버지 유언이라고는 하지만 강하에는 형님이 계시고 신야에는 외척 숙부 유현덕이 계십니다. 만약 형님이나 숙부가 노하여 병을 이끌고 와서 죄를 따져 물으면 어찌해야 합니까?"

그 질문에 채 부인도 채모도 당황하여 얼굴이 핏기가 없이 파리해졌다.

4

그러자 끝자리에 앉아 있던 막관 이규(李珪)가 득달같이 대답했다.

"주군, 지당하신 말씀입니다. 천진난만한 주군의 말씀이야말로 인간의 선한 마음을 보여줍니다. 군신에는 도리가 있고 형제 사이에는 순서가 있어 애당초 형님을 두고 뒤를 잇는 일이야말로 순리에 어긋나는 일입니다. 급히 강하로 사자를 보내 형님을 맞아들여 유기 공을 국주로 세우시고 현덕을 보좌로 두는 게 좋겠습니다. 그런 다음 내정을 바로 하고, 북쪽으로는 조조를 막고 남쪽으로는 손권과 맞서며 상하 일체가 되지 않으면 형주는 파멸을 면치 못할 것입니다!"

이규는 막힘없이 이야기했다.

이규가 하는 말을 들은 채모는 격노했다.

"함부로 혀를 놀려 돌아가신 주군의 유언을 모욕하고 내부 인심을 교란하는 역신. 닥쳐라, 닥치지 못하겠느냐!"

채모는 호통을 치면서 무사를 이끌고 이규 곁으로 달려왔다.

"끌어내라!"

이규는 밖으로 끌려 나가면서도 겁먹지 않았다.

"국정을 맡은 중신들부터 순리를 어지럽히고 법을 어기니 어떻게 다른 나라의 침공을 막겠느냐. 이 나라가 망하는 게 눈에 뻔히 보인다."

이규는 거침없이 외쳤지만, 애처롭게도 그 순간 채모가 휘두른 칼 아래로 이규 목은 떨어졌다. 시체는 하수구에 버려졌는데 사람들이 그 말을 전해 듣고 눈물을 흘리지 않을 수 없었다고 한다.

유표의 관은 양양에서 동쪽으로 40리 떨어진 한양의 웅장한 묘지에 국장을 치러 안치하였다. 채 씨 일족은 유종을 국주로 세워 그 후로 마음껏 국정을 주물렀으나, 크나큰 국난에 휩싸인 때였으므로 과연 그 태세로 위기를 극복해낼 수 있을지 생각이 있는 자들은 우려하였다.

채 부인은 유종을 앞세워 군정 본영을 양양성으로 옮겼다. 그때 이미 조조 대군은 쉴 새 없이 남하하였다.

"적은 이미 완성(宛城, 남양) 가까이 왔습니다!"

어린 주군과 채 부인을 주군 자리에 앉혀놓고 채모와 괴월 이하 숙장과 군신들은 매일 회의하느라 여념이 없었다.

"전쟁을 피할 수 없다."

군부에서는 주전론을 강하게 주장했지만, 문관 쪽에서는 여전히 이론이 많았다. 그중에서도 특히 동조(東曹)의 연(掾) 공제(公悌)는 나라 안 방비가 부족함을 들어 비전론을 주장했다. 공제가 주장한 세 가지 약점은 이랬다.

첫째, 강하의 유기가 국주의 형임에도 국정에서 배제되었다는 데 불만을 품고 언제 배후에서 형주를 칠지 알 수 없다.

둘째, 현덕의 존재다. 현덕이 있는 신야는 양양과 강 하나를 사이에 둔 가까운 거리다. 현덕이 어떻게 움직일지 예측할 수 없다.

셋째, 전 태수가 돌아가신 지 얼마 되지도 않았는데 신하들 마음은 일치하지 않고 내정 개혁 등 모든 방비가 아직 임전 태세에 미치지 못한다.

"저도 동의합니다. 불리한 점이 세 가지 더 있습니다."

계속해서 산양(山陽) 고평(高平) 사람으로 이름은 왕찬(王粲), 자는 중선(仲宣)이라는 자가 일어나 전쟁이 불리한 세 가지 이유를 역설했다.

하나, 백만 군대는 조정을 등에 업고 있어 맞서는 자는 칙명을 어겼다는 오명을 입는다.

하나, 조조의 위세는 천둥 번개와 같아 강한 병력은 오랫동안 이름을 떨쳤지만 형주의 병사는 실전 경험이 전무하다.

하나, 설령 현덕에게 의지한다 하더라도 현덕이 막을 수 있는 조조가 아니다. 현덕이 조조에게 맞설 수 있는 실력이 있다면 왜 우리 주공 밑에 몸을 굽히겠는가.

공제가 말하는 세 가지 약점, 왕찬이 든 세 가지 불리함, 이렇게 늘어놓으니 형주가 100만 군대와 자웅을 겨뤄서 이길 만한 강점은 어디에서도 찾을 수 없었다.

결국, '항복'만이 살길이다. 즉시 화의를 청하는 서간을 받아 들고 양양에서 보내는 사신을 남으로 내려오는 중인 조조에게 화급히 파견하였다.

신야성을 버리고

1

100만 군대는 지금 하남 완성에 이르러 가까운 현에서 곡식과 군수품을 징발하여 다시 진격하려고 재정비를 하느라 분주했다. 그곳에 형주에서 항복을 청하는 사신으로 송충(宋忠) 일행이 도착했다.

송충은 완성에서 조조를 만나 항복한다는 내용이 적힌 글을 올렸다.

"유종은 현명한 신하를 보좌로 두었구나."

조조는 매우 만족스러워했다. 그러고는 사신을 치하한 뒤 덧붙였다.

"유종을 충열후(忠烈侯)로 봉하고 오래도록 형주 태수로 있도록 보증하겠소. 머지않아 우리 군대는 형주로 들어갈 터이니 그때 성 밖으로 나와 맞아주시오. 그때 유종과 만나 친히 전하겠소."

송충은 의복과 말과 안장을 선물로 받고 형주로 말 머리를 돌렸다. 그러던 중 강을 건너서 나루터로 올라가니 말을 걸터 탄 병사가 한 무리 달려오는 게 아닌가.

"멈춰라. 어디서 온 자들이냐!"

말 위에서 호령하는 대장을 보니 그 주변을 지키던 관우다.

"큰일이다."

송충은 낭패라고 판단했지만 도망치려 해도 도망칠 수가 없었다. 송충은 관우가 심문하는 대로 대답할 수밖에 없었다.

"항복을 청하는 서신을 가지고 조조 진영에 다녀오는 길이란 말이냐?"

관우는 처음 듣는 이야기여서 적잖이 놀랐다.

"이 이야기는 나만 듣고 넘겨서 될 일이 아니다."

이야기를 더 들을 것도 없이 관우는 송충을 데리고 신야로 달려갔다. 신야 내부에서도 이 사실은 금시초문이었으므로 경악을 금치 못했다.

"어찌 된 일이란 말이냐!"

특히 현덕은 비통한 눈물을 흘리며 혼절할 지경이었다.

"송충의 목을 벤 다음 즉시 병사를 이끌고 형주를 공격합시다. 그러면 조조에게 보낸 항복 서신은 말하지 않아도 말살되어 무효가 될 것입니다."

쉽게 흥분하는 장비는 울분을 터트리며 말해 더욱더 주위 사람을 동요하게 만들었다. 송충은 이제 죽었다는 생각에 부들부들 떨면서 비탄에 휩싸인 성안 광경을 멍하니 바라보았다.

"이제 와 이자 목을 벤다 한들 무슨 소용 있겠느냐. 어디로든 멀리 도망가라."

현덕은 송충을 용서하고 성 밖으로 풀어주었다.

그때 형주의 막빈 이적이 찾아왔다. 송충을 풀어준 후 현덕은 공명과 신하들을 불러 회의를 하던 중이었지만 다른 이도 아닌 이적이 왔으니 자리로 불러 평소에 품었던 소원함을 사과했다. 이적은 채 부인과 채모가 장남 유기를 제쳐놓고 차남 유종을 국주로 세운 사실에 분개하여 그 울분을 현덕에게 호소하려고 온 것이다.

"우려를 품은 자는 귀공뿐만이 아닐 터."

현덕은 이적을 기꺼이 위로했다.

"그 정도 우려라면 가볍소. 귀공이 아는 건 그뿐이지만 더 비통한 일이 벌어졌소."

"이 이상 비통한 일이 대체 무엇입니까?"

"태수 유표가 돌아가신 뒤 아직 봉분에 쌓인 흙도 마르지 않았는데 유종이 형주 9개 군을 그대로 바치고 조조에게 항복한다는 서신을 보냈소."

"사실입니까?"

"그렇소, 사실이오."

"그렇다면 왜 장군께서는 당장이라도 문상을 드린다는 핑계로 양양으로 가서 어린 유종을 빼앗아 이곳으로 데려오고, 채모와 채 부인 등 간사한 외척 무리를 싹 쓸어버리지 않으신 겁니까?"

평소에 온후한 이적조차도 화를 내며 현덕을 힐책했다.

2

"저도 동의합니다. 지금이야말로 결단을 내리실 때입니다."

공명도 이적과 함께 권했다.

그러나 눈물을 흘리던 현덕이 이리 대답하는 게 아닌가.

"임종할 때 남은 자식들 장래를 걱정하여 내게 뒤를 부탁한 유표의 말을 떠올리면 신의에 거스르는 행동을 할 수는 없소."

공명은 혀를 끌끌 찼다.

"그러면 형주도 취하지 않고 망설이면서 팔짱을 낀 채 조조의 침공을 구경만 하실 생각이십니까?"

공명이 현덕의 전의를 의심하는 듯한 어조로 나무랐다.

"어쩔 수 없소…."

현덕은 결심한 듯했다.

"이리됐으니 신야를 버리고 번성으로 가는 수밖에 없겠소."

그때 성으로 파발이 막 와서 고했다. 조조가 이끄는 100만 대군 선봉이 이미 박망파까지 접어들었다는 보고다. 이적은 황급히 돌아갔다. 성안에는 심상치 않은 분위기가 감돌았다.

"여하튼 제가 있으니 심려치 마십시오."

현덕을 위로하고 난 공명은 즉시 장군들에게 지시했다.

"이번 전쟁을 치르기 전에 맨 먼저 할 일은 성 아래 4개 문에 방을 내걸어 '영지 내에 있는 농민과 상인을 비롯한 남녀노소 전부는 영주를 따라 피난하여 화를 면하라. 늦장을 부리는 자는 조조 손에 잡혀 반드시 죽음을 면치 못할 것'이라는 포고를 내리시오."

순서에 따라 다음 할 일을 일일이 지시했다.

"손건은 서하(西河) 강변에 배를 준비해 피난민이 도강할 수 있도록 도우시오. 미축은 피난길에 오른 백성을 번성으로 이끌어 들여 보내시오. 관우는 1000여 기를 거느리고 백하(白河) 상류에 매복하였다가 모래주머니를 쌓아 올려 물의 흐름을 막도록 하시오."

공명은 장수들 얼굴을 한번 둘러보면서 잠시 말을 멈추고는 관우 얼굴에 눈길을 주면서 덧붙였다.

"내일 밤 삼경 무렵 백하 하류에서 말 울음소리나 병사들이 울부짖는 소리가 들려오면 조조 군이 뿔뿔이 흩어졌다 생각하면 되오. 상류에 있는 관우 부대는 그때 바로 모래주머니를 무너뜨려 흘러넘치는 물과 함께 공격하시오. 장비가 1000여 기를 이끌고 백하 나루에 숨어 기다리다 관우 부대와 협력하여 조조 중군을 철저하게 무찌르시오."

공명은 눈길을 관우에서 장비로 옮기면서 지시했다. 장비는 그 말을 듣고는 눈동자를 반짝이며 크게 고개를 주억거렸다.

"다음은 조운."

공명이 이름을 불렀다. 장수들 사이에서 조운이 힘차게 대답하면서 앞으로 나왔다.

"조 장군에게는 병사 3000명을 내주겠소."

공명은 엄숙하게 하달했다.

"마른풀이나 갈대, 억새를 넉넉히 준비하시오. 거기에 유황과 염초를 싸서 신야성 누각에 쌓아두면 되오. 내일 날씨를 보아하니 아마 저녁 무렵부터 바람이 거세질 거요. 그때 병사를 세 무리로 나누어 서문, 북문, 남문에서 불화살, 철포, 불붙인 돌멩이 등을 던져 성벽이 화염에 휩싸이면 일제히 병사가 없는 동문을 공격하시오. 성안 병사는 허둥지둥 갈피를 못 잡아 동문으로 달아나려고 몰려들 터. 혼란스럽게 밀려 나오는 적군을 무찌른 후 병을 다시 돌려, 백하 나루터로 가서 관우와 장비 군대와 합류하면 됩니다. 그러고는 서둘러 번성으로 달려오시오."

모든 지령을 내렸다. 명령을 받은 장수들은 씩씩하게 자리를 떴지만 미방, 유봉 등은 아직 남아 있었다.

"두 장군은 이리로."

공명은 두 사람을 가까이 불러 미방에게는 붉은 깃발을, 유봉에게는 푸른 깃발을 건넸다. 어떤 지시를 받았는지 두 장수는 이윽고 각자 1000여 기를 이끌고 신야에서 약 30리 떨어진 작미파(鵲尾坡)를 향해 서둘러 채찍질을 했다.

3

조조는 군대 사령부를 완성에 두고 정세를 살펴보았지만, 조인과 조홍을 대장으로 한 선봉 10만 병사와 허저 휘하 정병 3000명은 그날 이미 신야 교외까지 들이닥쳤다. 정오 무렵, 일단 그곳에서 병사와 말은 휴식을 취했다.

그사이에 길잡이를 불러 물었다.

"여기에서 신야까지는 몇 리인가?"

"30리쯤 됩니다."

"지명은 무엇인가?"

"작미파입니다."

그때 정탐하러 갔던 1000여 기가 되돌아왔다.

"여기서 조금 더 가면 적군이 산에 의지해 봉우리를 따라 진을 쳤습니다. 우리를 발견하고는 한쪽 산에서 파란 깃발을 흔드니, 다른 한쪽 봉우리에서는 빨간 깃발을 흔들어 답을 하며 서로 신호를 보내는 걸 보아하니 만반의 준비를 하는 듯 보입니다. 병력이 얼마나 되는지는 짐작할 수 없지만…."

허저는 보고를 받자마자 자신이 맞춰보겠다며 3000기를 이끌고 더 깊숙이 들어가서 살폈다.

울창한 봉우리와 산과 능선이 바위로 뒤덮인 복잡한 지형으로 쉽게 적의 모습을 살펴볼 수 없었다. 갑자기 한쪽 봉우리에서 재빠르게 붉은 깃발이 움직였다.

"아, 저것이구나."

자세히 보니 뒤에 있는 산허리에서 계속 청색 깃발을 흔드는 모습이 보였다. 신호를 교환하는 듯한 모습이다. 허저는 잠시간 망설였다. 산세가 울울창창하여 숨을 죽이는 적의 진용은 깊이가 있는 듯한 생각이 들었다. 섣불리 공격하면 안 된다고 허저는 아군에게 일렀다.

"절대 먼저 싸움을 걸면 안 된다."

허저는 부하들에게 단단히 주의를 주고 혼자 말 머리를 돌려 조인에게 보고한 다음 지령을 청했다.

조인은 웃으며 일갈했다.

"오늘 진격은 이번 전쟁에서 서전이니 조심해야 하지만 아무리 그래도 평상시 귀공답지 않게 주저하는 것 아니오? 병법에는 허와 실이 있어, 실인 듯이 보여도 허, 허인 듯이 보여도 실인 경우가 있소. 지금 들고 있는 붉은 깃발, 푸른 깃발도 보란 듯이 흔든다는 점은 바로 우리를 의심하게 만들기 위해서요. 망설일 것도 없잖소."

허저는 다시 작미파로 돌아와 병사들에게 지시를 내리고 진군을 계속했지만 적은 그 어디에도 보이지 않았다.

"이제 곧…. 아직도?"

한 걸음 한 걸음 복병을 경계하면서 긴장을 풀지 않고 전진했지만 막으러 나오는 적도 버티고 서 있는 적도 보이지 않았다. 맞서는 적이 없으니 김이 빠진다기보다 한층 더 불길한 기분에 휩싸였다.

해는 어느새 서쪽 산으로 져 산기슭은 어두워졌고 동쪽 산봉우리에는 달이 희미하게 비쳤다.

"앗…? 이 소리는 뭐지?"

3000여 기가 내딛는 발소리가 뚝 멈췄다. 사람들은 귀를 기울이고 하늘 한쪽 귀퉁이에 밝게 빛나는 곳을 올려다봤다. 달은 보이지 않았으나 하늘은 투명하여 마치 물 같았다. 우뚝 솟아 있는 산 정상에서 적병 하나가 나팔을 불었다. 부우우 부우우…. 무엇을 부르는지 나팔 소리는 길게 이어져 사방 산 구석구석까지 메아리쳤다.

"뭘까?"

의심스러워 유심히 살펴보니 산 정상 부근에 조금 평평한 곳이 있는데 거기에 깃발을 죽 늘여 세우고 산개(傘蓋)를 펼쳐 마주 보고 앉아 있는 사람이 보이는 게 아닌가. 이윽고 달이 뜨니 그 모습은 선명하게 보였다. 대장 현덕과 군사 공명이 마주 보고 달을 바라보며 술잔을 주고받는다!

"우리가 그리 우스워 보이는 건가. 저 녀석들을 단번에 뭉개 버리자."

허저는 우롱당했다는 생각에 분개했다. 허저가 흥분하여 지시를 내리자 병사들은 이리 떼가 울부짖듯이 산 정상으로 기어올라갔지만, 갑자기 머리 위로 집채만한 바위와 아름이 벌게 큰 나무가 비 오듯이 쏟아져 내려왔다.

4

한 덩어리 바위와 나무 하나에 병사 수십 명과 말이 상처 입었다. 허저도 이래서는 안 되겠다는 판단이 서자 서둘러 병사들에게 후퇴 명령을 지시했다. 그러고 나서 다른 공격 방법을 궁리했다. 저쪽 봉우리와 이쪽 산 그리고 나팔 소리나 북과 징 소리가 서로 대답이라도 하듯이 귓가에 울려 퍼졌다.

"배후를 차단당하면 안 된다."

주의를 주면서 허저는 끊임없이 적이 있는 곳을 찾아내려고 혈안이었다. 그 와중에 조인과 조홍이 지휘하는 본진도 이곳으로 합류했다. 조인은 허저를 단번에 질책했다.

"적은 어린애 장난 같은 작전을 구사하는 중이다. 거기에 걸려들어서는 안 될 터. 전진하라, 오직 전진만 하라."

무작정 맹진을 거듭해 결국 신야까지 밀고 들어갔다.

"보아라, 이 마을 모습이 어떠하냐. 이것으로 적의 수법이 훤히 보이지 않느냐."

조인은 자신의 뛰어난 안목을 자랑스럽게 여겼다.

성 아래에도 마을에도 적의 모습은 보이지 않았다. 그뿐만 아니라 민가를 비롯한 상가도 텅 비어 있는 게 아닌가. 남녀노소는 물론이고 갓난아이 울음소리조차 들리지 않는 죽은 거리다.

"사기 같은 계책도 다해 현덕과 공명은 병사들과 영민을 이끌고 재빨리 도망간 모양이오. 깨끗하게 도망갔구려."

조홍과 허저도 허탈하게 웃었다.

"뒤쫓아 가서 전멸시켜버립시다."

이렇게 주장하는 자도 있었지만, 사람도 말도 지쳤고 병사들은 배를 쫄쫄 굶은 상태였다. 오늘 밤은 신야성에서 머물고 내일 새벽 추격해 들어가도 늦지 않다고 판단하여 휴식 명령을 전군에 내렸다. 그 무렵부터 바람이 거세게 불어와 암흑에 쌓인 거리에는 모래 먼지가 심하게 날려 입 안까지 들어와 서걱거렸다. 조인과 조홍 등의 대장들은 신야성으로 들어가 막사 안에서 술을 마셨다.

그때 파수 서는 군졸이 외치는 소리가 들려왔다.

"불이야, 불이야!"

막사 밖에서 소동이 났다. 부장들이 술잔을 내려놓고 서둘러 나가려는 걸 조인은 말렸다.

"병졸들이 밥을 짓다 실수로 불을 낸 게 아니겠소. 막사에서 당황하면 바로 전군에 영향을 미치오. 서두를 일도 아니구먼."

조인은 때 아닌 여유를 부렸다.

막사 밖은 불난 강변에 덴 소 날뛰듯 소란스러웠다. 서문, 북문, 남문 등 세 문은 이미 불바다라는 보고가 속속 들어왔다. 뒤이어 불길이 치솟는 소리, 다급한 사람 발소리, 어쩔 줄 모르는 말발굽 소리 등 심상치 않은 기운이 가까이 닥쳐왔다.

"앗, 적이다!"

"화공이다!"

부장이 외치는 소리에 조홍과 조인도 간담이 서늘해졌다. 놀라서 나와봤을 때는 이미 늦었다. 성안은 검은 연기로 뒤덮여 자욱했다. 말을 대령해라, 갑옷은 어딨느냐, 모(矛)를 가져오라는 등 허둥대는 동안에 뿌연 연기는 눈앞을 막고 코를 찔렀다.

게다가 불은 바람을 부르고, 바람은 불을 불러 사방팔방 불길에 휩싸였다고 생각하니 성벽에 솟아 있는 3층 전각과 누각 그리고 거기에 늘어서 있는 높다락들이 동시에 요란한 굉음과 함께 폭발하여 하늘로는 불기둥을 뿜어내고 땅으로는 불의 발을 내렸다.

놀라 소리를 지르며 서문으로 달아나면 서문에 주홍의 화염을 뿜으며 불길이 솟아올랐다. 남문으로 달아나면 남문에도 뱀의 혀 같은 시뻘건 불길이 솟아올랐다. 이러면 안 되겠다고 북문으로 몰려가니 그곳도 땅까지 불타올랐다.

"동문에는 불길이 없다."

누구라고 할 것도 없이 아우성치며 수천수만에 달하는 말과 사람이 앞다투어 한 방향으로만 밀고 나갔다. 서로 손과 발을 밟아 부러지거나, 머리 위에서 쏟아지는 불꽃을 맞아 타 죽은 자가 셀 수도 없었다.

조인과 조홍은 겨우 불 속에서 탈출했지만, 길에서 기다리던 조운에게 가로막혀 처참하게 패하고 서둘러서 뒤로 물러나니 유봉과 미축이 한 무리 군대를 이끌고 앞을 막는 게 아닌가.

"이자들은 또 누구냐?"

조인과 조홍은 경악하여 백하 부근까지 가까스로 도망쳤다. 겨우 한숨 돌리면서 말에게 물을 먹이고 장수들도 서로 강물을 입에 머금었는데, 미리 상류에 매복한 관우 부대가 그때 멀리서 병마 울음소리를 들었다.

"지금이다!"

공명이 세워놓은 계책을 받들어 모래주머니로 쌓아 올린 둑을 일제히 헐었다. 그러자 홍수 같은 탁류가 암흑 같은 밤의 밑바닥을 포효하며 수천수만 명에 달하는 조조 군 병사를 잡어(雜魚) 삼키듯 날름날름 집어삼켰다.

현덕, 유랑하다

1

강물은 소용돌이쳤고 거센 파도는 태산처럼 높았으며 절벽에는 암벽에 부딪친 물보라가 휘날렸다. 그날 밤 백하에 빠져 죽은 사람과 말이 어느 정도인지 그 수는 짐작조차 할 수 없었다. 둑을 허물어 흘려보낸 물이어서 물의 흐름은 일시적이었지만 격류는 거침없이 절벽을 쓸어내렸다. 요행히 조인, 조홍 두 장수는 이 엄청난 어려움을 가까스로 넘겨 박융 나루터까지 달아났는데 돌연 병사 한 무리가 길을 막아서면서 불러 세웠다.

"조조 군 잔병들아! 어디까지 도망갈 참이냐. 연인 장비가 여기서 기다린다는 사실도 몰랐더냐."

여기서도 또 궤멸당해 시체는 산을 이루었고 푸른 피는 바다가 되어 흘렀다. 조인은 목숨마저 위험했지만 허저가 되돌아와 장비와 창으로 맞서 거의 죽은 것이나 다름없는 목숨을 구해주었다.

장비는 대어를 놓쳤지만 개의치 않았다.

"아, 유쾌하다. 오랜만에 속이 다 후련하다. 이 정도 혼쭐을 냈으니 일단 됐겠지."

장비는 병사들을 그러모아 강기슭을 올라가서 미리 의논했던 대로 현덕, 공명과 합류했다. 그곳에는 유봉과 미축이 배를 준비해 기다렸다. 현덕 이하 전 군대가 반대편 강변으로 건너갔을 때 밤은 흰빛을 띠었다.

공명은 추상같은 명령을 내렸다.

"배를 모조리 불태워버려라."

현덕 일행은 무사히 번성에 입성했다.

이번 싸움에서 대패했다는 소식이 완성에 있는 조조 귀에 들어갔다. 조조는 이 모든 일이 공명 단 한 사람의 지휘로 이루어졌고 패배 원인도 거기에 있다는 보고를 들었다.

"제갈공명, 이노옴!"

조조는 이를 갈며 노여워했다.

이미 조조 대군은 명을 받들고 신야, 백하, 번성 등을 단번에 섬멸하려고 군대를 움직이려는 참이다. 막사에 있던 유벽이 간절하게 충고했다.

"승상의 위명과 인자한 성품은 하북에는 널리 알려졌습니다만, 이 지방 민심은 승상을 두려워할 뿐이어서 승상께서 베푸는 인애(仁愛)도, 승상을 받들면 얻을 수 있는 복리도 이곳 백성은 모릅니다. 해서 현덕은 백성을 자기편으로 삼아 북군이 악귀라도 되는 듯 겁을 주어 남녀노소 백성을 데리고 번성으로 들어가버렸습니다. 이때 우리 대군이 신야와 번성을 짓밟고 위세를 드러내면 드러낼수록 민심은 점점 승상을 두려워하고 북군을 멀리하며 승상이 베푸는 덕을 받들지 않을 것입니다. 백성이 없다면 아무리 영토를 빼앗아도 메마른 벌판에서 꽃을 구하는 것과 같습니다. 그러니 부디 참으시고 현덕에게 사람을 보내 항복을 권하는 게 좋지 않겠습니까? 현덕이 항복하지 않는다면 백성이 품은 원망은 현덕을 향하겠지요. 그러면 형주도 쉽게 손에 넣을 수 있을 터. 형주를 지배하면 오나라 공략도 손쉬운 일입니다. 천하 통일을 위한 패업도 여기서 머지않습니다. 왜 현덕 같은 사람이 치는 가벼운 장난에 걸려들어 아깝게 귀중한 병마를 잃고 백성의 마음을 떠나보내야 합니까?"

대세를 읽고 올린 유벽의 간언은 일시적으로 격분한 조조에게도 충분히 납득될 만한 의견이었다.

"대체 현덕에게 누구를 보내면 좋겠소?"

조조는 아직도 미련이 남은 듯했다.

유벽은 기다렸다는 듯이 대답했다.

"서서가 적임입니다."

얼토당토않은 듯 조조는 유벽 얼굴을 곁눈질로 보았다.

"서서를 현덕에게 보낸다면 서서가 되돌아오겠소?"

조조는 입을 다문 채 코로 크게 한숨을 내쉬었다.

"현덕과 서서가 나눈 정은 천하가 다 알지만 그런 연유로 만약 서서가 신의를 저버리고 돌아오지 않는다면 천하의 웃음거리가 될 터. 서서 이외에 달리 적임자는 없습니다."

"흠, 일리가 있는 말이오."

조조는 서서를 불러 근엄하게 군명을 내렸다.

2

서서는 명을 받들고 번성으로 발걸음을 옮겼다.

"뭐? 조조의 사자로 서서가 왔다고?"

현덕은 서서와 나눈 옛정을 떠올렸다. 공명과 함께 당으로 반갑게 맞아들였다.

"그대와 다시 만나게 되리라고는…."

현덕은 서로가 처한 처지를 한탄했다. 오랫동안 만나지 못한 정을 이야기로 풀어 나누자면 한도 끝도 없다. 허나 지금은 서로가 적이다. 서서는 마음을 다잡았다.

"오늘 저를 보내서 주공에게 화목을 구하게 하려는 조조 본심은 화의에 있지 않고, 오로지 민심이 품은 원망과 한탄을 주공에게 전가하려는 간사한 계략입니다. 여기에 말려들어 한때 안전을 꾀하려고 조치를 취하신다면 오래도록 후회하실 것입니다. 불행히도 저는 주공을 적으로 대하는 진영에 몸을 두었습니다. 지금은 노모도 돌아가셔 이 세상에 계시지 않지만, 만약 제가 돌아가지 않는다면 세상 사람들은 제 절개를 의심하고 비웃을 것입니다. 어쩔 수 없는 숙명이므로 그저 지금 한 말씀 올리고 돌아가겠습니다."

서서는 바로 작별을 고하고 발걸음을 돌리면서도 되풀이해서 강조했다.

"역경에 역경을 거듭하여 지금 처지가 불안하실 겝니다. 그렇지만 예전과 다르게 지금 주공 곁에는 제갈 선생이 있습니다. 반드시 주공이 품은 왕패 대업을 도와 오늘 겪은 고난을 옛

이야기로 나눌 수 있는 날이 오리라 믿습니다. 저는 노모를 죽음으로 몰고 무엇 하나 세상을 위해 도모할 수 없는 처지가 되었습니다만, 주공이 품은 대업의 성공을 멀리서나마 기원하고 지켜보는 걸 즐거움으로 삼겠습니다. 건승을 빕니다."

서서가 돌아가고 조조에게 답신을 전하는 사이, 현덕은 번성을 버리고 다른 안전한 땅을 찾아야만 했다.

기껏 항복을 권유하는 사자를 보냈는데 거절했다는 보고를 들으면 조조는 곧바로 책임을 현덕에게 전가하리라.

'백성을 전쟁에서 비롯된 재앙에 빠트린 자는 현덕이다.'

그러고는 100만 군사에게 마음껏 짓밟으라는 명령을 내려 조조 군이 태풍같이 공격해 올 게 명약관화했다.

"양양으로 피하시지요. 이 성보다는 양양성이 방어하기에도 좋습니다."

공명이 하는 권유에 현덕도 이의는 없었다.

"날 믿고 예까지 피난 온 저 많은 백성은 어찌한단 말인가…."

백성 처지를 걱정하여 현덕은 쉬 결정을 내리지 못했다.

"주군을 존경하여 주군이 가는 곳이라면 어디까지고 따라올 가련한 백성입니다. 아무리 걸리적거리더라도 데리고 가야 하지 않겠습니까?"

"그렇다면…."

현덕은 관우에게 도하 준비를 지시했다. 관우는 강나루에 배를 준비하고 백성 수만 명을 불러 모았다.

"우리와 함께 가려고 마음먹은 자는 강을 건너라. 남으려고 생각하는 자는 돌아가 옛 땅에 농사를 지으면 될 것이다."

그러자 백성은 울면서 입을 모아 말했다.

"앞으로 산을 개간해서 먹고 살고 돌을 파내어 물을 퍼낸다 해도 유 황숙을 따라가겠습니다. 비록 목숨을 잃는 한이 있더라도 유 황숙을 원망하지 않겠습니다."

관우는 미축, 간옹 등과 힘을 합쳐 수많은 백성을 일일이 배에 태워 강을 건넜다. 현덕도 마침 도하하려는데 바로 그때 5만여 조조 군이 모래 먼지를 휘날리며 번성 밖에서 추격해 왔다.

"적이다!"

강변에 무리지어 갈팡질팡하는 자, 배에서 울부짖는 자, 실수로 강에 빠지는 자 등 백성이 내지르는 비명은 물에 메아리쳐 자신도 모르게 귀를 틀어막을 정도였다.

"애처롭게도 죄 없는 백성이 애먼 화를 당하는구나. 나만 없어진다면…."

현덕은 몸서리치며 그 광경을 바라보다가 갑자기 뱃전에 서서 강으로 투신하려고 했다.

3

좌우에 있던 사람들이 깜짝 놀라서 현덕의 몸을 안아 끌어내렸다.

"죽는 건 쉽지만 사는 건 어렵습니다. 본래 살아남는 길은 고난과 다투는 싸움입니다. 수많은 백성을 버리고 어찌 주공만 먼저 가려 하십니까?"

사람들이 한탄하며 충고하자 현덕도 겨우 생각을 접었다.

관우는 미처 도망치지 못한 백성을 도와 노약자를 보호하며 뒤따라 건너왔다. 해서 겨우 모두 북쪽 강가로 건너 쉴 틈도 없이 서둘러 양양으로 갔다. 양양성에는 얼마 전부터 어린 국주 유종과 채 부인 무리가 형주에서 옮겨와 지냈다. 현덕은 성문 아래서 말을 세웠다.

"어진 조카 유종아, 문을 열어 백성을 구해다오."

현덕이 큰 소리로 도움을 청했다.

그러자 대답도 없이 갑자기 궁수들이 성루 위에 나타나 화살을 쏘아댔다. 현덕을 따라온 백성 머리 위로 화살은 비가 되어 내렸다. 비명을 지르고 통곡을 하고 살려고 미친 듯이 발버둥치는 혼란 속에서 지옥 같은 슬픔에 잠겨 땅도 하늘도 어두워질 뿐이다.

그 가혹한 광경을 성안에서 보고 의분을 터트린 장수가 있었다. 이름은 위연(魏延)이고 자는 문장(文長)이라는 자가 돌연 아군을 향해 격하게 목소리를 높였다.

"유현덕은 어진 사람이다. 돌아가신 주군의 분묘에 흙도 마르지 않았는데 조조에게 항복을 구하고 나라를 팔아먹은 역적, 너희야말로 괘씸한 자들이 아니냐. 그러니 내가 성문을 활짝 열어 유현덕을 들여보내겠다."

채모는 깜짝 놀라 장윤에게 명령했다.

"배신자를 쏘아 죽여라!"

그때 위연은 이미 부하들을 이끌고 성문으로 몰려가 파수병들을 쫓아버리고 현수교를 내렸다.

"유 황숙! 유 황숙! 어서 들어오시오."

위연이 소리치는 모습을 보고 장윤, 문빙 등이 앞다투어 위연을 막으려고 시도했다.

성 밖에 있던 장비와 관우는 곧장 말을 몰아 안으로 들어가려고 했지만, 성안 분위기가 걷잡을 수 없을 정도로 혼란스럽다는 걸 단번에 눈치챘다.

"잠시 기다려보자."

장비와 관우는 화급히 멈춰 서서 공명에게 물었다.

"공명, 이럴 때는 어찌하면 좋겠소?"

"흉악한 피 냄새가 진동하오. 아마 같은 무리끼리 싸우는 듯하오. 들어가지 마시오. 발길을 돌려 강릉(江陵, 호북성 사시沙市 양자강 기슭)으로 갑시다."

"강릉으로 가잔 말이오?"

"강릉성은 형주에서 으뜸가는 요해고 금전과 식량도 충분히 비축된 곳입니다. 조금 멀긴 하지만…."

"알았소. 서둘러 갑시다."

현덕이 발걸음을 돌리는 모습을 보고는 평소에 현덕을 따르던 성안에 있는 장수들은 너도나도 채모 밑에서 달아났다. 성문이 혼란스러운 때를 틈타 현덕 뒤를 따르는 사람들이 끊이질 않았다.

현덕을 따르는 사람 중에서 가장 당당하게 이름을 내세운 위연은 장윤, 문빙 등에게 둘러싸여 부하 대부분을 잃고 홀몸이 되어 사시(巳時)부터 미시(未時) 무렵까지 싸웠다. 마침내 포위를 뚫고 겨우 달아나 온몸이 피투성이가 된 채로 성 밖으로 나왔지만 이미 현덕은 멀리 사라져버린 뒤였다. 어쩔 수 없이 장사(長沙)로 달아나 후에 장사 태수 한현(韓玄)에게 몸을 의탁했다.

한편, 현덕은 백성 수만 명을 이끌고 강릉으로 향했지만 병자와 걷기 어려워하는 여자도 많았고, 어린아이는 둘러업고 늙은이는 부축했으며 거기다 가재도구를 짊어진 사람들과 탈것, 짐수레 등이 어지럽게 이어지는 형편이므로 하루에 10리를 가는 게 고작이었다.

공명도 이래서는 대책이 서지 않는다는 생각에 고심했다.

"몸을 숨길 곳도 없는 평야에서 만약 적에게 둘러싸인다면 아무도 살아남지 못합니다. 이제는 결단을 내리셔야 합니다."

공명은 눈썹에 비장한 기색을 띠며 현덕에게 빠른 결단을 촉구했다.

4

도망가는 패잔병 처지다. 군대 자체가 처한 운명조차 위험한데 궁핍한 백성 수천수만을 데리고 걷다가는 어떤 행동도 취할 수 없었다.

"어느 정도 희생이 따르더라도 할 수 없습니다."

현덕의 어진 마음은 알지만, 적에게 전멸당하면 아무 의미가 없다는 걸 공명은 깨달았다.

"여기서는 눈물을 머금고 백성을 떨쳐버려 한시라도 빨리 강릉으로 가서 대책을 강구하지 않으면 바로 조조 군의 먹잇감이 될 것입니다."

현덕은 여전히 공명의 말을 듣지 않았다.

"자식이 부모를 따르듯 날 따르는 영민을 어떻게 버리고 가겠소. 나라는 백성이 근본이라고 하오. 지금 나는 나라는 잃었지만, 그 근본은 있소. 백성과 함께 죽는다면 죽을 수밖에 없소."

이 말을 공명에게 전해 들은 장수들도 눈물을 흘렸고 백성도 울음을 터뜨렸다. 공명도 마음을 굳게 먹고 백성에게 서로 협력하고 도우라며 철저하게 이른 뒤 관우와 손건에게 병사 500명을 맡겼다.

"강하에 있는 장남 유기 공을 찾아가서 소상하게 전황을 전하고 강릉성에서 만날 수 있도록 이 서간을 전하시오."

공명은 관우에게 현덕이 쓴 서간을 맡기고 급히 지원군을 파견해주기를 부탁했다.

이 무렵 조조는 중군을 완성에서 번성으로 옮겼다. 성으로 들어가자 바로 서간을 양양으로 보냈다.

"유종과 만나기를 원하오."

어린 유종은 두려워해 가기 싫다며 말을 듣지 않았다. 해서 대리로 채모와 장윤, 문빙 세 사람이 가기로 했지만, 그때 유종에게 살짝 귀띔해주는 사람이 있었다.

"지금 조조 군을 불시에 치면 반드시 조조 목을 얻을 수 있을 것입니다. 이미 형주는 항복할 것이라고 마음을 교만하게 먹고 방심하였습니다. 그러면 천하는 형주 편이 되겠지요. 이런 절호의 기회는 두 번 다시 없을 것입니다."

이 말이 채모 귀에 들어갔다. 조사해보니 왕위(王威)가 올린 진언이다. 채모는 길길이 분노했다.

"쓸데없이 입을 놀려 어린 주군을 혼란에 빠뜨리는 자다."

채모는 왕위 목을 베려고 했지만 괴월이 만류해 겨우 아무 일 없이 지나갔다. 내정에 다툼이 생기는 것도 그날 현덕에 동조하는 사람들이 연이어 빠져나간 이후에 신하들 사이에 의견이 서로 엇갈리고, 문관과 무관이 다투고, 거기다 외척이나 당파 대립까지 얽히고설켜 형주는 지금 전에 없던 동요를 내부에 숨긴 탓이리라.

채모는 조조와 맺는 강화를 통해 강제로 내부 혼란을 무마시키려고 노력하였다. 해서 조조를 만나 항복에 대한 예를 중재하면서 머리를 조아리고 조조 비위를 맞추고 아첨했다. 조조는 높은 자리에 앉아 채모 일행을 느긋하게 내려다보았다.

"형주의 군사와 말, 금전과 식량, 병선은 얼마나 되는가?"

"기병 8만, 보졸 20만, 수군 10만, 병선 7000여 척이 있습니다. 금전과 식량은 대부분 강릉성에 모아두었고 각 성에도 1년치 정도 군수는 상비한 형편입니다."

채모는 숨김없이 대답했다.

조조는 흡족해하면서 채모에게 약속하였다.

"유표가 살았을 때 형주 왕이 되고 싶어 했지만, 뜻을 이루지 못했다. 내가 천자에게 아뢰고 청하여 유표의 아들 유종은 언젠가 반드시 왕위에 봉해주겠다."

5

이날 조조는 매우 만족한 듯 채모를 평남후(平南侯) 수군 대도독으로 봉하고, 장윤을 조순후(助順侯) 수군 부도독으로 임명했다. 두 사람은 조조가 베푼 은혜에 깊이 감사하며 자국이 한 항복을 행운으로 여기고 기뻐하며 돌아갔다.

"승상은 너무 사람 보는 눈이 없으십니다. 정녕 저런 아첨이나 하는 소인배에게 높은 관직을 내리고 수군을 맡기실 작정이십니까?"

순유는 채모 일행이 돌아간 뒤 분개하여 거침없이 이런 말을 내뱉었다. 조조는 그 말을 멀리서 듣고는 입술을 삐쭉거리며 순유를 향해 역정을 냈다.

"내 어찌 사람을 모른다 하느냐!"

조조는 귀가 있으면 들으라고 하는 듯이 되받아쳤다.

"내가 거느린 병들은 북쪽 산과 들에서 나고 자란 병사들이 아닌가. 물을 이용하는 수군 병법이나 병선 구조, 수리 등에 통달한 자는 거의 없다. 지금 채모와 장윤을 수군 대도독, 부도독 자리에 앉혀도 볼일이 끝나면 언제든지 목을 베면 되리라. 그러고 보니 사람 마음을 모르는 자는 순유 바로 네가 아니냐?"

직접 듣는 것과는 다르게 돌려서 이야기를 듣는 편이 오히려 뜨끔했다. 순유는 입을 꾹 다물고 얼굴을 붉히면서 총총 사라졌다.

한편, 채모와 장윤은 양양으로 돌아가자마자 채 부인과 유종을 맨 먼저 찾아갔다.

"모든 게 순조롭게 해결되었습니다. 반드시 조정에 청하여 주군을 왕위에 봉하겠다고 조 승상께서 말씀하셨습니다."

두 사람이 조조에게 들은 이야기를 소상하게 알렸다.

다음 날 조조는 양양으로 입성한다는 포고를 내렸다. 채 부인은 유종을 데리고 나루터까지 마중 나가 조조에게 절을 올리고 성안으로 모셨다. 그날 양양 백성은 길에 향을 피우고 수레에 절했으며 형주의 문무백관들은 성문에서 식전(式殿) 계단 아래까지 줄을 지어 조조를 성대히 맞이했다. 조조는 중앙 식전에 의연하게 앉았고 심복 장수나 무사들은 조조를 겹겹이 호위했다.

채 부인은 아들 유종을 대신하여 유표가 쓰던 인수와 병부를 비단 보자기에 싸서 조조에게 바쳤다.

"기특하오. 언젠가 유종에게는 따로 명할 날이 있을 것이오."

조조가 인수와 병부를 받자 그곳에 있던 신하 모두 만세를 외치고 입성 의식은 일단락되었다. 식을 마치자 조조는 형주의 옛 신하 중에서 괴월을 불렀다.

"난 형주를 얻은 걸 그리 기뻐하지 않으나 지금 그대를 얻은 건 마음속으로 기뻐하오."

조조는 괴월을 강릉 태수 번성후(樊城侯)로 봉했다. 그러고는 옛 중신 다섯을 열후(列侯)로, 왕찬과 부손(傅巽)을 관내후(關內侯)로 봉했다. 그제야 유종을 돌아보며 말했다.

"그대는 청주(青州) 자사로 봉하니 청주로 가시오."

조조가 내린 명은 간단했다.

유종은 슬퍼하며 애원했다.

“저는 관직이나 작위는 바라지 않습니다. 그냥 돌아가신 아버지 분묘가 있는 이곳에 머무르게 해주십시오.”

조조는 냉정하게 고개를 저었다.

“아니오. 청주는 도읍에 가까운 좋은 땅이니 성인이 되고 난 후 조정에 청해 관인(官人)으로 삼기 위한 좋은 준비가 될 터. 잠자코 가 있으시오.”

조조는 유종이 해온 청을 매정하게 뿌리쳤다.

할 수 없이 유종은 어머니 채 부인과 함께 며칠 뒤 울면서 나고 자란 고향 땅을 떠나야 했다. 변하기 쉬운 게 사람 마음인지라 주군이 청주로 길을 떠났지만 왕위라는 노장이 몇몇 가신들을 거느리고 수레를 호위할 뿐이다.

그 후 조조는 은밀히 우금을 불러 밀명을 내렸다. 우금은 강한 병사만 골라서 500여 기를 이끌고 바로 유종 일행을 뒤쫓았다. 여기가 무슨 강인지 뭐라고 부르는 광야인지 이름도 모르는 풀들을 붉게 물들이며 처참한 살육이 행해질 줄이야! 채 부인과 유종이 탄 수레에 500여 기가 이리 떼처럼 달려들더니 곧바로 대낮에 뜬 달도 피로 물들이며 비명과 절규가 강물에 메아리치고 들판에 휘몰아쳤다. 노장 왕위도 병사들에게 둘러싸여 목숨을 잃었고 수행하던 자들도 아무도 살아남지 못한 건 당연하다.

모자초

1

우금은 나흘 뒤에나 돌아왔다. 그동안 조조는 초조하고 불안한 모습을 보였다. 결과를 애타게 기다렸던 듯하다.

"다녀왔습니다. 멀리까지 쫓아가서 명령하신 대로 채 부인과 유종을 깔끔하게 처리하였습니다."

조조는 우금이 올린 보고를 접하고 나서야 안심한 모양이다. 이것으로 유표 혈족은 거의 끊어진 것이나 다름없다. 애처로운 운명의 말로다.

"잘했다."

조조는 우금에게 그 말 한마디 전했을 뿐이다.

또 조조는 많은 무사를 융중으로 보내 공명 처와 아우 등을 찾아 잡아들이라 명했다. 조조는 공명을 사무치게 증오하였다.

"무슨 방법을 써서라도 공명의 삼족(三族)을 찾아내 잡아들이라."

조조는 엄명을 내렸다. 명령을 받은 부장들은 수하 병사들을 독려하여 와룡 언덕에 있는 공명 옛집을 비롯하여 부근을 샅샅이 수색했지만, 도저히 찾을 수 없었다. 공명은 이런 일이 있을 것을 예상하고 가족을 삼강(三江)에서 멀리 떨어진 어딘가에 숨겼고, 마을 사람들도 공명의 덕을 따르므로 조조 부하들에게 아무런 단서도 주지 않았다.

이런 일에 시간을 보내는 한편 조조는 매일 형주 안팎 치안이나 신하들에 대한 처우, 상벌과 새 율령을 발표하는 일 등 끝도 없는 정무로 동분서주했다.

"승상, 차라도 한잔 어떠십니까?"

어느 날 순유가 정무로 분주한 조조를 저지하면서 권했다.

"차? 좋지, 한잔 마셔볼까."

"바쁜 와중에 취하는 짧은 휴식은 목숨만큼 소중하다는 말도 있지 않습니까? 이때 마시는 차 한잔은 생명에 윤기를 줍니다."

"세무 문제는?"

"세무 문제보다 더 서두르지 않으면 안 되는 문제가 있잖습니까?"

"그렇게 급한 문제라…."

"현덕 일행이 이곳을 떠난 지 곧 열흘째로 접어듭니다. 그 일행이 혹시 강릉 요해를 차지하고 금은과 군량을 손에 넣는다면 어찌하시겠습니까?"

"아, 그렇구나!"

조조는 갑자기 탁자를 탁 치며 일어났다.

"공무에 쫓기고 사소한 일에 얽매여 그만 큰일을 잊었다. 순유! 왜 그대는 내게 일찍 주의를 주지 않았는가."

"눈에 뻔히 보이는 적을 잊을 리가 없다 생각했습니다."

"말도 안 되는 소리! 바쁠 때는 누구라도 중요한 일을 잊어버리곤 하오. 어서 군마를 준비하라 명하고 현덕을 추격하시오."

"분부만 내리신다면 늦지 않았습니다. 현덕은 궁핍한 백성 수만 명을 데리고 있어 하루에 불과 10리밖에 못 간다고 합니다. 철기 1000여 기를 이끌고 신속히 추격하면 아마 이틀 안에 따라잡을 수 있습니다."

순유는 바로 대장들을 성 내정으로 불러들였다. 조조가 서서 명령을 내리려고 돌아보니 형주 신하 중에서 문빙의 모습이 보이지 않았다.

"문빙은 왜 보이지 않는가?"

부르러 사람을 보내니 문빙은 그제야 나타나 장수들이 서 있는 끝자락에 다소곳이 섰다.

"무슨 이유로 이리 늦었는가? 변명할 말이 있다면 하라."

조조에게 문책을 받고 문빙은 수심에 잠겨 대답했다.

"이유는 없습니다. 부끄러워서입니다. 돌아가신 주군 유표께 부탁 받은 게 있어 항상 한천(漢川) 경계를 지켰고 혹시라도 외적이 침공하면 적에게 주군 땅을 한 발자국도 밟도록 허락지 않는다, 맹세했는데 사정과 뜻이 맞지 않아 이런 현실에 직면하게 되었습니다. 부끄러운 자신을 생각하면 어떻게 다른 사람보다 앞에 서고 사람들 속에 서겠습니까?"

바닥을 내려다보며 문빙은 눈물을 주르륵 흘렸다. 조조는 크게 감동했다.

"지금 한 말은 진심으로 나라를 섬기는 충신의 목소리다."

즉시 문빙의 관직을 거두어들이고 강하 태수 관내후로 명했다. 그러고는 문빙에게 현덕을 추격하는 군대 길잡이를 명하고 이하 대장에게 철기 5000기를 맡겨 출발을 재촉했다.

2

궁핍한 백성 수천수만을 데리고 걷는 현덕의 병사는 불과 2000명도 되지 않았다. 1000리 평야를 마치 개미 행렬이 졸졸 줄지어 가는 듯한 모습으로 걸었다. 가는 길은 좀처럼 진척을 보이지 않았다.

"강릉성까지는 아직인가?"

"반도 못 왔습니다."

양양을 떠난 지 벌써 열흘이나 지났다.

'이 상태라면 언제 강릉까지 갈 수 있을꼬….'

현덕은 내심 근심스러웠다.

"강하로 지원군을 부탁하러 간 관우도 깜깜무소식이오. 군사, 그대가 가보지 않겠소?"

공명은 바로 수긍했다.

"제가 가보겠습니다. 어떤 사정이 생겼는지 모르겠습니다만 지금 강하밖에 병력을 부탁할 데가 없으니…."

"군사가 가서 지원군을 부탁하면 유기도 거절하지 않을 것이오. 군사 덕분에 계모 채 부인 손에서 벗어났다는 사실도 기억할 터…."

"여기서 헤어집시다."

공명은 병사 500명을 이끌고 말 머리를 돌려 강하로 서둘러 떠났다.

공명과 헤어지고 나서 이틀째 되는 오후다. 불현듯 광풍이 불어와 광야를 휘 돌아보니 모래 먼지가 하늘을 뒤덮고 엄청난 소리가 지각 밑을 울리는 듯 들렸다.

"별안간 말이 요란하게 우는 건 뭔가를 알리는 징조리라."

현덕이 의아해하자 말 머리를 나란히 하던 미축, 미방, 간옹이 고했다.

"흉조입니다. 말 울음소리도 평소와 다릅니다."

모두 두려움에 벌벌 떨었다.

"백성을 버리고 서둘러 가지 않으면 주군이 위험합니다."

그래도 현덕은 들으려 하지 않았다. 현덕이 좌우에 있는 신하들에게 물었다.

"앞에 보이는 건 무슨 산인가?"

"앞에 흐르는 건 당양현(當陽縣)에서 흘러내려 오는 강이고 뒤에 보이는 산은 경산(景山)입니다."

"자, 그곳까지 서둘러 가자."

부녀자들과 노약자 무리는 조운에게 맡기고 후진에는 장비를 세워 서둘러 달아났다.

늦가을 평야에는 꽃이 흐드러지게 피었고 웃자란 풀에 뒤덮여 점점이 보였다. 날은 어느새 저물어 대륙에서 불어오는 찬 기운은 별빛을 받아 뼛속까지 스며들었다. 스산한 밤에는 살갗이 에는 듯한 추위로 바뀌었다.

한밤중이다. 불현듯 사람이 고함치는 소리가 광야에 내린 어둠을 세차게 뒤흔들었다. 어둠 속 어딘가에서 마른풀을 휘감는 함성과 땅을 박차는 살기가 다가왔다.

"현덕을 놓치지 마라!"

누군가가 외치는 소리가 귓가에 울렸다. 현덕은 소스라치게 놀라 몸을 일으켰고 병사들을 한 무리 모아 목숨 걸고 적의 포위를 뚫고 나갔다.

"주군, 주군. 동쪽으로 피하십시오."

현덕을 재촉하면서 적과 맞서 싸우는 자가 있었다. 후진을 맡았던 장비다. 뒤를 부탁하고 현덕은 달아났지만, 남쪽 방향 장판파(長坂坡) 부근에 다다르니 또 복병 한 무리가 도사리고 있는 게 아닌가.

"유 예주, 기다려라. 그대 운은 다했다. 이제 깨끗하게 목을 내놓아라."

길을 막고 이름을 부르는 장수가 있었다. 보아하니 형주의 옛 신하 문빙이다. 현덕이 예전에는 의를 아는 대장이라고 생각했던 자다.

"그대는 형주 무인들의 사표(師表)라 불리는 문빙 아닌가. 국난이 닥치니 나라를 팔고, 병란이 일어나자 창끝을 돌려 적장에게 아첨하다니…. 하물며 조조의 개가 되어 어제의 벗에게 달려드는 건 무슨 경우인가? 무사로서 비열한 행동이 아닌가. 그래 놓고 그대가 형주의 문빙이라 할 수 있는가?"

그러자 문빙은 대답도 하지 않고 얼굴을 붉히면서 멀리 줄걸음을 놓았다.

그다음에는 조조의 직신(直臣) 허저가 현덕을 좇아왔지만, 그때는 장비가 뒤따라와서 겨우 허저를 물리치고 혈로를 열어 현덕을 앞서 보냈다. 그런 뒤에 장비는 홀로 남아 합을 겨뤘다.

3

아뿔싸! 장비가 휘두르는 힘도 무한하지는 않았다. 결국, 한쪽 적군을 막아서는 데 지나지 않았다. 그사이에도 현덕을 노리는 병사는 있었다.

"놓치지 마라!"

"뒤좇아라!"

좇고 또 좇는 적은 끝이 보이지 않았다. 달아나는 곳마다 복병이 기다렸고 화살이 우박처럼 내려 길을 막으니 현덕은 정신이 혼미해질 정도였다. 눈썹까지 땀에 젖어 눈앞이 어두워지는 듯한 기분이 들었다.

"아! 이젠 숨을 쉴 기력도 없구나."

자신도 모르게 현덕은 말안장에서 내려왔다. 온몸이 물에 젖은 솜처럼 감각이 없었다.

"오오…."

둘러보니 따라오는 병사들도 100여 기밖에 없었다. 현덕의 처자를 비롯해 미축, 미방, 조운, 간옹 그 밖의 장수들은 어디서 헤어졌는지 산산이 흩어져버렸다.

"백성은 어찌 되었느냐? 처자와 하인들이 하나도 보이지 않은 건 어인 일이냐? 이 상황에서는 설령 목석일지라도 어찌 슬프지 않겠느냐?"

현덕은 눈물을 흘리다가 결국엔 꺼이꺼이 목 놓아 울었다.

그때, 온몸이 피투성이가 된 미방이 달려오는 게 아닌가. 미방은 몸에 꽂힌 화살도 뽑지 않은 채 현덕 앞에 무릎을 털썩 꿇었다.

"원통합니다. 조자룡까지 변심하여 떠났습니다."

비통에 빠진 눈물을 흘리면서 호소했다.

"뭐? 조자룡이?"

현덕은 앵무새처럼 따라서 외쳤지만 바로 말투를 바꾸어 미방을 나무랐다.

"허튼소리 마라! 조운과 난 어려움을 함께해온 사이다. 조운은 눈같이 맑은 지조에 철 같은 피가 흐르는 무인이다. 나는 믿는다. 어찌 조운 같은 사람이 부귀에 한눈팔려 지조와 이름을 버리겠는가!"

"아닙니다. 조운이 아군 무리를 뚫고 조조 군 쪽으로 가는 걸 제 눈으로 똑똑히 봤습니다."

그러자 옆에서 말을 거드는 자가 있었다.

"그 모습을 봤다고 하는 자가 꽤 됩니다."

미축의 말에 분개하며 동조하는 자는 후진 임무를 다하고 지금 막 도착한 장비다. 신경이 곤두선 장비는 눈을 부릅떴다.

"다시 가서 살펴보고 사실이라면 조운을 한 창에 없애버리고 오겠습니다. 주군은 이 근처에서 몸을 숨기고 잠시 쉬십시오."

"그래선 안 된다. 조운은 결코 날 저버릴 사람이 아니다. 장비, 성급하게 행동하지 마라."

"무슨 소립니까! 제 알 바 아닙니다."

장비는 듣지 않았다. 장비는 부하 20기 정도만 이끌고 왔던 길로 되돌아갔다. 그러자 강 한쪽에 튼튼한 나무다리가 걸려 있었다. 장판교(長坂橋, 호북성 당양현 의창宜昌 동쪽 10리)다. 장판교 동쪽 기슭에는 숲이 있었다. 장비는 부하에게 뭔가를 속삭이고는 20기를 숲속에 숨겼다. 부하는 장비가 세운 계책에 따라 말꼬리에 나뭇가지를 묶어 버스럭대며 쉴 새 없이 왔다 갔다 했다.

"내 계략이 어떠냐? 설마 20기라고는 생각지 않겠지. 족히 500기는 돼 보이지 않느냐?"

내심 흐뭇해하며 장비는 홀로 장판교 위로 말을 몰았다. 그러고는 사모를 옆구리에 끼고 서쪽을 바라보았다.

한편, 조자룡은 어찌 된 것일까? 조자룡은 양양을 떠날 때부터 주군 일족 20여 명과 하인들, 그중에서도 특히 감 부인, 미 부인 또 어린 공자 아두 등을 보호하라는 명을 받고 중대한 책임감을 느꼈다. 그런데 전날 밤에 있었던 전투로 도망가느라 아두와 두 부인을 비롯하여 몸이 불편한 사람들을 어둠 속에서 놓치고 만 것이다.

조운은 이대로 돌아갈 수 없다며 눈에 핏발을 세웠다.

"주군을 뵐 면목이 없다."

밤새 아군과 적군 사이를 구별하지 않고 돌아다니며 사람들 행방을 찾아 헤맸다.

4

"목숨이 붙어 있는 한…."

조운은 불과 30여 기로 줄어든 부하들을 데리고 몇 번이나 적진으로 파고들었다.

"두 부인은 어디 계신가? 어린 공자는?"

광인처럼 정신없이 찾아다녔다. 조운이 사방팔방 적군 아군 경계도 무시하고 찾아다니는 평원에는 수만 백성이 우왕좌왕 하였다. 어떤 이는 화살에 맞고 어떤 이는 돌에 맞고 말발굽에 차여 구덩이로 굴러떨어지는 등 지옥 같은 광경이 펼쳐졌다. 부모는 자식을 찾고 자식은 부모를 부르고, 부인은 비명을 지르며 남편을 쫓아가고 남편은 광분하여 가족을 찾아다니는 등 그 목소리들은 평원에 가득했고 하늘을 뒤덮을 지경이다.

"게 있는 건 누구요?"

풀뿌리에 괸 피가 웅덩이를 이루었다. 조운은 문득 뭔가를 보고 말에서 신속하게 내렸다. 엎드려 쓰러진 병사가 수상했다. 다가가서 안아 일으키니 아군 대장 간옹이다.

"상처는 깊지 않네. 어이, 간옹."

간옹은 조운의 목소리를 듣자 정신을 차리고 급히 주위를 둘러보았다.

"앗, 조운인가?"

"어찌 된 거요? 정신 좀 차리시오."

"두 부인은 어딨소…? 공자 아두는?"

"내가 묻고 싶은 말이오. 간옹, 그대가 예까지 모시고 오지 않왔소?”
“음, 예까지 와서 한 무리 적군에 둘러싸여 나는 적의 장수를 물리치고 수레 옆으로 다시 돌아갔지만….”
“적에게 사로잡혔단 말이오?”
“아니오. 두 부인이 공자를 안고 수레를 버린 다음 어지러운 군사들 속으로 달아났다는 부하 말에 위급하다 여겨 뒤를 쫓으려던 순간 날아오는 화살에 맞았는지, 뒤에서 칼에 찔렸는지…. 그 뒤는 가물가물하오. 내가 정신을 잃은 모양이오.”
“이럴 때가 아니오. 그대는 주군 뒤를 쫓아가시오.”
조운은 간옹을 부축해 말 등에 끌어 올려 부하를 붙여서 앞세워 보냈다. 그러고 나서 자신은 철과 같은 마음을 다잡고 장판교 쪽으로 말을 내달렸다.
“설사 하늘을 날고 땅으로 들어가더라도 일족을 찾아내지 않는 한 다시는 주군 앞에 나타나지 않으리라….”
다짐하며 말을 달리는데 허둥지둥 갈피를 못 잡는 한 무리 병사를 우연히 만났다. 그중에 하나가 손을 들어 조운을 불러 세우는 게 아닌가.
“조 장군, 조 장군….”
주군 일족을 태운 수레를 밀던 호종이다. 조운은 뒤돌아보자마자 다급하게 물었다.
“두 부인 행방을 아는가?”
호종들은 일제히 남쪽을 가리켰다. 그중 한 병사가 비통하게 고했다.
“두 부인은 머리를 풀어 헤치고 맨발로 백성 무리와 함께 인파에 휩쓸려 남쪽으로 가셨습니다."

"그렇다면…."

조운은 하늘이라도 날 듯이 말을 내달려 도망치는 백성 무리를 가까스로 찾아냈다.

"두 부인, 계십니까? 공자, 어디 계십니까?"

목이 쉬도록 외치면서 찾아다녔다. 하지만 그곳엔 없었다. 그러자 또 다른 백성 무리를 만날 수 있었다. 조운이 말 위에서 같은 말을 줄기차게 외치니 울면서 말발굽 앞에서 엎드리는 사람이 있었다. 감 부인이다. 조운은 눈이 휘둥그레져서 창을 옆구리에 끼고 안장에서 내려가 부인을 부축해 일으키며 사죄했다.

"아, 어려움을 겪게 한 건 오로지 제가 못난 탓입니다. 용서해 주십시오. 미 부인과 아두 공자는 어디 계시는지요?"

"도련님과 미 부인은 처음에는 함께 달아났는데 한 무리 적병에게 쫓겨 흩어진 다음 그때부터 헤어진 채로…."

엉엉 울면서 감 부인이 이야기하는 사이에 주위 백성이 또다시 소란스럽게 흩어져 도망치기 시작했다.

보검

1

조인 휘하에 순우도(淳于導)라는 맹장이 있다. 그날 순우도는 현덕을 추격하던 도중에 앞을 가로막아 선 미축과 싸워 사로잡은 다음 말안장 옆에 의기양양하게 묶었다.

"오늘 세울 가장 큰 수훈은 현덕을 사로잡는 것이다. 현덕이 바로 눈앞에 있다."

순우도는 기세를 몰아 부하 1000여 명을 독려하면서 세차게 내리는 소나기처럼 이곳으로 진격해 왔다. 순우도는 정신없이 도망치는 백성 무리에는 눈길도 주지 않은 채 곧장 조운 곁으로 다가왔다. 현덕 수하 장수라고 여겼을 터.

"사로잡힌 자는 우리 미축이 아닌가."

조운은 적과 창으로 맞대하면서 놀라서 외쳤다.

맹장 순우도도 이번에는 상대를 잘못 골랐다. 조운과 합을 겨루던 순우도는 도저히 당해낼 수 없다는 사실을 알고 당황하여 말 머리를 돌리려는 순간, 조운이 내지른 날카로운 창은 이미 순우도 몸을 관통하였다. 순우도는 푸른 피를 분수처럼 내뿜으면서 땅으로 고꾸라졌다.

조운은 남은 잡병들을 쫓아버리고 미축을 부축해 말에서 내렸다. 그러고는 적의 말 2필을 빼앗아 미축과 감 부인을 각각 다른 말에 태운 다음 서둘러 장판교로 향했다. 마침 장판교 위에는 장비가 말을 걸터타고 기다리는 터. 장비는 석상이라도 된 듯이 떡하니 버티고 서 있는 게 아닌가. 혼자 안장 위에 커다란 사모를 누이고 눈을 번뜩이며 입은 앙다문 채로 호랑이 수염은 미풍에 흩날렸다.

"게 오는 놈은 인간인가 짐승인가?"

난데없이 장비가 호통치니 조운도 순간 화가 치밀었다.

"삼가시오! 감히 부인 앞에서."

장비는 그제야 조운 뒤에 있는 부인의 모습을 보았다.

"아아, 조운. 귀공은 조조 군대로 항복하러 가지 않았는가?"

"무슨 돼먹지 않은 소리!"

"그런 소문이 있어 혹시라도 여기로 온다면 단번에 사모의 희생양으로 만들어버리려고 벼르던 참이네."

"공자와 두 부인의 행방을 찾아 동틀 무렵부터 혈안이 되어 뛰어다니다 겨우 감 부인만 찾아내서 예까지 모시고 왔소. 주군은 어디 계시오?"

"숲속 나무 그늘에서 잠시 숨을 돌리시네. 주군도 공자와 부인들 안부를 걱정하시지."

"그러시겠지. 장비, 그대가 감 부인과 미축을 주군이 계신 곳까지 모시고 가주겠소? 난 다시 미 부인과 아두 공자를 찾으러

가겠소."

그 말만 남기고는 조운은 말 머리를 돌려 홀로 적진 속으로 달려갔다. 그러자 저쪽에서 부하를 10명 정도 거느린 젊은 무사가 유유히 조운을 향해 오는 게 보였다. 등에 긴 칼을 차고 손에는 화려한 창을 든 모습을 보니 적의 대장이라는 사실을 멀리서도 한눈에 알아볼 수 있었다.

적장은 조운이 단기필마(單騎匹馬 '단기單騎'라고도 하는 이 표현은 홀로 적진을 향해 나아가는 용사의 모습을 가리킴 – 옮긴이)였으므로 가까이 다가갈 때까지 자룡을 적이라 눈치채지 못한 듯했다. 조운이 불시에 이름을 대니 젊은 적장은 화들짝 놀랐다. 호위병들이 단숨에 조운을 둘러쌌지만 조운에게 그 적들은 말발굽에 낀 먼지와도 같은 존재였다. 호위병들은 혼비백산이 되어 쥐구멍을 찾아 다 달아나버렸다. 그 젊은 장수는 허무하게 힘도 한번 써보지 못한 채 자룡의 칼에 고꾸라졌다.

그때 조운은 적장이 진귀한 검을 지녔다는 점을 눈여겨보았는지 바로 그 등에서 검을 빼내 유심히 살펴봤다. 검병은 '청강(青釭)'이라는 두 글자를 금으로 상감한 모양새다.

"이자가 조조가 총애한다는 장수, 하후은(夏侯恩)이구나."

하후은은 맹장 하후돈 아우로 조조가 측근 중에서도 특히 아끼는 장수라 들었다. 그 증거로 조조가 비장의 검 청강과 의천(倚天), 2자루 중에서 의천검은 조조가 자기 허리에 찼고, 청강검은 하후은에게 하사했다.

"이 검에 뒤지지 않을 정도의 공을 세우게."

조조는 하후은을 격려했다고 한다.

2

청강검, 청강검.

조운은 뛸 듯이 기뻤다. 유명한 보검이 생각지도 않게 내 손에 들어올 줄이야.

"하늘이 내린 검이다."

조운은 청강검을 등에 비스듬히 차고 다시 말을 몰아서 적이 가득한 평원으로 달려갔다. 그때 조조의 군병은 이미 시야에 꽉 차게 몰려오는 길이다. 적들은 미처 도망치지 못한 백성과 어지럽게 흩어진 현덕의 병사들을 닥치는 대로 남김없이 죽였다. 조운의 눈은 분노로 이글이글 불타올랐다.

"짐승 같은 놈들…."

무리지어 다가오는 적을 말발굽 아래에 짓밟으면서 한층 더 목소리를 높였다.

"미 부인, 아두 공자 계십니까?"

조운은 두 사람 행방을 열심히 찾아다녔다.

이미 사방이 적 천지였지만 조운은 물러날 기색이 없었다. 그때 상처를 입고 땅에 쓰러진 백성 하나가 조운을 향해 고개를 힘들게 들고는 외쳤다.

"장군, 장군. 장군이 찾는 미 부인인지는 모르겠지만, 왼쪽 허벅지에 상처를 입고 저쪽 농가 부서진 담장에 어린 아기를 안고 쓰러진 귀부인이 있습니다. 가보십시오. 바로 조금 전이었으니…."

손짓으로 알려주고 난 뒤 백성은 그대로 숨을 거두었다.

조운은 백성이 알려준 쪽으로 바삐 말을 몰았다. 집은 뒤편 담장과 창고만 남긴 채 불에 새까맣게 탄 모습이다. 말에서 내려 이편저편을 꼼꼼히 살펴보니 담장 그늘에서 아기 울음소리가 들려왔다.

"아, 도련님!"

조운 목소리를 듣고 건초를 뒤집어쓰고 숨어 있던 귀부인은 아기를 안은 채 잽싸게 달아나려 애썼다. 몸에 깊은 상처를 입었는지 귀부인은 바로 쓰러져버렸다.

"미 부인 아니십니까? 조운입니다. 제가 모시러 왔습니다. 안심하셔도 됩니다."

"조 장군이셨군요. 다행입니다. 이 아이를 남편이 있는 곳으로 무사히 데리고 가주시오."

"물론입니다. 부인도 가시지요."

"아니오!"

부인은 강하게 고개를 저었다. 그러고는 아두를 조운에게 안겨주고 긴장이 풀렸는지 풀썩 쓰러졌다.

"이 상처, 이 상처로는…. 설사 다시 돌아가더라도 내 목숨은 기약할 수 없습니다. 만일 내가 장군의 말을 차지하면 장군은 아이를 안고 적진을 뛰어가야만 합니다. 날 개의치 말고 한시라도 빨리 아이와 함께 이곳을 벗어나시오. 부탁입니다. 죽기 전 마지막 소원입니다."

"아아! 마음을 굳게 가지십시오. 설령 말이 없다 해도 제가 모시고 갈 수 있습니다."

"아…, 소리가 들립니다. 적이 가까이 온 듯합니다. 조운, 왜 그대는 소중한 공자를 맡고서도 망설이시오. 나를 버리고 어서 이곳을 떠나시오."

"제가 어떻게 부인을 이곳에 홀로 남겨두고 떠날 수 있겠습니까? 자, 말에 오르…."

조운이 말고삐를 잡아끌고 오니 미 부인은 갑자기 몸을 돌려 옆에 있던 오래된 우물로 내달렸다.

"조운, 그 아이 운명은 장군 손에 달렸소. 내게 신경 쓰다가 품속 보물에 흠집이 나면 아니 됩니다."

그 말을 남기자마자 미 부인은 우물 속으로 몸을 던졌다.

조운은 목 놓아 꺼이꺼이 울었다. 건초와 담장 옆에 있던 판자를 던져 넣어 우물을 덮어버리고, 갑옷을 풀어 품 안에 어린 아두를 감췄다. 그때 아두 나이는 불과 3살이다.

3

조운이 아두를 갑옷 속에 품고 말에 올라타자 담장 밖 부근 풀숲에서는 벌써 수많은 적병이 살금살금 기어왔다.

"안에 적의 대장같이 보이는 자가 있다."

병사들은 농가 주위를 착착 에워쌌다. 그렇지만 조운은 적들을 무시하는 듯이 말 엉덩이에 채찍을 휘둘러 담장이 허물어진 곳으로 과감하게 뛰쳐나왔다.

조홍 휘하 안명(晏明)이라는 부장이 병사들 선봉이다. 안명은 끝이 세 갈래고 양쪽으로 날이 선 기이한 검을 다루는 솜씨가 빼어났다. 안명은 조운을 보자마자 으레 그 검을 휘둘렀다.

"게 서라!"

안명이 사납게 덤벼들었다.

"내 앞을 가로막는 자는 목숨을 보전하지 못하리라!"

조운이 큰소리치자 안명은 기가 꺾인 듯 움찔했다. 그사이에 조운은 창으로 단번에 안명을 찔러 없애버리고 번개처럼 말을 달려 사라졌다.

조운이 가는 곳마다 적의 군단들은 연기처럼 일어났다 저버렸다. 조운이 내딛는 말발굽 뒤에는 수많은 시체가 켜켜이 남았고 성난 말은 울부짖었으며 푸른 피는 강을 이루었다.

그때 등에 '장합'이라고 쓴 깃발을 꽂은 적장 하나가 길을 막아서서 긴 쇠사슬 양 끝에 쇠구슬을 단 기이한 무기로 덤벼들었다. 그 장수는 경이로운 완력과 숙련된 기술로 쇠구슬 2개를 번갈아 내던져 일단 상대방 무기를 휘감아 빼앗으려는 전법을 썼다.

"아뿔싸!"

천하의 조운도 그 괴이한 무기에는 창을 빼앗겼고 맞서 싸울 겨를도 없이 날아오는 쇠구슬을 피해 뒷걸음질칠 수밖에 없었다.

'지금은 강한 적과 싸워 공을 세울 때가 아니다. 어린 공자를 무사히 주군께 모셔가는 게 급선무다.'

조운은 부리나케 말 머리를 돌려 장합이 퍼붓는 맹공격을 피해서 잽싸게 달아났다. 그 조운의 뒤꽁무니를 보고 장합은 목청껏 소리쳤다.

"소문과는 다른 놈이군. 네가 그러고도 조자룡이냐? 말 머리를 돌려라."

장합은 악담을 퍼부으면서 맹렬하게 뒤쫓아 왔다.

조운의 무운(武運)이 다한 것인가, 아니면 품속에 있는 아두의 운명이 힘을 다한 것인가! 조운이 앗 하고 소리를 내지르며 먼지에 휩싸이는 듯하더니 말을 걸터탄 채 들판에 난 물웅덩이 속으로 굴러떨어졌다.

"잡았다!"

장합은 말 위에서 몸을 앞으로 숙이더니 쇠구슬 하나를 힘차게 던져 넣었다. 아뿔싸! 쇠구슬은 조운 어깨를 벗어나 구덩이 입구에 깊숙이 처박혀버렸다. 그 순간 장합은 낭패한 듯 괴성을 질렀다. 점토질 흙에 쑥 박힌 쇠구슬은 장합이 가진 완력을 총동원해도 좀처럼 빠지질 않았다.

그 틈을 타 조운은 벌떡 일어났다.

"하늘이 공자를 저버리지 않았으므로 내게 이 청강검을 내리셨도다!"

조운은 환희에 찬 목소리로 소리치고는 등에 찬 청강검을 뽑자마자 장합 어깨부터 말 등까지 단칼에 내리쳤고 동시에 엄청나게 튀어 오르는 푸른 피를 뒤집어썼다.

훗날 이야깃거리 삼아 세상 사람들은 이렇게 말했다.

"그때 웅덩이 속에서 붉은빛이 발해 장합 눈이 잠시간 먼 순간, 조운은 장합을 쓰러뜨렸다. 조운이 품속에 어린 공자를 품은 덕분이다. 훗날 아두가 촉나라 천자가 될 복과 천성이 내린 징조라는 건 조운이 타고 달리는 말 다리 아래서 자줏빛 안개가 흘러나왔다는 사실로도 짐작할 수 있다."

사실은 자줏빛 안개도 붉은빛도 청강검이 뿜어낸 피였으리라. 조운이 발휘하는 초인적인 무용과 훌륭한 정신력을 생각하면, 조자룡에게 당한 병사들 눈에는 조운이 인간으로는 보이지 않았으리라. 붉은빛! 그 빛은 충렬을 담은 광채다. 자줏빛 안개! 한마디로 무신의 검이 아수라장 속에서 이끌어낸 사랑의 무지개였으리라.

어쨌든 청강검이 잘 베어진다는 사실에 조운도 적잖이 놀랐다. 아두는 하늘이 내린 도움과 청강검의 수호를 받아 다시 천군만마를 뚫고 아버지 현덕이 있는 곳으로 별이 날 듯이 눈 깜짝할 사이에 사라졌다.

장판교

1

그날 조조는 경산 위에서 전쟁이 돌아가는 정세를 지켜보다가 문득 손가락으로 가리켰다.

"조홍, 저자는 누구인가? 마치 눈앞을 가리는 자 아무도 없다는 듯이 우리 진지를 격파하며 통과하는구나."

조조가 짐짓 궁금한 듯 물었다. 조홍을 비롯하여 그 밖의 장수들도 일제히 그쪽을 살펴보았다.

"저자가 누구지?"

주위 장수들이 같은 말을 되풀이하니 조조는 애가 탔다.

"빨리 확인해봐라!"

조조는 신하들을 거듭 재촉했다.

하는 수 없이 조홍은 말을 달려 산을 내려가 길 앞에서 조운이 다가오기를 기다렸다.

"이보게, 적장. 존명을 알려주시오."

조운이 나타나자 조홍이 직접 불러 세웠다.

"나는 상산의 조자룡이다. 내 가는 길을 막으려는 참인가."

조운은 청강검을 고쳐 잡으면서 답했다.

"아…."

조홍은 서둘러 말 머리를 돌려 달려가 이름을 밝히자 조조는 무릎을 탁 쳤다.

"조자룡이더냐. 익히 이름은 들어봤다. 적이지만 훌륭한 장수다. 그야말로 당대에 이름난 호장(虎將)이라 할 만하다. 만약 조자룡을 잡아 내 진영에 둘 수만 있다면, 설령 천하를 손안에 넣지 못한다 할지라도 슬프지 않을 것이다. 빨리 각 진영에 파발을 보내 조운이 지나가면 화살과 석궁을 쏘지 말라 일러라. 단기필마의 적이니 사냥을 하듯이 포위하여 산 채로 잡아서 데려오라 전하라!"

조조의 그 말 한마디에 대장들은 즉시 부하를 불러 모았다. 곧바로 10여 기 전력이 산 중턱에서 달려 내려가 사방으로 뽀얀 흙먼지를 일으키며 흩어졌다.

조조는 진정한 무사, 진정한 장수를 보면 적이라는 사실도 잊은 채 병적일 정도로 휘하에 두고 싶어 했다. 조조는 무사를 존경한다기보다도 무사를 연모했다. 그 정열은 과도한 이기주의이자 맹목적이다. 전에 관우에게 마음을 쏟아 나중에 후회했음에도 이날 또 상산의 조자룡을 보고는 무사에 대한 욕심을 불러일으킨 것이다.

조운과 아두에게는 이 또한 거듭되는 하늘의 도움이라 할 수 있었다. 가는 곳마다 적의 포위는 여전히 두터웠지만, 조운은 갑옷 속에 세 살배기 아이를 품고는 악전고투하며 적을 해치웠다. 베어서 쓰러뜨린 적진 깃발이 2개, 빼앗은 적의 모가 3자루, 베어 죽인 이름 있는 장수는 손꼽아 셀 수도 없었다. 그래도 몸에 화살 하나, 돌 하나 맞지 않은 채 광야를 가로질러 산속으로 난 작은 길로 접어들었다.

그러자 그곳에 종진(種縉), 종신(種紳)이라는 형제가 두 무리로 나뉘어 진을 치고 있는 게 아닌가.

형 종진은 큰 도끼를 자유자재로 다루고, 아우 종신은 방천극(方天戟)의 묘수라 이름 높았다. 형제가 힘을 합해 조운을 사이에 두고 공격해 왔다.

"빠져나갈 곳은 없다. 항복하라!"

형제는 동시에 외치며 조운을 향해 무섭게 덤벼들었다. 게다가 장료가 이끄는 많은 병사와 허저의 맹부대도 조자룡을 산 채로 잡으려고 소나기같이 들판을 휩쓸면서 착착 추격해 왔다.

"저들에게 잡히면 끝이다."

조운도 지금은 목숨을 거는 수밖에 없었다. 아마 조자룡도 마지막 젖 먹은 힘까지 짜내 종진과 종신, 두 대장을 쓰러뜨렸으리라. 그 두 장수를 베고 나서는 숨을 거칠게 몰아쉬었고 얼굴과 온몸은 피와 땀으로 범벅이었으며 조운이 탄 말도 휘청거리기 시작해 간신히 사지를 벗어날 수 있었다.

그러고 나서 죽기 살기로 장판교까지 오니 반대쪽 다리 위에서 지금도 홀로 사모를 옆구리에 끼고 있는 장비의 모습이 조그맣게 보였다.

"이보게, 장비."

목소리를 쥐어짜 내 조운이 장비를 향해 손을 들었을 때다.

이제 더는 싸울 기력도 없는 조운 뒤로 다시 집요한 적의 무리가 득달같이 달려들었다.

2

"도와주게, 장비. 도와주시오."

천하의 조운도 장판교를 향해 소리 높여 절규했다.

말은 기진맥진했고 몸은 물에 젖은 솜처럼 축 늘어졌다. 게다가 지금 그런 조운을 향해 달려오는 건 조조 군의 효장(驍將) 문빙과 휘하 맹장들이다.

장판교 위에서 지켜보던 장비는 달구경 하던 맹호가 먹이를 보고 바위를 박차고 날 듯이 달려왔다.

"알았네!"

모습이 사라졌나 했더니 어느새 모래 먼지를 일으키며 조운에게 바싹 다가왔다.

"조운, 뒤는 내게 맡기고 귀공은 빨리 장판교를 건너게."

"부탁하오."

바로 아수라장으로 변하게 될 그곳에서 이는 피 먼지를 뒤로 하고 조운은 지친 말을 달래고 달래 장판교를 건너 현덕이 쉬는 숲까지 간신히 달려갔다.

"이보게, 여기…."

조운은 아군을 보고는 말 등에서 미끄러져 피투성이가 된 처참한 몰골로 땅에 엎드린 채로 어깨를 들썩이며 마치 폭풍같이 숨을 몰아쉬었다.

"조운 아닌가. 품속에 안은 건 무엇인가?"

"아, 아두 공자십니다."

"뭐, 아두?"

"용서해주십시오. 주군을 뵐 면목이 없습니다."

"어찌 용서를 구하는가. 아두가 도중에 목숨이 다하기라도 했는가?"

"아닙니다. 공자는 무탈하십니다. 처음에는 불에라도 데인 듯이 우셨지만, 이젠 우실 기력도 없는가 봅니다. 원통한 건 미 부인의 죽음입니다. 미 부인께서는 몸에 깊은 상처를 입고 걷지를 못하셔서 제 말을 타시라 여러 번 권했지만 거절하시더니 공자를 부탁한다는 말씀만 남기시고는 우물 속으로 몸을 던지셨습니다."

"아…, 아두를 대신해 부인이 죽었단 말이냐?"

"우물에는 건초를 수북이 던져 넣어 시체를 숨겨두었습니다. 어머니의 혼령이 공자를 수호해주신 덕분인지 저는 단신으로 공자를 품에 안고 적의 포위를 뚫어 돌아올 수 있었습니다."

조운이 갑옷을 풀어서 품속을 보이니 아두는 아무것도 모르고 잠이 들어 조운이 아버지 손에 건네는 것도 몰랐다. 현덕은 자신도 모르게 아두 뺨에 자기 뺨을 비볐다. 다행히도 보석 같은 몸에 상처 하나 입지 않았다. 넋을 잃고 바라보다가 무슨 생각인지 아두를 풀숲에 홱 내던졌다.

"이얏, 데려갈 사람 있으면 주워 가라."

"왜 그러십니까?"

조운도 대장들도 현덕의 마음을 헤아릴 수가 없어 우선 우는 공자를 땅에서 서둘러 안아 올렸다.

"시끄럽구나, 저리 데려가라."

현덕은 다시 말을 이었다.

"조운 같은 고굉지신(股肱之臣, 다리와 팔에 비길 만한 신하라는 뜻으로, 임금이 가장 믿고 중하게 여기는 신하라는 말-옮긴이)은 당대에 다시 얻을 수는 없을 터. 그런 장수를 아이 하나 구하느라 잃을 뻔했지 않았는가. 자식은 다시 얻을 수 있지만, 나라를 지키는 훌륭한 장수는 다시 얻을 수 없는 법. 하물며 여기는 전쟁터다. 아이의 울음소리로 범부의 마음이 약해져서는 안 된다. 그러니 던져버린 것이다. 장군들은 내 마음을 의심치 마라."

"…."

그 즉시 조운은 이마를 땅에 닿도록 조아렸다. 지금껏 넘어온 갖은 고난도 잊은 채 내 주군을 위해서라면 죽어도 좋다고 가슴에 대고 맹세했다.

《삼국지》 원서에 실린 구절을 보면 이 용장이 눈물을 흘리며 말했다고 한다.

"간뇌도지(肝腦塗地, 참혹한 죽임을 당하여 간과 뇌수가 땅에 널려 있다는 뜻으로, 나라를 위하여 목숨을 돌보지 않고 애를 씀을 이르는 말-옮긴이)하더라도 이 은혜는 갚지 못할 것입니다."

이 말을 남기고 배례하고는 사람들 속으로 물러갔다는 대목이 나온다.

3

조조는 경산을 내려왔다. 깃발과 말에 꽂은 기치가 이루는 물결은 구름이 계곡 사이를 빠져나가는 듯했고 징과 북소리에 맞추어 발걸음을 재촉하여 어느새 평원으로 내려왔다. 그 밖에 조인, 이전, 하후돈, 악진, 장료, 허저 등 각 진영의 기병도 장판교로 향했다.

'조운이 달아난 방향이 바로 현덕이 있는 곳'이라는 판단 아래 장판교를 향해 최후의 섬멸전을 펼쳐 만족할 만한 전과를 얻으려고 전군의 힘을 한 곳에 집중한 듯했다. 그러자 멀리서 문빙과 수하들이 비참한 몰골로 흩어져 도망 오는 게 보였다. 자초지종을 물으니 문빙이 나서서 대답했다.

"장판교 근처까지 조운을 쫓아갔는데 장비라는 자가 가세해 장팔사모를 들고 팔면육비(八面六臂, 8개 얼굴과 6개 팔이라는 뜻으로 뛰어난 능력을 발휘하는 사람을 말함 - 옮긴이)로 막아서니 조운을 놓쳤을 뿐만 아니라 아군도 당하고 말았습니다."

문빙이 전하는 말에 허저, 악진 등이 분한지 이를 부드득부드득 갈았다.

"아군은 한심스러울 정도로 약골이다. 아무리 장비가 신출귀몰한 장수라 하나 이만한 대군과 승상의 위광을 등에 업고 처참하게 당하고 돌아오다니, 뭐 하는 짓이냐? 내가 직접 그놈을 처치하겠다."

장군들이 앞다투어 장판교로 몰려들었다. 장판교야말로 강을 사이에 둔 적에게는 의지할 수 있는 단 하나의 저지선이다.

이곳을 막으려고 많은 사람이 진을 칠 거라 예상하고 와보니, 바람 한 점 없이 버드나무는 축 늘어져 있고 물은 졸졸 노래하며 햇살이 화창하게 비치는 장판교 위에는 단 한 사람만 말 위에서 우두커니 지키는 형국이다.

"저자는?"

의아한 마음에 장군들은 말을 살살 달래가며 서서히 장판교 입구로 다가갔다. 살펴보니 장팔사모를 비틀어 잡고 투구를 벗어 안장에 걸친 채 단단하게 버티는 말 위에서 덩치 큰 무장이 미동도 않은 채 노려보는 중이다.

"우왓, 장비다!"

"장비…."

자신도 모르게 새어 나온 소리에 말이 겁을 먹었는지 주춤주춤 뒷걸음치며 물러났다.

"…."

장비는 한마디도 하지 않았다. 두 눈은 잘 닦은 거울처럼 반짝반짝 빛났다. 노여움에 찬 수염은 좌우로 갈라졌고 이는 두툼한 입술을 물고 있었으며 눈썹과 눈초리, 머리카락까지 곤두서 하늘이라도 찌를 듯한 형상이다.

"저 사람이 연인 장비라는 자인가?"

"적은 단 하나다."

"저자다!"

장수들은 서로 격려하면서 당장에라도 장판교로 달려들려는 듯 말발굽을 가지런히 놓았다.

"기다려라."

뒤에서 저지하는 사람이 있었다. 한 사람 목소리가 아니다. 이전, 조인, 하후돈 등은 병사들 사이를 비집고 들어와 모습을 드러냈다.

"승상 명령이다. 서두르지 말고 기다려라!"

뒤이어 후방에서 말발굽 소리가 들려왔다. 장수들은 장판교 근처에서 좌우로 길을 쫙 열었다. 당당하게 밀려드는 군마와 깃발이 장판교 입구를 제외한 강가를 가득 메우고도 남았다.

이윽고 화려한 깃발과 오색 번으로 울창한 숲을 이루며 중앙에 한 군대가 씩씩하게 앞으로 나왔다. 그 가운데 흰 깃털 장식이 꽂힌 노란 도끼를 든 늠름한 친위병에 둘러싸여 금빛 안장을 얹은 백마를 탄 대장이 바로 조조다. 푸른 비단으로 만든 산개는 주옥으로 장식한 관 위에서 나부껴 조조의 위풍이 하늘을 뒤덮을 정도였다.

"자칫하다가는 공명이 짠 계략에 걸려들게 될 것이다. 장판교 위에 있는 필부는 적의 미끼다. 강 건너 숲에 적병이 숨어 있을 터."

조조는 서두르는 장수들을 당차게 저지하면서 장비를 한껏 노려봤다.

4

장비는 동요하는 기색도 보이지 않았다. 오히려 온몸을 투지로 불태우고 횃불 같은 이글거리는 눈으로 적을 쏘아보았다.

"지금 도착한 자는 적의 총사 조조가 아닌가. 나는 유 황숙의 의제 연인 장비다. 이리로 와서 나와 겨루자."

장비가 먼저 조조를 불렀다.

장비 목소리는 장판교 아래 굽이치는 물에 메아리쳤고 살기는 내리치는 천둥과도 같았다. 그 무시무시한 모습에 주위에서 조조를 호위하던 사람들은 부지불식간에 산개를 놓치거나 친위대도 의용을 무너뜨리고 두려움에 벌벌 떨었다. 그 천둥 같은 압박은 수천수만 병사 눈에도 훤히 보였다. 잔잔한 파도 같은 공포가 물결치고 난 후 전 군대가 허옇게 질렸다.

여기저기서 웅성대기 시작하는 장수들을 돌아보면서 조조가 기억을 떠올렸다.

"예전에 관우가 했던 말이 지금 생각났다. '내 의제로 장비라는 자가 있다. 장비에 비한다면 난 아무것도 아니다. 장비가 화를 내며 100만 군사들 사이로 달려들 때는 대장 목을 가져오기를 주머니 속에 든 물건 꺼내듯이 한다.' 아마 그대들도 장비라는 이름은 들어봤을 터. 무시무시한 맹장이다!"

경탄하는데 옆에서 하후패(夏侯霸)라는 대장이 불쑥 나왔다.

"뭘 그리 두려워하십니까? 조조 군 휘하에도 장비 이상 가는 자가 있다는 사실을 지금 확실히 보여드리겠습니다."

하후패는 큰소리치며 말발굽을 들어 올리고 장판교를 또각또각 울리며 장비 곁으로 다가갔다. 장비는 입을 헤벌쭉하며 소리쳤다.

"젖먹이 왔는가."

장비는 사모를 옆으로 휘둘러 단번에 공중에 섬광을 그렸다.

하후패는 순간 용감하던 담력을 날려 없애버리고 말 위에서 굴러떨어졌다. 그 모습을 보고 수십만 병사들은 한층 더 동요했다. 조조도 사기가 떨어진 사실을 단박에 알아챘다.

"물러나라!"

조조는 전군에 명령하고는 군대를 되돌렸다.

'물러나라'는 명령을 듣자마자 군병들은 산이 와르르 무너지듯이 앞다투어 달아났다. 괴이한 심리가 더더욱 아군들을 혼란으로 빠뜨렸다. 병사들은 등 뒤에서 장비가 쫓아오는 듯한 두려움에 사로잡혔다. 모를 버리고 창을 내팽개치고 어떤 이는 말에 밟히기도 하며 아비규환이 아비규환을 만들어냈다.

사실 그 정도로 혼란스러우니 상황은 수습이 되지 않았다. 조조도 그 속에 휘말려 말은 미친 듯 광분하고 관을 장식한 비녀는 떨어지고 머리는 헝클어졌으며, 장수들은 앞뒤로 흩어져 엉망진창이었다.

겨우 뒤따라온 장료가 조조가 탄 말고삐를 잡아 힘들게 멈춰 세웠다.

"대체 무슨 일입니까? 그까짓 적장 하나에게 이렇게까지 낭패할 이유는…."

장료는 어금니를 악물고 원통해했다.

조조는 그제야 꿈에서 깨어난 듯한 얼굴로 전군을 재정비하라고 명했다. 그러고는 다소 쑥스러운 듯이 일갈했다.

"내가 두려워한 건 장비 한 사람 탓이 아니다. 장판교 건너 숲속에 매복한 적이 계속 웅성거려 또 뭔가 공명이 계책을 꾸며놓은 건 아닌가 하고 신중을 기했을 뿐이다."

때마침 멋쩍어하는 조조를 적절하게 구제하는 한 줄기 연기가 피어올랐다. 적이 장판교를 태우고 물러났다는 보고다.

"장판교를 태우고 달아나는 걸 보면 역시 대단한 병력이 남아 있지 않았나 보다. 큰일이다, 바로 세 곳에 다리를 걸어 현덕을 뒤쫓아라."

보고를 들은 조조는 다시 호령을 내렸다.

현덕과 그 잔병은 처음에는 강릉을 향해 달아났지만, 이 상황에서 강릉 쪽으로는 도저히 갈 수 없다는 판단이 섰는지 돌연 발길을 돌려 면양(沔陽)에서 한진(漢津)으로 빠져나가려고 밤낮으로 발을 부지런히 놀렸다.

돛단배 하나가 오나라로 내려가다

1

현덕의 생애 중에서도 이때 한 패주는 큰 어려움 중 하나로 손꼽힌다.

조조도 처음에는 부하 대장에게 추격을 명령하는 정도였다.

"지금이 아니면 현덕을 칠 기회가 없을 것입니다. 여기서 현덕을 놓친다면 들판에 호랑이를 풀어놓는 것과 같습니다."

순욱이 조조를 부추긴 탓인지 갑자기 수만 기를 파견하고 몸소 지시를 내리는가 싶더니 어디까지라도 추격하겠다고 다짐하며 뒤쫓았다. 그 탓에 현덕은 장판교 부근에서도 무참하게 당하고 한강 나루터까지 몰렸을 때는 오도 가도 못하는 형편이 되었다.

"내 운명도 예까지인가…."

현덕은 체념한 상태였다. 그런데 돌연 한 무리 지원군이 나타났다. 앞서 명을 받고 강하로 갔던 관우가 무사히 유기에게 1만 병사를 지원받아 밤낮으로 말을 내달려 한강 근처에서 간신히 현덕을 따라잡은 것이다.

“아직 하늘은 나를 버리지 않았구나.”

이렇게 된 이상 사람은 자신의 운명을 하늘에 맡기는 수밖에 없었다. 일희일우(一喜一憂), 구사일생(九死一生), 마치 폭풍이 불어와 성난 파도가 이는 거친 바다 위에서 어디로 가는지도 모르고 표류하는 듯한 심정이었다.

“타십시오.”

관우가 준비해 온 배에 승선하고서야 현덕 일행은 위기에 처해 있던 강변에서 마침내 벗어났다. 그 배 안에서 관우는 미 부인의 죽음을 듣고는 대성통곡했다.

“예전에 허전(許田)에서 사냥할 때 제가 조조를 베려고 했던 걸 기억하십니까? 그때 장군이 강하게 만류하지 않으셨다면 오늘 이런 어려움에 부닥치지 않았을 텐데….”

관우답지 않게 푸념을 늘어놓는 모습을 보고 현덕이 위로를 건넸다.

“그때는 천하를 위해 난을 불러일으키지 말자는 생각이었고 조조의 인물을 아껴 만류했지만, 혹시 하늘이 우리를 돕는다면 언젠가 한번은 자신이 세운 뜻을 이룰 때가 올 것이오.”

그때 강 상류 쪽에서 함성과 북소리가 들리더니 물결을 일으키면서 그 소리는 서서히 다가오는 듯했다.

“혹시 적의 수군인가?”

현덕은 핏기가 가신 얼굴이었고 관우도 당황하여 뱃머리 옆에 서서 소리 나는 쪽을 찬찬히 살펴봤다. 그랬더니 저쪽에서 순풍에 돛을 펼친 배들이 개미같이 다가왔다. 선두에 오는 배는 유달리 거대했다. 하얀 물결을 가르며 어느 정도 가까이 다가오니 배 위에는 하얀 전포에 은으로 만든 갑옷을 갖춰 입은 젊고 훤칠한 장수가 뱃머리에 서서 계속 이쪽을 향해 손을 흔드는 모습이 보이는 게 아닌가.

"숙부님, 무사하십니까? 일전에 헤어진 후로 소식도 전하지 못해서 송구스럽기 그지없습니다. 이제야 만나뵙고 사죄드립니다."

이윽고 목소리가 제대로 들려왔다. 젊은 장수는 바로 강하성에서 온 유기다.

현덕과 관우는 서로 기뻐 어쩔 줄을 몰랐다. 뱃전을 서로 마주 대고 유기는 현덕 손을 잡아 자기가 탄 배로 맞아들였다.

"잘 왔다. 내가 위급할 때 달려와주다니…."

현덕은 닭똥 같은 눈물을 흘렸다.

또 강 위를 몇 리 나아가니 한 무리 병선이 날듯이 노를 저어 왔다. 그중에 한 뱃머리에는 두건을 쓰고 학창의를 입은 선비인 듯하기도 하고 무장인 듯하기도 한 풍채가 아름다운 사람이 서 있는 게 아닌가. 바로 제갈공명이다. 다른 배에는 손건이 승선한 게 눈에 띄었다.

"어찌 알고 이리로 오셨소?"

사람들이 의아해서 물으니 공명은 그저 미소를 지을 뿐이다.

"이쯤에서 기다리면 만날 수 있을 듯싶어 하수의 병사를 모아 기다렸습니다."

공명은 그 이상 자세한 이야기를 하려 하지는 않았다.

2

위급한 상황에 몰려 지원군을 부탁해도 제때 도착하기란 그리 쉬운 일이 아닌데, 늦지 않게 온 건 공명이 몸소 가서 관우와 유기를 잘 움직인 덕분이리라. 그런 사실을 소상히 이야기하면 공치사하는 듯한 모양새인지라 공명은 말을 아끼고 앞으로 나아가야 할 방침으로 말머리를 돌렸다.

"다음 계책이야말로 중요합니다. 하구(한구 부근) 땅은 요해고 강을 이용할 수 있으므로 성으로 들어가 조조 대군을 막으면서 때를 기다려야 합니다. 유기 공도 강하성으로 돌아가셔서 우리와 함께 서로 조력하며 병선을 재정비하는데 만전을 기하는 게 좋겠습니다."

유기도 동의하면서 자기 의견을 밝혔다.

"그것보다도 제가 숙부님을 강하성으로 모시고 가 충분히 정비한 뒤에 하구로 돌아오시는 편이 어떻겠습니까? 갑자기 하구성으로 들어가는 것보다는 그편이 덜 위험한 듯합니다."

현덕과 공명이 내놓은 의견도 일치했다.

"그게 좋겠다."

관우는 병사 5000명을 데리고 먼저 강하성 땅을 밟았다. 그러고는 아무 이변이 없다는 걸 확인한 다음 현덕과 공명, 유기가 잇달아 성으로 발을 내디뎠다.

아까운 기회를 놓쳐버린 조조는 하는 수 없이 도중에 군사행동을 일제히 정지시키고 각지에 풀어놓은 추격군을 한수 부근으로 그러모았다.

"훗날 현덕이 강릉으로 들어가면 큰일이다."

조조는 생각이 거기까지 미치자 호남으로 내려가 강릉을 점령하고 일부 병사를 남겨둔 채 바로 형주로 말 머리를 되돌렸다. 형주는 등의(鄧義)와 유선(劉先) 등 옛 신하들이 지켰는데 어린 주군 유종이 죽고 양양도 빼앗긴 후에는 군민들이 조조에게 복종하는 분위기다.

"누구를 위해 싸우겠소…."

형주 신하들은 성문을 활짝 열어젖혀 조조에게 깨끗이 항복했다.

조조는 형주에 주둔하면서 이제는 오나라에 대한 정책을 심각하게 궁리했다. 오나라를 어찌하면 좋을까? 이 문제는 오랫동안 고민해온 현안이다. 이 계책이 성공하지 않는다면 통일이라는 패업을 완성할 수 없다.

"순유, 격문을 하나 써라."

물론 오나라에 보내는 격문이다.

> 지금 현덕, 공명 무리는 겨우 목숨만 부지하고 도망가 강하와 하구에서 불온한 난을 꾸미려 하오. 나는 삼군(三軍)을 거느리고 급히 고기잡이에 나섰소. 주군도 오군(吳軍)을 이끌고 이 유쾌한 놀이에 동참하지 않겠소? 그물에 걸린 고기는 잡아서 술상에 올리고 땅은 오랫동안 친분을 맺은 답례품으로 나눠 가집시다.

조조도 이 문서 1통으로 오나라가 항복하리라고는 기대하지 않았다. 어떠한 외교도 그 외교 지령 바닥에는 강제성을 띈다. '이 방법이 싫다면 다른 방법으로' 실력 행사를 해야겠다고 마음먹었다. 조조는 오나라에 격문을 보냄과 동시에 수륙 양쪽 다 남쪽으로 군대를 전개했다. 83만 병사들을 100만 대군이라 칭하고 서쪽으로는 형협(荊陜)에서 동쪽으로는 기황(蘄黃)까지 300리에 걸쳐 불을 연이어 피운 다음 전선을 연결해 오나라 경계에 차츰차츰 압력을 가했다.

그때 오나라 군주 손권도 국경에 만에 하나라도 변이 생길까 두려워 시상성(여산 양호 동남쪽 방향)까지 와 있었지만, 사태가 심상치 않음을 느꼈다.

"지금이야말로 우리가 태도를 정해야 할 때다. 조조 편에 서는 게 득인지 현덕과 손을 잡는 게 좋은지…. 지금 세우는 방침이 오나라 흥망을 결정하리라. 그대 생각을 거리낌 없이 들려주시오."

3

노숙은 신중하게 손권이 내린 자문에 대답했다.

"유표의 죽음을 애도한다는 명목으로 제가 형주에 사신으로 가겠습니다."

"그다음에는?"

"돌아오는 길에 몰래 강하로 가 현덕과 대면한 뒤 득과 실을 잘 설명하여 현덕에게 지원하겠다는 밀약을 맺겠습니다."

"현덕을 지원한다…. 조조가 노하여 날카로운 칼날을 오나라에 들이대지 않겠소?"

"그렇지는 않을 것입니다. 현덕 세력이 쇠퇴한지라 조조는 오나라로 대군을 돌린 것입니다. 그러니 현덕이 힘을 얻으면 배후에 근심이 생겨 조조는 마음 편히 오나라를 바로 침공하지는 못할 것입니다."

노숙은 덧붙여 말을 이었다.

"제가 사신으로 가면 다른 대책은 훗날로 미룬다 하더라도 형주에서 강하에 이르는 조조와 현덕, 양쪽 실상을 똑똑히 두 눈으로 확인하고 올 참입니다. 이 일이 급선무입니다."

오나라 움직임은 지금 자국의 흥망을 결정하는 때이기도 하지만 동시에 조조 대군과 강하에 있는 현덕의 운명에도 영향을 끼치는 중요한 열쇠다.

강하성에서도 이 일에 관하여 몇 번이나 회의를 열었지만, 그때마다 공명은 한결같은 주장을 했다.

"오나라는 멀고 조조는 가까우니 결국 우리가 품은 천하를 셋으로 나누는 이상, 삼국정립을 실현하기 위해서는 어디까지나 먼 오나라와 가까운 조조를 싸우게 해야만 합니다. 두 대국을 서로 다투게 하여 양국의 힘을 죽이고 우리 내실을 확충하는 겁니다. 진정한 대책은 그다음입니다."

공명이 하는 말은 명명백백했다.

"우리 바람대로 순조롭게 진행된다면 좋겠지만…."

의구심을 품은 사람은 현덕뿐만이 아니다. 누구나 그렇게 생각하였다.

그 부분에 대해 공명은 찬찬히 설명했다.

"두고 보십시오. 조만간 반드시 오나라에서 사자가 올 것입니다. 그때는 제가 직접 돛단배를 띄워 오나라로 가서 세 치 혀로 손권과 조조를 싸우게 만들고, 강하의 아군은 어느 쪽에도 서지 않고 한쪽이 지는 걸 보고 나서 만전을 기한 대책을 원대하게 세우겠습니다. 싸운다면 반드시 이기는 싸움을 해야 한다는 건 3살 먹은 아이도 아는 병법의 기본입니다."

공명이 이야기해도 사람들은 여전히 석연치 않은 표정이었다. 오히려 불안해했다.

"공명은 부질없이 기적이라도 일어나길 바라는 게 아닐까?"

며칠 뒤 정말 그 '기적'이 강하를 찾아왔다.

"오나라 주군 손권을 대신하여 돌아가신 유표 님을 조문하기 원한다며 중신 노숙이라는 자를 태운 배가 지금 강어귀에 도착했습니다."

강변 수비병이 올린 보고가 성에 득달같이 전해졌다.

"어떻게 군사는 이런 일이 일어날 걸 미리 알았소?"

웅성거리는 사람들 속에서 공명은 또박또박 대답했다.

"아무리 강대한 오나라라도 지금처럼 기세를 떨치는 조조가 지휘하는 100만 대군이 남하하면 전율을 느끼지 않을 수가 없을 것입니다. 게다가 오나라는 부강하지만 실전 경험이 대단히 부족합니다. 국경 밖에서 이루어지는 군사 방비나 진군 실력은 가늠하기 어려울 지경입니다. 그러니 일단 사신을 보내 주군 현덕을 설득하여 조조 배후를 공격하게 하는 책략을 꾀할 것입니다."

그러면서 유기를 돌아보더니 손책이 죽었을 때 형주에서 조문하는 사신을 보냈느냐고 물어보았다. 유기는 그런 일은 없었다며 고개를 가로저었다.

"그것 보십시오. 오나라와 형주는 대대로 불구대천 원수입니다. 지금 그런 사실도 무시하고 사신을 보낸 건 조문이 아니라, 허실을 살펴보러 공공연하게 비밀 사신을 보냈다는 게 확실하지 않습니까?"

공명이 너털웃음을 지으며 설명했다.

4

이윽고 노숙을 빈각으로 안내하였다. 노숙은 유기에게 조의를 표하고 현덕에게 정성스레 예물을 올렸다.

"주군 손권께서도 심심한 안부 말씀을 전하셨습니다."

일단 형식으로만 보면 사절의 모습이다. 이후 후당에서 성대한 주연이 열렸고 이번에는 현덕이 먼 길 온 노숙이 치른 수고를 치하했다. 노숙은 취한 체하며 현덕에게 노골적으로 질문하기 시작했다.

"올해 조조가 유 황숙을 눈엣가시처럼 여겨 전쟁을 여러 번 치르니 소상히 아실 듯한데, 대체 조조라는 자는 천하 통일이라는 야심을 품은 것입니까? 아니면 번영을 꾀하는 데 욕심을 부리는 정도입니까?"

"글쎄요…. 어느 쪽일까요…."

"조조 진영에서 가장 총애 받는 신하가 누구입니까?"

"모르겠소만…."

"조조가 거느린 병력은 실제로 어느 정도입니까?"

"짐작이 안 가네만…."

무엇을 물어도 현덕은 시치미를 떼고 모른 체했다. 공명이 한 충고에 따른 행동이다.

노숙은 적잖이 낯빛이 달라졌다.

"신야와 당양을 비롯하여 그 밖 각지에서 조조 군과 싸워온 황숙께서 적에 대해서 지식이 없을 리가 없잖습니까?"

노숙이 힐책하니 현덕은 한층 막막한 표정을 지었다.

"어느 전투에서도 우리는 조조 군이 온다는 소식을 들으면 달아나기만 했으니 자세한 실상은 모르오. 공명이라면 조금 알지 않을까 생각하오만…."

"아, 제갈량은 어디 계십니까?"

"그러잖아도 지금 불러 인사시키려던 참이오. 누가 가서 공명을 불러오너라."

현덕이 명령하자 잠시 후 공명도 연회에 모습을 나타내고 점잖게 자리에 앉았다.

"공명 선생, 저는 선생의 형님과 오랜 친구요."

노숙은 개인적인 친근감을 드러내며 공명에게 말을 부드럽게 걸어왔다.

"형님을 잘 아시오?"

공명도 노숙에게 친근한 눈길을 보냈다.

"그렇소. 여기로 오기 전에도 만났지요. 전언이라도 받아오고 싶었습니다만 공무로 오는 처지라 일부러 삼갔소."

"여담은 그만하고, 저희 주군께서는 일찍이 오나라 군신들과 친분을 맺고 함께 조조를 정벌하고자 하시는데 귀공 생각은 어떠시오?"

"글쎄요, 중대한 사안이라…."

"큰소리치려는 건 아니지만 오나라도 우리와 손을 잡지 않으면 존립이 위태롭지 않소? 만약 저희 주군이 하루아침에 마음을 바꾸어 조조 편에 선다면, 주군 입장에서는 가장 안전한 길일 테지만 오나라에게는 위협이 되겠지요. 남하로 인한 압력은 한층 더해질 것이니…."

정중한 말투였지만 속뜻을 보면 대국 사신에게 압력을 가하는 중이다. 노숙이 두려워할 수밖에 없었다. 공명의 말대로 실현되지 않는다는 법이 없었다.

"나는 일개 오나라 신하이오만 유 황숙을 위해 개인적인 생각을 한 말씀 올리겠소. 귀국과 어떻게 교섭하느냐에 따라 저희 주군도 움직일 터. 단 그 일은 중차대한 일이라…."

"허면 동맹을 맺을 생각은 있다는 말씀인지요?"

"그렇소. 다행히 공명 선생의 형님은 오나라 참모를 맡아 주군도 무한히 신뢰하는 분이오. 선생이 몸소 오나라로 오시면 어떻겠습니까?"

곁에서 잠자코 듣던 현덕의 얼굴이 일순간 해쓱해졌다. 오나라가 세운 계략인 듯싶어서다. 노숙이 권하면 권할수록 현덕은 허락할 기색을 보이지 않았다.

공명은 현덕을 설득하기 시작했다.

"한시가 급한 일입니다. 신념을 지니고 다녀오겠습니다. 부디 허락해주십시오."

공명은 몇 번이고 허락을 구했다. 며칠 뒤에 공명이 노숙과 함께 배를 타고 강을 거슬러 내려가는 모습을 볼 수 있었다.

설전(舌戰)

1

장강 1000리 길, 날이 새고 해가 져도 강변에서 보이는 풍경은 변화가 없었다. 누런 강물은 도도히 흐르고 찰랑찰랑 뱃전을 씻어 내리는 소리만 귓가에 들려왔다. 배는 밤낮없이 오나라 북단 시상군을 향해 내려갔다.

도중에 노숙은 이런 생각을 했다.

'지금 아무리 영락했어도 현덕은 엄연한 하나의 세력이다. 현덕의 군사이자 재상인 공명이 병사 하나 거느리지 않고 혈혈단신 오나라로 향하는 기세는 필시 여간한 각오가 아니리라. 짐작건대 공명은 가슴에 죽음을 불사할 각오를 품고 타고난 언변 하나로 오나라를 설득하려는 비책을 가졌을 것이다.'

한배를 타고 며칠 동안 함께 지내는 사이에 노숙은 비장한 공명의 심정을 동정했다.

한편으로는 이런 생각도 들었다.

'만약 공명에게 설득당해 주군이 현덕을 위해 조조와 싸우게

된다면 어찌할까? 이긴다면 괜찮지만 패한다면 그 죄는 누가 받을 것인가?'

자신에게 책임이 돌아올 거라는 생각에 두려운 마음도 살짝 들었다. 해서 노숙은 공명과 환담을 나누던 중에 넌지시 공명에게 조언을 해보았다.

"선생, 저희 주군과 만나면 반드시 여러 질문을 받겠지만, 조조 군에 대해서는 아무것도 모르는 체하시는 편이 좋을 것이라 생각하오."

"어째서 그렇소?"

공명은 노숙의 속마음을 꿰뚫어보았다는 듯 빙그레 웃으며 반문했다.

"별다른 이유는 없소만 너무 소상히 알면, 적의 내부 사정을 자세히 알 수는 없으니 조조와 짜고 오나라를 염탐하러 온 건 아닌지 의심 받을 우려가 있어서요."

"하하하…. 손 장군은 그런 분이시오?"

노숙은 되레 얼굴이 붉어졌다. 공명이 다른 사람이 해주는 조언을 듣고 움직일 인물은 아니라는 생각에 노숙도 그 후로는 입을 다물어버렸다.

이윽고 배는 심양강(潯陽江, 구강) 입구로 들어섰다. 여기서부터는 육로로 서남쪽 파양호를 바라보면서 길을 재촉했다. 시상성이 있는 마을에 도착하자 노숙은 공명을 일단 객사로 안내한 다음 바로 입성했다.

마침 부당(府堂)에는 문무백관들이 모여 회의하는 중이었다. 노숙이 돌아왔다는 소식을 들은 손권은 바로 불러들여서 회의

자리에 착석시켰다.

손권은 자못 궁금한지 서둘러 물었다.

"형주 형세는 어떠했소?"

"잘 모르겠습니다."

"모른다? 강을 거슬러 오르고 땅을 가로지르며 먼 길을 다녀왔는데 아무것도 보지 못했는가?"

"느낀 점이 없지는 않습니다만 그 이야기는 따로 보고드리겠습니다."

"흠…, 그러시오."

손권도 더는 다그치지 않았다. 그러고는 손에 들고 있던 격문을 노숙에게 보여줬다. 조조가 보낸 최후통첩이다.

> 우리에게 항복하고 함께 강하 현덕을 치자. 그렇지 않으면 위(魏)나라 100만 대군은 오나라를 상대하여 무력으로 멸망시킬지도 모르니 즉각 회신하라.

반은 위협이고 반은 회유인 강경한 격문이다.

"이 격문을 보고 회의를 진행하셨습니까?"

"그렇소. 이른 아침부터 지금까지 회의하는 중이오."

"의견은 어떠합니까?"

"아직 결정하지 못했지만…, 앉아 있는 사람들 반 이상은 싸우지 않는 편이 좋다는 쪽으로 기울었소."

손권이 그리 말하고 다시 침묵하니 장소를 비롯한 중신들이 하나같이 입을 모았다.

"만약 오나라가 누려온 번영과 안녕을 유지하고 부강안민(富强安民)을 꾀하려면 지금은 100만 대군의 예리한 칼날을 피해 조조에게 항복하고 훗날을 기약할 수밖에 없습니다."

중신들은 부전론(不戰論)을 강력하게 주장했다.

2

100만 육군만이라면 그리 두렵지 않지만, 조조 세력은 지금 수천 척에 달하는 수군도 확보한 상태다. 수륙이 합세하여 남쪽으로 내려오는 조조 군을 오나라 병마와 군선으로 막으려면 모든 것을 희생할 각오를 해야 한다.

부전론을 주장하는 사람들은 그 점을 근거로 내세웠다.

"설령 이긴다 하더라도 전력을 소모하고 난 뒤 피폐해진 국력을 3년이나 4년 안에 되돌리기 어려우니 항복하는 수밖에 없습니다."

회의는 점점 길어질 뿐이다. 손권의 속마음은 더 혼란스러워졌다.

"옷을 갈아입고 나오겠소."

손권은 지쳤는지 자리에서 일어서 안쪽으로 터덜터덜 들어갔다. 옷을 갈아입는다는 말은 휴식을 취하겠다는 뜻이다. 노숙은 혼자 손권을 따라 안으로 들어갔다. 손권은 노숙이 따라오는 의중을 알아차렸다.

손권은 조금 누그러진 말투로 물었다.

"노숙, 그대는 조금 전에 따로 할 말이 있다고 했는데 여기라면 괜찮지 않겠소. 그대 생각을 좀 들려주시오."

노숙은 중신들이 강하게 주장하는 부전론을 접하고 반감을 느꼈다. 그 기분은 공명에게 품었던 동정과 어우러져 전쟁을 지지하는 듯한 주장을 하기에 이르렀다.

"숙장이나 중신 대부분이 입을 맞춘 듯 주군에게 항복을 권하는 이유는 자신의 보신과 안녕을 먼저 생각하고 주군 입장과 나라가 겪을 수치는 중요하게 생각지 않아서입니다. 중신들은 주군을 바꾸어 조조에게 항복하여도 위계는 종사관 밑으로 내려가지 않을 것이며, 소가 끄는 수레를 타고 부하를 거느리며 유유히 즐기는 생활을 하면서 무사히 승진을 거듭하면 주군(州郡)의 태수 자리 정도는 약속 받을 것입니다. 반면 주군께서는 겨우 수레 1승, 말 몇 필, 종자 20명쯤 허락된다면 항복한 장수에 대한 대우로서 충분하겠지요. 애초에 품었던 남쪽에서 천하의 패업을 이루겠다는 바람은 죽을 때까지 성공하지 못할지도 모릅니다."

노숙의 말은 젊은 손권을 살짝 움직였다. 손권은 젊었다. 소극적인 의견에는 망설였지만, 적극적인 주장에는 본능적으로 피가 끓어올랐다.

"더 자세한 이야기는 제가 강하에서 모시고 온 손님을 불러들여 그분에게 친히 물어보심이 어떠시겠습니까?"

"손님이라니?"

"제갈근의 아우, 공명입니다."

손권도 공명이라는 이름은 오래전부터 들었다. 게다가 자기

신하 제갈근의 아우다. 공명이 시상성에 왔다고 하니 한시바삐 만나고 싶었으나 하던 일이 있어 회의를 일단 중지하고 내일 다시 모이라고 중신들에게 전했다.

다음 날 아침 일찍 노숙은 공명을 찾아 객사로 발걸음하였다. 전날 밤에 이미 전갈을 보냈으므로 공명은 목욕재계하고 손권을 만날 채비를 마쳤다.

"오늘 군주와 만나면 조조의 병력에 대해 물어도 실상을 자세히 말하지 않는 편이 좋을 듯하오. 문무 숙장들은 무사안일을 바라는 인물이 대부분이니…."

노숙은 친절하게 알려주었지만, 공명은 달리 확고한 자신이 있는 듯 그저 고개만 끄덕일 뿐이다.

그날 시상성 일각에서는 공명이 온다는 소식을 듣고 오나라 수뇌 20여 명이 의관을 갖추고 기다렸다. 수염이 희고 검은 자, 눈이 가늘고 큰 자, 몸이 마르고 비대한 자 등 각각 자기만의 위엄을 갖추고 침묵을 지켰다.

'대체 어떤 인물일까?'

궁금해하며 기다리고 기다렸다.

공명은 훤칠한 얼굴로 노숙이 해주는 안내에 따라 안으로 들어왔다. 앉아 있는 사람들 하나하나 이름을 묻고 일일이 인사를 나누었다. 그러고는 점잖게 자리에 앉았다. 공명이 하는 행동은 신비로웠으며 눈은 광채를 뿜어 구름을 숨긴 산과도 같고 산에 숨어 있는 달을 보는 듯했다.

'이 사람은 우리를 설득하여 조조와 싸우게 하려고 홀로 여기에 온 것이구나.'

오나라 으뜸 명장이라 불리는 장소는 공명을 흘깃 본 순간 간파하였다.

3

수뇌들과 번갈아 인사를 마치자 장소가 먼저 공명을 보며 운을 떼었다.

"유 예주가 무려 초려를 3번이나 방문하여 선생을 모시고 나서 물고기가 물을 만난 듯하다고 기뻐했다는 이야기가 화제가 되어 세상 사람들에게 전해졌습니다. 그 후에는 형주를 빼앗기고 신야에서도 쫓겨나 비참하게 패망으로 내닫는 길을 걷는 건 대체 어찌 된 연유입니까? 기대를 저버렸다고 사람들이 의아해하오."

장소는 비꼬듯이 물었다.

공명은 가만히 눈길을 장소에게로 돌렸다. 장소는 위대한 오나라 신하다. 이 사람을 설득하지 못한다면 오나라 여론을 움직이기는 어려우리라. 마음속으로 신중을 기하면서 공명은 부드럽게 입을 열었다.

"그건 그렇습니다만 만약 유 예주께서 형주를 빼앗으려 했다면 그 일은 손바닥을 뒤집는 것처럼 쉬운 일이었을 것이오. 주군과 돌아가신 유표는 친족 사이로, 친족이 불행을 겪는 틈을 타 영지를 빼앗는 불의를 저지르는 건 다른 사람은 몰라도 저희 어진 군주에게는 있을 수 없는 일이었소."

"그 말은 좀 이상하게 들리오. 선생이 평소 해온 언행과 다른 것 같소."

"왜 그렇게 생각하십니까?"

"선생은 항상 자신을 춘추의 관중, 악의에 비한다 들었소. 옛 영웅이 펼치는 뜻은 천하 만민이 입는 해를 없애는 데 있어, 대의를 위해서는 작은 일과 사사로운 감정을 버리고 큰일과 공공의 덕을 위해 패업 통일을 이루었다고 아오. 하지만 지금 유 예주를 도와 오늘의 관중, 악의에 해당하는 임무를 맡은 선생이 초려에서 나온 전후 사정을 보면 사사로운 감정에 사로잡혀 조조 군을 만나면 갑옷을 벗어 던지고 창을 버리며 궁벽한 땅으로 패주하는 것뿐이오. 아무리 좋은 쪽으로 보려 해도 그리 훌륭한 형편이라는 생각은 들지 않소이다."

"하하하."

공명은 의기양양하게 웃었다.

"귀공 눈에 그리 비치는 것도 무리는 아니오. 대붕(大鵬)이라는 새가 있소. 이 새는 하루에 9만 리를 난다고 합니다. 대붕이 품은 뜻을 제비나 참새가 어찌 헤아리겠소. 옛사람들도 선인이 나라를 다스리면 100년을 기약하여 잔인함을 극복하고 살인을 없앤다 말했소. 이를테면 중병에 걸린 사람을 치료할 때는 먼저 죽을 쑤어주고 부드러운 약부터 먹이기 시작하오. 내장에 흐르는 혈기를 다스린 후에 서서히 양기를 북돋우는 음식을 먹이고 약을 써서 그 근원을 끊소. 기(氣)와 맥(脈)도 약한 중태에 빠진 환자에게 갑자기 육식과 센 약을 준다면 환자 목숨은 어찌 되겠소?

지금 천하에 일어난 대란은 중환자 몸에 흐르는 기맥과 같고, 궁핍한 만민이 겪는 형상은 빈사 직전 사람과 같소. 이를 치료하는데 어찌 급히 병사들을 이끌고 가겠소? 게다가 천하를 치료하는 주군 유 예주는 여남 전쟁에서 패하고 신야 벽지로 들어갔지만, 그곳은 성곽이 견고하지 못하고 준비된 병사도 없었으며 군량도 부족한 상태였소. 그 와중에 조조가 100만 대군을 이끌고 습격해 왔소. 이에 맞서면 스스로 죽음으로 뛰어드는 것일 뿐! 그 죽음을 피하는 게 병가(兵家)의 상도(常道)였고 백년지계를 위해 훗날을 기약하기 위해서였소. 그럼에도 백사에 흐르는 격류를 이용해 하후돈과 조인 무리를 세찬 물살에 휘말리게 해 물리치고, 박망 계곡에서는 선봉을 태워 없애는 등 우리 군으로서는 당당하게 물러선 것이지 결코 패주한 건 아니오. 단, 당양 들판에서는 비참하게 흩어졌지만, 그것도 신야 백성 수만 명이 주군의 덕을 흠모하여 따라왔던 터라 하루에 불과 10리밖에 움직일 수 없어서 강릉으로 입성하지 못했소. 이 일도 주군 현덕의 인애를 증명하는 것으로 부끄러운 패전이라 말할 수는 없소.

초나라 항우(項羽)는 임하는 싸움마다 승리했으나 해하(垓下) 싸움에서 한 번 패함으로써 고조(高組)에게 멸망하였소. 한신(韓信)은 고조를 섬기면서 싸움에 임해 승리를 거둔 적이 없는 대장이었지만 마지막에 거둔 단 한 번의 승리로 나라를 고조에게 안겨주었소. 이것이 바로 대계일 터! 쓸데없이 성대한 장소에서 웅변을 자랑하고 국부적인 승패에 대한 공을 논하며 백년사직에 대한 계책을 앉아서 입으로만 세우는 경박한 사람은 이해하기 어려울 것이오."

공명이 보인 유창한 언변과 침착한 표정에서는 상대를 비하하거나 자신을 비굴하게 여기는 느낌은 찾아볼 수 없었다.

4

장소는 침묵했다. 천하의 장소도 기가 꺾인 듯한 표정이다. 좌중에 다소 차가운 공기가 감돌 때였다. 갑자기 자리에서 벌떡 일어서는 사람이 있었다. 회계군(會稽郡) 여요(余姚) 사람 우번(虞翻)으로, 자는 중상(仲翔)이라는 자다.

"솔직히 여쭤보는 것이니 불손하다 생각지 마시오. 지금 조조 군세는 100만이요, 웅장은 1000명에 이르니 천하를 집어삼킬 듯한 맹위를 떨친다 하오. 선생에게는 어떤 대책이 있으시오? 우리를 위해 고견을 들려주시오."

"100만이라고는 하지만 실제로는 70~80만 정도일 것입니다. 그 군세도 원소를 공격한 뒤 북쪽 병사를 편입하였고 형주를 취하고는 유표 휘하 옛 신하를 더한 것으로, 말하자면 오합지졸 세력일 뿐. 두려워할 이유가 뭐가 있겠소."

"아하하…. 소문으로 듣던 대로 역시 공명 선생이오. 선생은 신야에서 쫓겨나고 당양에서 참패하여 간신히 호랑이 입을 벗어나지 않았소. 그럼에도 조조를 두려워하지 않아도 된다는 말은 좀 이상하게 들리오. 우리를 우습게 보는 게 아니오?"

"아닙니다. 우리 주군 유 예주를 섬기는 자들은 비록 수는 적지만 인의로 무장한 군신이오. 어찌 난폭한 조조 군대와 대적하여 스스로 목숨을 버리는 우를 범하겠소. 이를 오나라에 비한다면, 오나라는 부강하여 산천과 기름진 땅은 넓고 병마는 용맹하며 장강의 요해는 굳건하오. 그런데도 오나라 국정을 다스리는 벼슬아치들은 일신의 안락함을 생각하여 나라가 겪을 수치를 염두에 두지 않고 주군을 역적 조조 군문에 무릎 꿇게 하려고 하지 않소? 그 나약함과 비굴함을 저희 유 예주 휘하 군신들이 취한 행동과 비교한다면 어찌 같다고 하겠소."

공명은 얼굴에 홍조를 띠며 어조는 점점 날카로워졌다.

우번이 입을 다물자 바로 다른 사람이 일어났다. 최음(淮陰)의 보즐(步騭)이라는 사람으로, 자는 자산(子山)이다.

"공명 선생, 그대는 소진(蘇秦)과 장의(張儀)의 궤변을 배워 세 치 혀를 놀려 이 나라 주군과 신하를 설득하러 온 게 아니요? 당신이 온 목적은 그것이잖소?"

공명은 보즐을 지긋이 돌아보았다.

"그대는 소진과 장의를 단순히 혀를 잘 놀리는 사람이라 생각하오? 소진은 6개국 인수를 지니고 장의는 진나라 재상을 2번이나 지낸 사람으로, 사직을 일으키고 천하를 직접 경영했던 인물이오. 조조가 해오는 선전이나 위협에 겁먹고 당장 주군에게 항복을 권하는 그대의 대수롭지 않은 재주로 짐작건대 소진과 장의를 가볍게 입에 올리는 건 진정 소인배가 하는 잡소리로 대답할 가치도 없소."

공명이 단번에 되받아치니 보즐 얼굴이 확 붉어졌다.

그때 불쑥 공명에게 질문을 던지는 자가 있었다.

"조조는 어떤 인물이요?"

공명은 틈을 주지 않고 재빠르게 대답했다.

"한실의 역적이오."

그러자 질문했던 패군(沛郡)의 설종(薛綜)은 공명이 내놓은 해석이 근본적으로 잘못되었다고 지적했다.

"선현 말씀에도 천하는 한 사람을 위한 천하가 아니라 천하를 위한 천하라는 말이 있소. 그 옛날 요(堯)도 천하를 순(舜)에게 넘겨주었고, 순은 천하를 우(禹)에 넘겨주었소. 지금 한실의 정치 생명이 다하여 조조 실력은 천하 3분의 2를 차지했고 민심도 조조에게 쏠렸소. 역적이라 한다면 순도 역적, 우도 역적, 무왕과 진왕과 고조도 역적이 아니오?"

"그 입 다무시오!"

공명이 나무랐다.

"그대는 부모도 없고 군주도 없는 사람이 아니라면 할 수 없는 말을 하였소. 사람으로 태어나 충효의 근본을 구분하지 못할 리 없소. 조조는 상국(相國) 조참(曹參) 후손으로 대대로 400년이나 한실을 섬겼고 한실 녹을 먹어왔으면서 은혜를 갚기는커녕 지금 한실이 쇠약해진 틈을 타 난세의 간웅과도 같은 본질을 드러내고 잔학한 꾀를 부리고 있소. 그대는 하늘 아래 순환하는 역사를 현실에 있는 한 인간이 품은 야망에 부가하여 억지로 이유를 대려는 듯하오. 그리 생각하는 것도 역심이라 할 수 있소. 귀하는 오나라가 쇠퇴하면 조조같이 곧바로 주군 손권을 업신여길 작정이오?"

5

이제 육적(陸積), 자는 공기라는 자가 일어섰다. 육적은 바로 연이어 공명에게 논했다.

"선생 말씀대로 조조는 상국 조참 후예로 한조 누대를 거쳐 온 신하인 건 틀림없소. 유 예주는 어떠시오? 자칭하여 중산정왕(中山靖王) 후예라 하지만 돗자리를 짜고 짚신을 파는 필부였다 들었소. 이를 비교한다면 어느 쪽을 구슬이라 하고 어느 쪽을 돌이라 하겠소. 저절로 명백해지지 않소?"

공명은 한바탕 웃었다.

"그러고 보니 그대는 이전에 원술 몰래 귤을 품속에 넣었다는 육랑(陸良) 아니오. 일단 앉아서 내 말을 들어보시오. 옛날에 주문왕은 천하 3분의 2를 다스리면서도 은(殷)을 섬겨 공자도 주나라 덕을 지덕이라 칭찬하였소. 이는 어디까지나 주군을 침범하지 않고 신하로서 신하다운 길을 걸었다 할 수 있소. 후에 은주왕이 폭정을 일삼자 무왕이 일어나 주왕을 벌하자 백이(伯夷), 숙제(叔齊)는 말을 붙잡고 간언했소. 조조는 대대로 군가(君家)임에도 아무런 공도 없을뿐더러 항상 황제를 해할 기회만 노린다는 사실을 왜 알지 못하오? 고귀한 집안일수록 그 죄는 더 깊지 않겠소?

저희 주군 유 예주를 보시오. 대한(大漢) 400년 동안 계속된 치란에 필시 많은 가문 일족들이 벽지로 유랑하며 살아가면서 어쩔 수 없이 농지에 핏줄을 숨긴 걸 어찌 부끄럽다 하겠소. 때가 와서 재야에서 나타나 진흙을 떨어내고 보석 같은 재질을 세상에 펼쳐 보이는 건 마땅한 귀추일 뿐. 짚신을 엮었다 하여 천히 여기고, 돗자리를 짰다 하여 업신여기는 안목으로 세상을 보고 인생을 판단하는 자를 보고 어찌 한 나라 정사를 돌보는 인물이라 하겠소? 백성에게 하늘이 변하고 땅이 달라지는 것보다 두려운 건 맹목적인 위정자요. 귀공도 그런 부류요?"

육적은 가슴이 먹먹하여 차마 말을 잇지 못했다.

육적을 대신해 불쑥 일어선 자는 팽성의 엄준(嚴畯)으로, 자는 만재라는 자다.

"공명 선생답소, 잘 논파하셨소. 오나라 영웅들이 선생이 늘어놓는 변설(辯舌)에 기가 눌려 안색이 좋지 않소. 선생은 어떤 경전을 읽어 그리 박식해지셨소? 그동안 쌓은 학문을 잠시간 들려주겠소?"

조금은 비꼬는 듯한 어투다.

공명은 기색을 달리하여 호되게 꾸짖었다.

"사물 끄트머리만 논하고 가지와 잎을 보고 이러쿵저러쿵하며 문장이나 경구를 파악하느라 허송세월을 보내는 건 썩은 선비들이나 하는 짓이오. 그런 자들이 어찌 나라를 부흥시키고 백성을 걱정하는 대책을 알겠소. 한나라 천자를 창시한 장량(張良), 진평(陳平)만 보아도 경전에 해박했다는 이야기는 일찍이 들은 적이 없소. 나 자신도 아직 구차하게 문장을 앞에 두고 흰 것을 논하고 검은 것을 평가하며 쓸모없이 붓과 먹과 귀중한 시간을 허비하지 않소."

"그 말은 그냥 흘려들을 수가 없소. 천하를 다스릴 때 학문은 없어도 된다는 말이오?"

반박한 사람은 여남의 정병(程秉)이다.

공명은 고개를 가로저으며 말을 이었다.

"조급하게 생각지 마시오. 학문에도 소인이 쓰는 잡문과 군자가 쓰는 글귀가 있소. 소인이 즐겨하는 학문에는 자신만 있고 나라는 없소이다. 그러니 춘추의 부(賦, 마음에 느낀 것을 사실 그대로 읊은 글 - 옮긴이)를 숭상하여 세상의 붓과 먹을 허비하고 자녀를 안락에 빠지게 하며, 세상의 사조를 흐리는 걸 능사로 삼으니 구구절절 만 가지 글을 써도 가슴속에 단 하나의 이상을 품을 수 없소. 군자의 업은 뜻을 한 나라에 두고 인륜을 위한 길을 살찌우고 건전한 문화를 꽃피우며 무미건조한 정치에 운율을 더하여 고단한 생활에 윤기를 더하고 암흑 속에서 희망을 피워내오. 필요하고 안 하고는 지금부터 이끌어가는 정치가 보여줄 선악에 있는 것이니, 썩은 문장이 흥함은 악정을 반영하는 것이요, 글과 정치가 건전하게 조화를 이룸은 그 나라에 펼쳐지는 정치가 밝다는 사실을 나타내는 것이오. 앞서 들은 귀공들의 목소리로 이 나라 학문을 짐작해보니 그 저속함에 애처로운 마음이 다 드오. 내 의견에 불만이 있는 자는 얼마든지 말씀하시오."

이미 좌중에 목소리를 내는 자가 없어 이제는 공명 차례다. 더는 일어나서 대답하는 자가 없을 즈음에 발소리를 울리며 들어오는 사람이 있었다.

화중취률(火中取栗)

1

그 소리에 일제히 돌아보았더니 영릉군(零陵郡) 천릉(泉陵) 사람 황개(黃蓋)로, 자는 공복(公覆)이며 지금 오나라 군량과 재정을 도맡아 나라 살림을 책임지는 인물이다. 황개는 좌중을 둘러보면서 천장을 흔드는 듯한 목소리로 일갈했다.

"공들은 대체 무얼 하는 거요? 공명 선생은 당대 으뜸가는 영웅이거늘 그런 빈객을 모시고 쓸데없이 우문난제를 늘어놓아 일부러 뱃속까지 손님에게 내보이는 짓은 오나라 수치가 아니오. 제공들이 한 행동은 주군 얼굴을 더럽히는 일이오. 자중하시오."

그러고 나서 공손하게 공명에게 사죄했다.

"조금 전에 신하들이 보인 무례한 행동을 잊어주십시오. 주군께서는 벌써 준비하고 기다리신답니다. 주군께 금언옥론(金言玉論)을 들려주시기 바랍니다."

황개는 앞장서서 공명을 안으로 조심스레 안내했다.

머쓱해진 건 정색하고 토론에 임한 대장들이다. 본래는 황개가 질책하려던 게 아니다. 누군가 손권에게 고해서 그 지시로 빈객 앞에서 모두를 꾸짖어야 하는 임무를 황개가 맡은 것뿐이다. 그때부터는 마치 국빈을 대하듯 공명을 존중하여 맞이했다. 황개와 노숙이 하는 정중한 안내를 받으며 중문을 통과하니 푸른색에 금색 수가 놓인 문을 열어놓고 그 옆에서 묵묵히 공명을 맞이하는 중신이 있었다.

"오오…."

"아…."

공명은 발걸음을 잠깐 멈추었다. 중신도 물끄러미 공명을 바라보았다. 그 사람은 손권 휘하 중신이자 오나라 참모, 공명에게는 친형이기도 한 제갈근이다. 형제가 헤어진 후에 참으로 오랜만에 만났다. 어릴 적에 서로 손을 맞잡고 나이 든 하인, 계모와 함께 멀리 산동에서 남쪽으로 흘러왔을 무렵 자신들의 모습과 비참하고 서글픈 풍파에 시달렸던 가정 형편이 순간 두 사람 가슴에 복받치듯이 떠올랐다.

"량, 오나라에 왔는가?"

"주군 명령을 받잡고 왔습니다."

"음…. 몰라보게 달라졌구나."

"형님도…."

"왔으면 왜 내게 먼저 연락하지 않았는가? 객사에서 기별이라도 해주었으면 좋았으련만…."

"이번에는 유 예주가 보낸 사자로 온 것이니 사사로운 일은 뒤로 미뤄두었습니다. 이해해주십시오."

"아, 그 자세가 신하 된 도리다. 천천히 만나세. 우리 주군도 기다리시네."

제갈근은 오나라 신하를 대표해 정중하게 빈객을 맞이하고 홀연히 사라졌다.

이윽고 호장한 당 앞에 공명은 우뚝 섰다. 공명은 붉게 칠한 난간이 있는 옥계(玉階, 대궐 안 섬돌을 아름답게 이르는 말-옮긴이)를 한 걸음 한 걸음 옷자락을 사락사락 스치면서 올라갔다.

천천히 몸을 일으켜 맞이하러 나온 건 손권이다.

공명은 무릎을 꿇고 배례했다. 손권은 의연하게 반례로 답례했다.

"앉으시오."

손권은 공명을 상좌에 권했지만, 공명은 사양하고 옆자리에 앉았다. 그러고는 현덕이 보내는 인사를 전했다. 목소리는 시원스럽고 말에 군더더기가 없었다. 마주하는 사람도 왠지 호감을 느끼게 했다.

"먼 길 오시느라 수고가 많았소."

손권이 치하했다. 문무백관들은 멀리서 죽 늘어서서 숨을 죽이고 빈객을 바라보는 참이다.

공명의 고요한 눈동자는 때때로 손권 얼굴을 주시했다. 손권 인상을 보니 눈은 푸른색에 가까웠고 수염은 보랏빛을 띠었다. 한인(漢人) 특유의 용모는 아니다. 앉아 있을 때는 몸이 당당해 보이지만 일어서면 허리 아래가 유달리 짧다. 그것 또한 손권만이 지닌 특징이다.

공명은 손권 외양을 훑어보더니 이렇게 추측했다.

'손권은 확실히 한 시대를 주름잡을 만한 거인이다. 감정이 격하고 고집이 세서 용맹한 반면, 단점도 드러내기 쉽다. 이 사람을 설득하려면 일부러 감정을 격하게 만들어 부추기는 게 좋을 듯하다.'

2

향기로운 차를 내왔다. 손권은 공명에게 정중히 권하면서 함께 차 맛을 음미하였다.

"신야에서 벌인 전쟁은 어땠소? 선생이 유 예주를 도와 벌인 첫 싸움이었지요?"

"패했습니다. 보유한 병사는 수천이 안 되고 장수는 다섯 손가락도 채우지 못했습니다. 신야는 지키기에 적당치 않은 성이었습니다."

"대체 조조 병력은 어느 정도나 되오?"

"100만은 거뜬히 될 것입니다."

"다들 그리 말하오만…."

"확실합니다. 청주, 연주를 멸망시켰을 때 이미 40~50만은 족히 되었습니다. 게다가 원소를 친 후 40~50만을 더했고 중국에서 훈련하는 직속 정예 부대는 적어도 20~30만은 될 것입니다. 제가 100만이라고 말씀드린 건 오나라 군신들이 조조 군세가 150~160만이나 된다고 하면 놀라서 미리 기가 꺾일까 걱정되어 적게 헤아려 답했습니다."

"대장은 몇이나?"

"용감한 장수 2000~3000명, 그중에 희대의 지모와 1만 명은 거뜬히 상대하는 용장 등 엄선하면 40~50명은 족히 될 것입니다."

"선생 같은 사람은?"

"저 같은 사람은 수레에 싣고 되로 헤아릴 정도로 수두룩합니다."

"지금 조조 진용은 어디를 공격하려 하는 것 같소?"

"수륙 양 군대는 강을 따라 서서히 남진하는 태세입니다. 오나라를 노리지 않는다면 어디에 그 많은 군세가 향할 곳이 있겠습니까?"

"오나라는 마땅히 싸워야겠소? 아니면 싸우지 않는 편이 좋겠소?"

"하하하."

이때 공명은 가볍게 웃었다.

슬쩍 넘겨짚은 모양이다. 손권은 그제야 깨달은 듯이 공손하게 되물었다.

"노숙이 선생의 덕조(德操)를 칭송하여 나도 오랫동안 선생을 존경해왔소. 이렇게 발걸음하셨으니 오늘은 금옥 같은 탁견을 접하고 싶소. 대사를 앞두고 오나라가 마땅히 해야 할 방침을 한 수 가르쳐주시오."

"제 어리석은 생각을 말씀드리는 건 좋지만 아마 장군 성에 차지는 않을 것입니다. 쓸모없는 의견을 들어보신들 되레 망설이는 요인이 되지 않겠습니까?"

"괜찮소, 한 말씀 들려주시오."

"기탄없이 말씀드리겠습니다. 사해가 유달리 어지러웠을 때 가조(家祖)가 동오(東吳)를 일으켰고 지금 손가의 융성한 기운은 천하에 보기 드문 장관이라 해도 과언이 아닙니다. 한편 저희 군주 유 예주도 초야에서 몸을 일으켜 뜻을 세우고 백성을 구하고자 조조 대군과 천하를 놓고 다툽니다. 이는 역사상 일찍이 없었던 장렬한 거사를 위한 전조겠지요. 원통하게도 병사는 적고 지세는 불리해 지금 한 차례 패하여 신하 공명에게 그 한을 다 맡기시고 강물의 인연에 의지해 오나라와 마음을 합하기를 진심으로 바라십니다. 만약 각하가 위대한 아버지와 형이 일군 창업을 이어받아 장대한 뜻을 이룩한다면 기꺼이 저희 군주와 합심하여 오군을 일으키십시오. 천하의 갈림길인 지금, 즉시 조조와 국교를 단절하십시오. 혹시 그런 뜻이 없으시고 도저히 조조와 천하를 두고 다툴 자격이 없다고 단념하신다면 다른 계책이 없지는 않습니다. 간단합니다."

"싸우지 않고 나라를 안전하게 유지하는 좋은 계책이 있다?"

"그렇습니다."

"무엇이오?"

"항복하는 것입니다."

"항복?"

"조조 무릎을 붙잡고 눈 밑에서 연민을 호소하는, 바로 오나라 대장들이 각하에게 권하는 방법입니다. 갑옷을 벗고 성을 버리며 국토를 제공하고 조조가 내리는 처분만을 기다린다면 조조도 그렇게 무참한 짓은 저지르지 않을 것입니다."

"음…."

손권은 말없이 고개를 떨구었다. 부모님 무덤에 고개를 조아리는 것 이외에는 아직 다른 사람 앞에서 무릎을 꿇은 적이 없었다. 공명은 말끄러미 그 모습을 지켜봤다.

3

"각하, 아마 각하는 가슴속에 큰 자부심을 품고 계시지요."

공명은 덧붙였다. 고개를 숙인 손권에게 단단한 말을 퍼불기세다.

"그 가슴속에는 대장부로 태어나 천하 대사를 겨루어보고 싶은 장대한 기백도 꿈틀거릴 겁니다. 오나라 숙장과 원로들은 하나같이 전쟁을 반대합니다. 눈앞에 닥친 안녕을 으뜸이라 권합니다. 신하들 마음속도 짐작은 갑니다. 당면한 사태는 위급하고 중대합니다. 만일 의심과 망설임으로 결정하지 못하고 시간만 흘려보내 결정할 시기를 놓쳐버린다면 머지않아 큰 화가 닥쳐올 것입니다."

"…."

손권은 계속 묵묵부답이다. 그 모습을 지켜보며 공명은 잠시 시간을 두었다.

"무엇보다 나라 안에 있는 백성이 도탄에 빠져 괴로워할 것입니다. 각하가 마음먹기에 달렸습니다. 싸운다면 싸우는 것도 좋습니다. 항복한다면 그것도 나쁘지 않습니다. 어느 쪽이든 빨리 결정을 내려야 합니다. 항복한다면 처음부터 수치를 버리는 편이 각하에게도 남는 것이 있겠지요."

"선생…."

손권은 그제야 고개를 들었다. 속으로 누르던 울분이 눈으로 표출되고 입술로 드러나고 얼굴로 표현되었다.

"선생 말씀을 들으니 타인이 보는 입장이라 어떻든 상관없다는 듯이 들리오. 말씀대로라면 어찌 유 예주에게는 항복을 권하지 않는 거요? 왜 나와는 달리 싸워도 승산이 없는 현덕에게 그 말을 그대로 간언하지 않소?"

"적절한 지적입니다. 옛날에 제(齊)나라 전횡(田橫)은 처사의 몸으로 한고조에게 항복하지 않고 절개를 지키다 자해했습니다. 하물며 유 예주는 황실 종친입니다. 그 영재(英才)는 세상을 덮고 백성들은 물을 따르는 물고기처럼 유 예주를 따릅니다. 승패는 병가지상사, 진인사대천명(盡人事待天命)입니다. 어찌 조조 같은 무리에게 굽히겠습니까? 만일 제가 각하께 말씀드린 그대로 저희 주군께 진언한다면 그 자리에서 목이 달아나든지 비열한 놈이라며 평생 저를 멀리하실 것입니다."

공명의 말이 채 끝나기도 전이다.

손권은 돌연 얼굴색을 확 바꾸고는 자리를 박차고 일어나 종종걸음으로 사라져버렸다. 둘러 서 있던 신하들은 속이 다 후련하다는 생각을 했으리라. 신하들은 공명에게 노골적으로 비웃음을 던지면서 줄지어 후당으로 총총 사라졌다.

노숙만이 덩그러니 남았다.

"선생, 어찌 된 일이오?"

"왜 그러시오."

"내가 충고했건만…. 내가 선생에게 품은 동정은 부질없는 게 되어버렸소. 불손하게 말씀을 올리면 손 장군이 아니라 그 누구라도 노여워할 터."

"아하하. 뭐가 불손하오. 꽤 신중하게 말씀을 올린 것인데…. 아마도 포부가 큰 사람을 받아들일 도량이 없는 분인 것 같소."

"선생은 달리 좋은 계책이 있소?"

"물론이오. 그렇지 않다면 내가 하는 말은 공론(空論)에 지나지 않소."

"진정 제대로 된 계책이 있다면 다시 한번 주군을 모시겠소만…."

"만약 기량 있는 자를 받아들일 관대함을 가지고 들어주신다면 그래도 좋소. 조조가 지휘하는 100만 군세를 내게 비유하라 하면 개미 무리라 단언할 수 있소. 내가 손가락을 톡 대면 뿔뿔이 흩어질 거고, 내가 또 한 손을 움직이면 장강 물이 소용돌이쳐 병선 100척을 집어삼킬 것이오."

공명의 형형한 눈동자는 하늘을 향하였다. 노숙은 그 눈동자를 물끄러미 바라보고 신념을 가졌다.

노숙은 손권 뒤를 쫓아 후각에 있는 내실로 들어갔다. 주군은 의관을 갈아입는 중이었다. 노숙은 무릎을 꿇고 재차 권했다.

"주군, 성급하십니다. 아직 공명은 본심을 말하지 않았습니다. 조조를 칠 계책을 그리 가볍게 말할 수 없지 않습니까? 공명이 도량이 좁은 주군이라며 차지게 웃었습니다. 다시 한번 공명 심중을 두드려보십시오."

"뭐? 나를 도량이 좁은 주군이라 말하던가?"
손권은 허리에 띠를 두르면서 얼굴에 노한 기색을 숨겼다.

4

중차대한 시기다. 나라 흥망이 달린 갈림길이다. 손권은 애써 마음을 고쳐먹었다.
"노숙, 다시 한번 공명에게 계책을 청해보겠소."
"아, 역시 주군이십니다. 잘 생각하셨습니다."
"공명은 어딨는가?"
"빈전에 그대로 있습니다."
"아무도 들이지 마라."
수행원도 다 물리고 손권은 다시 공명 앞에 조용히 나타났다.
"선생, 젊은이가 범한 무례를 용서하시오."
"아닙니다. 저야말로 국왕 위엄에 누를 끼친 죄, 죽어 마땅합니다."
"깊이 고민해보니 조조가 오랜 세월 적이라 여겨온 상대는 우리 동오와 유 예주인 듯하오."
"깨달으셨습니까?"
"우리 동오 10만여 병은 오랜 평화에 익숙해 조조의 강력한 병마와 맞서기 어려운 게 사실이오. 만약 결연하게 조조와 맞선다면 유 예주밖에 없잖소."
"심려치 마십시오. 저희 주군은 한때 당양에서 패했다고는 하지만, 나중에 주군의 덕을 흠모하여 흩어졌던 병사들이 다 돌아왔습니다. 관우가 이끄는 병사도 1만에 이르고, 유기 공이 강하에서 모은 병사도 1만은 족히 됩니다. 단지 각하가 한 결의는 어떠신지요? 건곤일척(乾坤一擲, 주사위를 던져 승패를 건다는 뜻으로, 운명을 걸고 단판걸이로 승부를 겨룸-옮긴이)의 이번 갈림길은 구차하게 병사 수가 문제 되는 것이 아니라 패하든 승리를 거머쥐든 오로지 각하 마음에 달렸습니다."

"정했소. 난 동오의 손권이오. 어찌 조조에게 굽히겠소."

"그러시다면 대사를 이룰 기회는 바로 지금입니다. 100만 조조 대군은 먼 원정길에 지쳐 있을 것이고, 당양 전투에서는 병사들을 심하게 몰아붙여 하루에 300리를 질주했다 들었습니다. 강한 힘을 가진 자일수록 힘이 빠지면 별것 없습니다. 조조 수군도 북국 출신이라 수전(水戰)에 미숙한 병사들이 대부분입니다. 한때 기세가 꺾였지만 형주 군민은 겉으로만 조조 위세에 굴할 뿐이니 바로 내정 분란을 일으켜 북쪽을 무너뜨리는 건 자명한 일입니다. 그때 적을 쫓아내고 형주로 병을 집결시켜, 유 예주와 정족지세(鼎足之勢, 솥발처럼 셋이 맞서 대립하는 형세. 솥 다리가 3개인 것처럼 세 세력이 무게를 나누어 지탱하는 형국이 가장 안정적이라는 뜻-옮긴이) 형태를 취하면 오나라 외곽은 견고해지고 백성은 안전하니 훗날 다시 오래도록 다스릴 계책을 꾀하시면 될 것입니다."

"그렇소. 더는 망설이지 않겠소. 노숙, 노숙…."

"예."

"즉시 병마 준비를 지시하시오. 조조를 쳐부술 것이오. 모두에게 출진 뜻을 알리시오."

노숙은 명을 받고 분주히 움직였다.

공명에게는 객사로 돌아가 휴식을 취하라는 말을 남기고 손권은 힘찬 발걸음으로 동곽(東郭) 안으로 들어갔다.

여러 곳에 무리지어 있던 문무백관들이나 대장, 장로들은 놀라움을 금치 못했다.

"개전이다. 출진을 준비하라!"

지시를 들어도 거짓말이라며 의심할 정도다. 그도 그럴 것이 조금 전에 빈각에서 공명의 불손함에 분개한 주군이 공명을 피해 내실로 들어가버렸다며 비웃는 듯한 말을 전해 들어서다.

"착오가 있겠지…."

소란스럽게 모여 있는 곳에 노숙이 기세등등하게 주군이 내린 명을 전하러 왔다. 역시 '개전'이라 했다. 사람들은 갑자기 웅성거렸다. 그러고는 전쟁에 반대하는 뜻을 모으기 시작했다.

"공명에게 당했다! 지금 바로 주군에게 다 같이 간언을 올립시다."

장소를 앞장세워 분개한 기색을 뿜으며 손권 앞으로 나아갔다. 손권도 올 것이 왔다는 듯한 표정이다.

"신하 장소, 불손을 무릅쓰고 한 말씀 올리려고 왔습니다."

"말해보시오."

"황송하지만 주군과 멸망한 하북의 원소를 떠올려 비교해보시지요."

"…."

"하북에서 강대한 군대를 거느렸던 천하의 원소조차 조조에게는 패하지 않았습니까? 당시 조조는 오늘날같이 강하지 않던 때였습니다."

장소 눈에 눈물이 방울방울 맺혔다.

5

"부디 현명하게 사려하십시오. 공명처럼 꾀 많은 자가 하는 말을 듣고 대사를 도모하여 나라를 큰 어려움에 빠트리지 마십시오."

장소에 뒤이어 고옹(顧雍)도 간언했다. 다른 대장들도 하나 둘 진언했다.

"현덕은 지금 꼼짝달싹 못하는 지경입니다. 공명을 사자로 보내 오나라를 포섭하여 함께 조조에게 복수하고 때가 되면 자신의 지지 기반을 확대하려는 꿍꿍이일 뿐입니다."

"그런 무리의 말을 듣고 조조 대군과 맞선다는 건 짚을 둘러매고 타오르는 불속으로 뛰어드는 것과 같습니다."

"주군! 화중취률(火中取栗, 남의 꾐에 넘어가 위험을 무릅쓰고 불속에서 밤을 줍는다는 말로 아무런 이익도 못 보고 남에게 이용당하는 것을 뜻함 – 옮긴이)은 금물입니다!"

그때 노숙은 당 밖에서 상황을 살피다가 이래서는 안 되겠다는 생각이 들었다.

손권은 신하들이 올리는 강경한 간언에 몰려 더는 참을 수 없었다.

"생각해보겠소. 좀 더 고민해봐야겠소"

손권은 이 말만 내뱉고 안쪽 내실로 서둘러 사라져버렸다.

도중에 기다리던 노숙이 자기 생각을 털어놓았다.

"저들 대부분은 문약한 신하와 노후에 보낼 편안한 안녕을 비는 노장들입니다. 주군에게 항복을 권하는 것도 자기 가족이 누리는 부귀한 생활을 지속하고자 하는 욕심밖에 없는 사람들입니다. 저런 나약한 무리가 지껄이는 말에 넘어가지 마십시오. 각오를 굳건히 다지셔야 합니다. 선조 손견은 어떤 고난을 넘기셨습니까? 형님 손책은 얼마나 용맹과 지략에 넘치는 분이셨습니까? 주군 몸에는 두 분의 피가 흐르고 있지 않습니까?"

"놓으시오."

손권은 소맷자락을 뿌리치고 내실로 들어가버렸다. 후당 전각에 있는 정원 여기저기에서 분분한 의견이 들려왔다.

"싸워야만 한다."

"무슨 소리요? 싸워서는 아니 되오."

바로 근처 나무 그늘에 떠들썩하게 논하며 걸어 나오는 무리가 보였다. 일부 무장과 문관들은 전쟁을 반대했고 소수 젊은 무인들만이 전쟁을 지지했다. 비율로 따지면 7 대 3 정도다.

내실에 숨은 손권은 마치 두통에라도 시달리는 듯 손을 이마에 갖다 댔다. 먹는 것도 잠자는 것도 잊은 채 번민에 시달렸다. 동오를 일으키고 3대에 이르러 처음 맞는 국난이고 축복 받은 후계자였던 손권에게는 난생처음 주어진 커다란 시련이다.

"대체 무슨 일이냐?"

식사도 거른다는 소리를 듣고 이모 오 부인은 걱정되었는지 직접 손권을 찾아왔다.

손권은 있는 대로 소상하게 털어놓았다. 당면한 문제와 내정에 일어난 분쟁으로 신하들 의견이 전쟁과 화의 두 갈래로 나뉜 사실을.

"그대는 아직도 어린아이 같구나. 그만한 일로 식사를 거른단 말이냐? 별일도 아닌 것을…."

"해결책이 있습니까?"

"있고말고."

"어찌하면 좋겠습니까?"

"형 손책이 유언으로 남긴 말을 벌써 잊었느냐?"

"…?"

"내정을 결정할 때는 장소에게 묻고, 외사가 분란에 이르렀을 때는 주유에게 물으라 말하지 않더냐?"

"그랬습니다. 지금 떠올리니 형님 목소리가 어디선가 들리는 듯합니다."

"거 봐라, 평소에 아버지나 형님을 잊어 괴롭게 번민하는 것 아니냐. 내정은 어찌 되었든 외환이나 외교 등 밖에서 일어나는 일은 꼭 주유의 재주를 빌려야 한다."

"그겁니다!"

손권은 꿈에서 깨어난 듯 외치더니 일순간에 얼굴색이 환하게 바뀌었다.

"한시라도 빨리 주유를 불러들여 의견을 들어봐야겠습니다. 왜 이제까지 깨닫지 못했단 말인가…."

곧바로 손권은 글을 써 내려갔다. 믿을 수 있는 대장에게 글을 들려서 시상에서 그리 멀지 않은 파양호로 신속하게 보냈다. 수군 도독 주유는 지금 파양호에서 매일 수군을 조련하느라 여념이 없었다.

두 꽃의 계책

1

주유는 오나라 선주(先主) 손책과 동갑이다. 주유의 부인은 손책 정실의 여동생이었으니 지금 오나라 주군 손권과 주유는 사돈지간이기도 하다. 주유는 노강(盧江) 사람으로, 자는 공근(公瑾)이다. 손책 눈에 들어 장수가 되고는 불과 24세 나이로 중랑장(中郎將)에 이를 정도로 영준했다. 당시 오나라 사람들은 이 젊디젊은 장군을 군대의 미주랑(美周郎)이라 부르며 '주랑, 주랑' 하고 놀려대기도 했다.

주유가 강하 태수로 있을 때 교공(喬公)이라는 명문가 차녀를 아내로 맞아들였다. 그 집안 두 자매는 절세가인이다. '교공의 꽃 두 송이'라면 오나라에서는 모르는 사람이 없을 정도다. 손책은 맏딸을 정실로 맞이하였고 주유는 그 동생을 아내로 맞이하였다. 하지만 얼마 지나지 않아 손책은 세상을 떠났으므로 언니는 미망인이 되었으나 동생은 지금도 주유의 소중한 아내로 가정을 꾸리며 지냈다.

당시 오나라 사람들은 이런 말을 하곤 했다.

"교공의 꽃 두 송이는 난에 휘말려 전쟁이 불러일으킨 재앙을 맛보았지만, 천하무쌍의 사위 둘을 얻은 건 천하제일의 행복이다."

특히 청년 장군 주유는 음악에 정통하고 다정다감하여 풍류를 즐기는 자다. 해서 연회에서 연주할 때 악사가 연주하는 선율이 악보와 다르면 아무리 술에 취해도 반드시 연주하는 악사를 넝큼 돌아보았다고 한다.

"지금 그 부분은 좀 이상하구나."

종종 이렇게 주의를 주었다고 한다. 해서 당시 시인이 부르는 노래에서 이런 구절을 찾아볼 수 있다.

곡조를 틀리면
주랑이 돌아보네

이런 주유도 지금은 손책이 죽은 후에 오나라 수군 도독으로 중대한 임무를 맡고 파양호로 와서는 집에 아내를 남겨둔 채 즐기던 음악에 귀를 기울이지도 못하고 오로지 오나라 수군 건설에만 전념하였다. 드디어 그 수군이 위력을 발휘할 때가 온 것이다. 조조가 이끄는 100만이라는 수륙 군대가 남하하기 시작했다.

인질을 보내고
내 군문에 항복하겠는가

병사를 보내
나에게 분쇄당하겠는가

조조가 고압적이고 불손한 최후통첩을 오나라에 들이민 것이다.

예전이라면 주유가 그 사실을 모를 리가 없었다. 허나 지금 주유가 맡은 임무는 정치가 아니라 수군을 건설하고 조련하는 것이다. 오늘도 주유는 수군 훈련을 감독한 뒤 호반에 있는 관저로 물러갔더니 손권이 보낸 파발이 도착했다.

"급히 시상성으로 와주십시오. 주군이 부르십니다."

파발은 손권이 직접 쓴 서신을 건네주고 돌아갔다.

"머지않아…"

주유도 예상하던 일이다. 주유는 잠시 숨을 고르고 바로 길 떠날 채비를 서둘렀다. 그런데 평소에 가깝게 지내던 노숙이 찾아온 게 아닌가.

"좀 전에 주군이 사람을 보내셨지요? 그 일에 대해 미리 제독께 고하고 싶은 말이 있어 발걸음을 하였습니다."

노숙은 공명이 오나라로 온 사정부터 신하들 의견이 두 갈래로 나뉜 실정 등을 상세히 이야기하고, 덧붙여서 지금 오나라가 조조에 항복한다면 이 땅에 오나라가 없어지는 것과 같다는 주장을 절실하게 논했다.

"음, 일단 공명과 만나보겠소. 공명의 속마음을 듣고 나서 시상성으로 가도 늦지 않을 터. 공명을 데려오시오. 그때까지 등성(登城)을 미루고 기다리겠소."

주유의 말에 노숙은 힘을 얻어 말 머리를 돌렸다.

맙소사! 그날 밤에는 장소, 간옹, 장굉, 보즐 등 화의를 주장하는 자들이 한데 모여 주유를 방문했다.

"노숙이 오지 않았습니까? 괘씸한 자입니다. 무슨 이유인지 노숙은 공명에게 놀아나 나라를 팔고 백성을 도탄에 빠트리려고 혼자 책동하고 있소. 이런 위급한 갈림길에서 제독의 의견은 어떠하십니까?"

사람들은 주유를 둘러싸고 의견을 물었다.

2

손님 넷을 번갈아 보면서 주유는 운을 뗐다.

"네 분 의견이 전쟁을 반대하는 쪽으로 일치한 것이오?"

"우리는 화의를 결의했습니다."

간옹의 대답을 듣고 주유는 고개를 주억거렸다.

"동감이오. 나도 지금은 싸울 때가 아니라 조조에 항복하여 화의를 맺는 게 오나라를 위한 길이라 생각하오. 내일 시상성으로 가 주군께 그리 말씀드리겠소. 그러니 오늘은 일단 돌아가시오."

밤 손님들은 기뻐하며 돌아갔다.

잠시 후 또 한 무리 방문객이 몰려왔다. 황개, 한당(韓當), 정보 등 쟁쟁한 무장들이다. 객실로 안내하자마자 정보와 황개가 입을 열었다.

"우리는 선군 파로(破虜) 장군을 받들어 오나라를 부흥시킨 이래 오로지 목숨을 나라에 바쳐 만대를 수호하는 백골이 된다면 더 바랄 게 없습니다. 지금 오나라 주군은 일신의 안위만을 꾀하는 변변찮은 문관들이 올리는 나약한 말에 이끌려 조조에게 항복하겠다는 뜻을 비쳤습니다. 애석하기 그지없습니다."

"제 몸이 갈기갈기 찢기는 한이 있더라도 이런 굴욕은 참을 수 없습니다. 맹세코 조조 앞에 무릎을 굽히지 않을 것입니다. 제독은 이 사태를 맞이하여 어떤 결심을 하셨는지요? 오늘 그것이 묻고 싶어서 왔습니다."

"이 자리에 있는 자들은 전쟁을 치를 각오를 굳혔소?"

황개는 주유의 말에 자기 목덜미에 손을 대 보였다.

"이 목이 떨어질 때까지 결단코 조조에게 굴복하지 않을 작정이오."

다른 무장들도 이구동성으로 결심을 토로하고 즉시 개전해야 한다며 격앙된 어조로 논했다.

"알겠소. 나도 조조 따위에 항복할 마음은 없소. 오늘은 일단 진정하고 돌아가는 게 좋겠소. 결정은 내일 할 터이니…."

주유는 또 손님을 달래서 보냈다.

저녁 무렵 또 다른 손님이 들었다. 짐작이 갔다.

"감택(闞澤), 여범(呂範), 주치(朱治), 제갈근 등이네만, 긴히 제독을 뵙고 싶소."

한마디 더 덧붙였다.

"국가 중대사요."

이들은 이른바 중립파다. 주전(主戰)과 비전(非戰) 어느 쪽으로도 결심이 서지 않아서 찾아온 자들이다.

주유는 사람들 속에서 제갈근을 알아보고 먼저 물었다.

"공은 어찌 생각하시오? 공의 아우 제갈량은 유비 뜻을 받들어 오나라와 군사 동맹을 맺어 함께 조조에게 맞서자는 임무를 띠고 와 있지 않소?"

"제 입장이 곤란합니다. 사람들이 저를 그저 공명의 형이라 생각하니 일부러 공론에 참가하지 않고 부득이 멀찍이 서서 분쟁을 지켜보고 있습니다."

"좋지 않은 태도요."

주유 입언저리가 심하게 일그러졌다.

"공의 처지는 이해하네만 형이나 아우 입장은 사사로운 것이오. 나랏일은 가정 문제와 다르지 않소. 공명은 이미 타국 신하고 공은 오나라 중신이오. 저절로 사리는 명백해지지 않소. 오나라 신하로서 귀공이 품은 신념은 어떻소? 싸워야 하겠소 아니면 항복해야 하겠소?"

제갈근은 침묵을 지켰다.

"항복하기는 쉽고 전쟁은 위험합니다. 오나라 안전을 생각하면 싸우지 말아야 합니다."

제갈근이 어렵사리 입을 떼었다.

주유는 일그러뜨린 입가에 이윽고 웃음을 머금었다.

"아우 공명과는 반대되는 생각이구려. 고충이 크겠소. 큰일에 대한 결정은 내일 내가 주군을 만나고 난 후에 할 작정이오. 오늘은 그만 다들 돌아가시오."

하여 또 밤이 이슥하여 여몽, 감녕 같은 쟁쟁한 장군과 문관이 번갈아 드나들었으나 이내 돌아갔다. 그야말로 엄청난 사람이 오간 것이다.

3

밤이 깊어도 찾아오는 손님은 그칠 줄 몰랐다.

"즉시 전쟁을 준비해야 하오!"

"아닙니다! 화의를 청해야 하오."

하루에 수십 번 손님 얼굴은 바뀌어도 주장하는 바는 그 두 가지를 반복할 뿐이다!

그 와중에 누군가 와서 주유에게 살짝 귀띔했다.

"노숙 님이 분부대로 지금 공명 선생을 모시고 왔습니다."

주유도 작은 목소리로 대답했다.

"그런가. 손님들 눈에 띄지 않게 다른 방에 모시게. 안쪽에 있는 물가 정자에 있는 방이 좋을 듯허이."

그러고 나서 주유는 모여 있는 손님을 향해 일갈했다.

"이제 논의는 그만들 하시게. 모든 건 내일 주군을 만나뵙고 결정할 걸세. 다들 돌아가 내일을 위해 쉬게나. 그러는 편이 좋을 듯허이."

주유는 촛불을 훅 껐다.

"나도 오늘 밤은 그만…."

주유는 쫓아내듯이 사람들을 서둘러 돌려보냈다.

주인이 내보내 어쩔 도리 없는 손님들이 다 돌아가자, 주유는 옷을 갈아입고 노숙과 공명이 기다리는 물가 정자로 찬찬히 발걸음을 옮겼다.

'어떤 사람일까?'

주인과 손님 양쪽이 똑같은 생각을 하였다. 주유를 보자 공명은 일어서서 인사를 했고 주유도 몸을 낮추어 답례했다.

파양호 수면은 밤을 껴안고 잠자고 있었다. 난간 아래에서 잔잔한 파도가 일었다. 구름을 스치며 나는 새의 날갯짓에도 촛불이 흔들리는 듯했다. 황홀하고 적막한 가운데 주인과 손님은 잠시간 입을 다물었다.

청초하고 나긋나긋한 여인들이 줄지어 들어왔다. 각각 술병과 음식이 든 쟁반을 든 채로. 성대한 주연이 펼쳐졌다. 도란도란 이야기를 나누며 웃음과 미소가 오갔다. 공명과 주유는 십년지기라도 되는 양 화기애애하게 담소를 주고받았다.

그 상황에서 공명은 주유를 어떻게 보았을까? 주유는 공명의 속내를 어떻게 헤아렸을까? 곁에 있던 사람들은 알 길이 없었다. 이윽고 자리를 둘러쌌던 여인들도 물러가고 주인과 손님, 세 사람만 남았을 때 노숙이 단도직입으로 주유 속내를 물어왔다.

"제독께서는 최후 결단을 내리셨습니까?"

"그렇소."

"싸우는 겁니까?"

"아니오."

"화의를 청할 작정이십니까?"

노숙은 눈을 초롱초롱 빛내며 주유 입술을 바라봤다.

"아무리 생각해도 어쩔 수가 없소!"

"제독도 이미 조조에게 항복할 각오를 하셨습니까?"

"그리 말한다면 굴욕적이지만 나라를 지키기 위해서는 항복이 최선이 아니겠소."

"생각지도 못했던 말을 제독 입으로 들었습니다. 오나라 국업은 파로 장군 이후 지금까지 3대째 기반을 닦아 강대한 나라를 이루었습니다. 그 강대함은 우리 신하들의 자손이 유약한 안녕을 도모하기 위해 쌓아 올린 건 아닙니다. 초대 손견 주군이 고심하여 창업하고, 2대 손책은 피투성이로 얼룩진 생애를 보냈습니다. 힘들게 건국한 오나라를 호락호락하게 적장 조조 손에 맡겨도 되는 것입니까? 다시 한번 생각해보십시오. 일신의 안전에만 급급한 판단은 아닌지요. 저는 생각만 해도 온몸의 털이 거꾸로 섭니다."

"백성을 위해 또 오나라를 위해서라면 어쩔 수 없지 않은가. 3대에 걸친 왕가, 손 씨 일문의 안태(安泰)를 도모하려면 아무래도…."

"아닙니다. 타약한 무리가 입에 담는 구실에 지나지 않습니다. 장강 요해에 의지하여 치욕을 알고 은혜를 아는 오나라 정맹(訂盟)한 병사들이 한마음 되어 죽기를 각오하고 막는다면 조조 군 따위는 오나라 땅을 한 치도 밟지 못할 것입니다."

조금 전부터 옆에서 가만히 듣던 공명은 두 사람이 언성을 높이는 모습을 보고는 무엇이 우스운지 소맷자락에 손을 넣고 웃고만 있었다.

4

주유는 공명의 무례한 행동을 나무라는 듯한 시선으로 바라보면서 힐책했다.

"선생, 무엇이 우스워 아까부터 그리 웃으시오?"

"제독을 보고 웃는 건 아니오. 노숙이 너무 당면한 일에 어두운 듯해 그만 웃음을 참지 못했소."

곁에 있던 노숙의 눈이 휘둥그레졌다.

"무슨 연유로 내가 당면한 급무에 어둡다고 하시오. 근래에 들어본 적이 없는 이야기요."

노숙은 노기를 띠며 공명의 입을 바라보았다.

"생각해보시오. 조조가 군사를 부리는 기술은 그 옛날 손자(孫子)와 오자(吳子)보다 뛰어날 것입니다. 누가 뭐라든 지금 조조에 필적할 만한 사람은 없소. 단 한 명 꼽으라면 저희 주군입니다. 유 예주는 큰 뜻을 품어 사사로운 의를 떨쳐버리고 강적과 자웅을 겨루다 패해서 지금 강하에 칩거하시지만, 장래 일은 아직 모릅니다. 반대로 이 나라 대장들을 보면 일신일가(一身一家)의 안온에 사로잡혀 이름이 더럽혀지는 걸 수치로 여기지 않고, 대의를 모른 채 나라에 닥친 멸망도 그때그때 형편에 맡기는 듯하오. 그런 오나라 장군들 속에서 노숙 한 사람만이 열렬하게 다른 주장을 펼치고 지금도 제독에게 소용도 없는 말을 반복하니 나도 모르게 웃음이 났소."

주유는 언짢아했고 노숙도 불쾌한 기분을 얼굴에 여실히 드러냈다. 공명이 하는 말을 들으니 마치 전쟁을 반대하는 눈치다. 기껏 주유에게 소개하려고 노력했는데 마치 그 목적도 호의도 배신하는 듯한 말에 분개하지 않을 수 없었다.

"선생은 오나라 주군과 신하에게 역적 조조 아래 무릎을 꿇고 만대의 웃음거리가 되라고 권하시는 거요?"

"난 오나라가 불행을 겪는 걸 원하지는 않소. 오히려 오나라 명예와 존립을 무사히 양립할 수 있도록 작은 계책을 세웠고 그 계책이 성공하기를 바라는 사람이오."

"싸우지 않고, 오나라 명예도 드높이고, 국토도 무사히 보전한다? 그런 묘책이 있기는 한 거요?"

노숙이 의외라는 표정을 짓고 공명의 마음을 헤아리지 못하자 주유도 공명 말에 걸려들어 자기도 모르게 무릎을 가까이 가져오는 게 아닌가.

"그런 묘책이 있다면 오나라에게는 기적! 초면이지만 날 위해 그 내용을 이해할 수 있도록 소상하게 들려주시겠소?"

"간단한 일입니다. 작은 배 1척과 두 사람을 공물로 바치면 됩니다."

"음…. 선생이 하는 말은 어딘지 모르게 장난같이 들리오만."

"장난이 아닙니다. 실행해보시면 효과가 바로 눈앞에 보여 놀랄 것입니다."

"대체 누구와 누구를 공물로 보내라는 것이오?"

"여인입니다."

"여인?"

"하늘에 뜬 별만큼이나 많은 오나라 여인 가운데 불과 둘을 골라 공물로 바치는 건 무성한 숲속에서 나뭇잎 2장 줍는 것만큼 쉽고 수천수만 곡식 창고에서 쌀 두 톨 줍는 것보다 사소한 희생이오. 그 계책으로 조조가 뻗은 날카로운 칼날이 북쪽으로 방향을 바꾸기만 한다면…."

"그 두 여인은 어디에 있는 누구요?"

"예전에 제가 융중에서 한가하게 지낼 무렵이었소만 당시 조조 군이 벌인 북벌에 휩싸여 전란에 시달리는 땅을 피해 이주해 온 사람이 말하기를, 조조는 하북을 평정한 후 장하 강변에 누각을 축조했다 하오. 그 누각 이름은 동작대로, 공사를 마무리할 때까지 몇 년이 걸렸고 완성된 후에는 전대미문의 장관을 이루었는데…."

공명은 쉬 중심이 되는 이야기를 꺼내지는 않았지만, 묘하게도 듣는 사람으로 하여금 마음을 끌리게 하는 매력을 발산하였다.

5

"조조 같은 영걸이라도 인간은 취약점이 있기 마련. 동작대 같은 크나큰 토목 공사를 개인 사치를 위해 벌였다는 것 자체가 이미 조조의 교만을 나타낸다고 슬퍼해야 하지 않겠소?"

"선생, 그보다는 무슨 연유로 여인 둘을 조조에게 보낸다면 위나라 100만 대군이 오나라를 침범하는 일 없이 즉시 북쪽으로 돌아간다고 단언하시는 게요? 본론을…."

주유는 재차 재촉했다. 노숙도 요점만 듣고 싶었다. 왜 사치

스런 동작대 이야기를 자세하게 들어야 하는지 의문이 가득한 표정이다.

"북쪽에서 온 지인이 들려주는 이야기는 더 상세했지만, 요점만 말씀드리지요. 조조는 동작대를 짓는 사치에 만족하지 않고 또 다른 부질없는 소망을 품었다고 합니다. 오나라 밖에서도 유명한 교가(喬家)의 두 자매를 동작대에 모셔놓고 아침에는 꽃으로 저녁에는 달로 삼아 바라보고 싶다는 야심입니다. 교가의 두 딸은 첫째를 대교, 둘째를 소교라 하는데 둘 다 경국지색입니다. 예부터 이런 부질없는 정을 품은 영웅 이야기도 흔히 있는 일이니 이번 기회에 제독은 사람을 교가 집으로 보내 황금을 쌓아주고 두 여인을 데려와 조조에게 보낸다면 그 자리에서 조조는 공격할 마음을 접을 것입니다. 그러면 피를 흘리지 않고 국토를 난으로부터 구할 수 있습니다. 바로 범려(范蠡)가 미희 서시(西施)를 보내 강맹한 부차(夫差)를 멸망시킨 것과 같은 계책입니다."

주유는 얼굴색이 싹 변해서 공명의 말이 끝나자마자 물었다.

"그건 항간에 떠도는 속설 아니오? 선생은 확실한 근거로 그런 속설을 곧이들으신 거요?"

"증거 없는 이야기는 하지 않소."

"보여주시오."

"조조의 차남은 조자건입니다. 아버지 조조를 닮아 시문을 잘 짓는다고 문인들 사이에서도 평판이 자자합니다. 어느 날 조조가 그 자건에게 동작대를 노래하는 부(賦)를 짓게 하였습니다. 자건이 지은 부를 보면 '내가 제왕이 되면 반드시 이교(二喬)

를 맞이하여 누대의 꽃으로 삼을 것'이라는 조조의 야망이 담겨 있습니다. 마치 영웅의 정조이자 아름다운 이상인 것처럼."

"선생은 그 부를 기억하시오?"

"문장이 유려해 암송하였습니다."

"한번 읊어주지 않겠소?"

"취기도 있고 밤도 깊었으니 낮게 읊어보고 싶습니다. 술잔을 기울이면서 좌흥(座興)이 깨지지 않도록 들어주시지요."

공명은 가만히 눈을 감았다. 이윽고 가늘고 긴 눈을 호롱불 앞에서 반짝 열었다. 그러고는 침착하게 〈동작대부(銅爵臺賦)〉를 읊기 시작했다. 어조는 부드럽고 목소리는 낭랑하게 맑아 듣는 사람을 끌어들이는 풍취가 있었다.

명후(明后)를 따라 노닐다 누대에 올라 정취를 즐기는구나
중천에 화려한 장관이여!
비각(飛閣)이 서쪽 성에 다리를 잇겠네
장수(漳水) 긴 물줄기를 따라 임해 동산에 싱그럽게 연 과실을 바라보며
누대를 한 쌍 좌우로 세우니 옥룡(玉龍)과 금봉(金鳳)이로다
이교를 동남으로 두니 긴 하늘에 뜬 무지개 같고
황도(皇都)의 웅장함을 굽어보니 구름과 노을이 서려 있어
인재가 모여듦을 기뻐하니
비웅(飛熊)의 옛꿈을 이루어
봄바람 화목하게 불어오니 온갖 새들이 슬피 우는 소리를 듣는구나

갑자기 탁자 아래서 뭔가 깨지는 소리가 들려왔다. 주유가 손에 든 술잔을 떨어뜨린 것이다. 그뿐만 아니라 주유의 머리카락은 거꾸로 치솟았고 표정은 돌처럼 굳어갔다.

6

"아, 술잔이 깨졌소."

공명이 암송을 멈추고 주의를 주자 주유가 분개하여 술 취한 얼굴에 노기를 띠었다.

"술잔 하나에도 천지의 전조가 보일 때가 있소. 언젠가 조조군이 땅에 버리고 가는 시체 모습이 보이지 뭡니까? 선생, 다른 술잔으로 내게 술을 따라주시오."

"제독의 신경을 거스르는 것이라도 있었습니까?"

"〈동작대부〉는 선생이 암송하여 오늘 처음 들었소만, 시구에 담긴 교만함은 물론이고 시 속에 암시한 교가의 두 자매에 관한 조조의 야망은 그냥 넘길 수 없는 모욕이요. 결단코 조조가 품은 부질없는 야망을 응징해야겠소."

한 잔 또 한 잔, 자작자음하니 주유의 격노는 불같이 울분을 더할 뿐이다. 공명은 냉정하게 짐짓 의아하다는 듯한 표정으로 되물었다.

"옛날 흉노 세력이 성했을 무렵, 흉노가 종종 중국을 침략하여 한조도 골치를 앓았던 시대가 있었습니다. 당시 천자는 눈물을 머금고 사랑하는 딸을 호족(胡族) 주군에게 시집보내 일시적인 화친을 유지하고 와신상담하여 그사이에 궁수와 말을 훈련시켰다는 예도 있습니다. 원제(元帝)가 왕소군(王昭君)을 호(胡)나라 땅에 보낸 이야기도 유명하지 않소? 어찌 제독은 지금 국가가 위태한 지경을 알면서도 민간의 두 여성을 보내는 일에 그렇게 애석해하고 노여워하시는 거요?"

"선생은 아직 모르시오?"

"아직 모르다니요…?"

"교가의 두 여인이 민간에서 자란 건 사실이지만 언니 대교는 일찍이 선군 손책의 정실로 맞아들여졌고, 동생 소교는 내 아내가 되었소."

"맙소사! 이미 교가에서 출가한 것이로군요. 몰랐습니다. 황공하게도 아무것도 모른 채 이야기를 입에 올려 아까부터 실례를 범했습니다. 용서해주시오. 경망스럽게 혀를 놀린 죄 백번 죽어 마땅합니다."

공명은 비통해하며 사죄했다.

"아닙니다. 선생은 죄가 없소. 항간에 떠도는 풍문만이라면 믿지 않았을지도 모르지만 〈동작대부〉까지 읊은 이상 조조도 공공연히 야욕을 퍼뜨리는 듯하오. 어찌 조조의 야망을 위해 선군의 정실이나 내 아내를 제물로 바치겠소. 사악을 떨치는 깃발과 응징의 칼, 우리에게는 수천수만에 달하는 수군이 있고 강한 병사와 살찐 말이 버티고 있는 터. 맹세코 조조에게 무턱으로 짓밟히지는 않을 것이오."

"제독, 대사를 행할 때는 세 번 생각하라 말하지 않았소…."

"세 번뿐만이 아니라 오늘 온종일 싸울 것인지 참을 것인지 수십 번 고민에 고민을 거듭했소. 내 결의는 더는 움직이지 않소. 부족하지만 선군의 유언을 위탁 받아 오늘날 오나라 수군 총도독이 되었소. 오늘까지 무엇을 위해 수련하고 연마했겠소? 결단코 조조 따위에게 몸을 굽혀 항복하지 않을 거요."

"여기서 시상으로 돌아간 관리들은 입을 모아 주 제독은 이미 화친하기로 마음먹은 모양이라고 말했소만…."

"나약한 무리에게 어찌 본심을 털어놓겠소. 사소한 여론이 어떻게 움직이는지 살펴보기 위해서였습니다. 어떤 이는 개전이라 하고 어떤 이는 항복이라 하니 아군의 사기와 다른 의견을 논하는 자들의 얼굴을 관찰한 것뿐."

"역시…."

공명은 몸을 굽혀 주유를 칭송하는 듯한 태도를 보였다.

주유는 덧붙여 말을 이어 나갔다.

"지금 파양호에 있는 군선을 한번에 장강으로 내보내면 파도가 소용돌이쳐 눈 깜짝할 사이에 미숙한 조조 군 선단을 쳐부술 수 있을 거요. 단 육지전에서는 조조에 비해 손색이 있을 수도 있소만…. 선생이 힘을 보태주는 게 어떻겠소?"

"결의만 확고하다면 견마지로를 아끼지 않겠습니다. 오나라 주군을 비롯하여 중신들 의지도 고려하심이…."

"내일 부중에 가서 주군께는 내가 직접 권하겠소. 신하들이 주장하는 이론은 문제 되지 않을 터. 오로지 단 하나의 명령, 개전을 위한 대호령만 남았을 뿐."

대호령

1

시상성 대당에는 새벽부터 일찍이 문무 장수들이 정렬하여 오나라 군주 손권을 맞이하느라 분주하다. 어제 저녁 이후로 몇 번이나 파발이 와서 전하기를, 파양호의 주유는 날이 채 밝기도 전에 저택을 떠나 이른 아침에 등성하여 오늘 회의에 임한다는 소식이 있어서다.

이윽고 붉은 아침 해가 동쪽 성 마루에서 구름을 뚫고 솟아올라 사람들 얼굴을 하나둘 비추기 시작했을 무렵이다.

"주 제독이 도착하셨습니다."

당에서 멀리 떨어진 문에서 보고하는 소리가 높이 울려왔다.

손권은 의관을 바르게 하고 주유가 계단을 올라오기를 초조하게 기다렸다. 거기에 서 있는 문무백관들 얼굴을 보니 왼쪽 줄에 장소, 고옹, 장굉, 보즐, 제갈근, 우번, 진무, 정봉(丁奉) 등 문관이, 오른쪽 줄에는 정보, 황개, 한당, 주태(周泰), 장흠(蔣欽), 여몽, 번장(藩璋), 육손 등을 시작으로 무관 장수 36명이 의관을 정제하고 검을 찬 모습이다.

"주 제독이 가슴에 새기고 온 최후 결단이 바로 오나라 운명을 결정하리라."

팽팽한 긴장감이 감도는 가운데 하나같이 주유가 나타나기만을 기다렸다.

주유는 어젯밤 공명이 돌아가자마자 파양호를 떠나서 거의 한숨도 자지 못했다. 하지만 역시 오나라 걸물답게 조금도 피로한 기색을 보이지 않고 먼저 손권이 앉은 자리로 가서 배례하고 의원들 예를 받고는 의연하게 자리에 앉았다. 오늘 회의는 주유가 와서야 비로소 중대사를 다루는 듯한 느낌이 들었다.

손권은 바로 질문을 던졌다.

"사태가 돌변하여 위급하기 그지없소. 잠시도 지체할 수 없는 지경이오. 제독, 경의 생각은 어떠하오? 허심탄회하게 속마음을 말해주오."

"대답 드리기 전에 묻고 싶습니다만, 이미 의회도 수십 번이나 열었다고 들었습니다. 대장들이 낸 의견은 어떠합니까?"

"음…. 화의와 전쟁, 두 편으로 나뉘어 회의를 거듭해도 의견이 일치하지 않았소. 하여 경의 고견을 듣고 싶은 것이오."

"주군에게 항복을 권한 자들은 누구입니까?"

"장소 아래로 그 줄에 서 있는 자들이네."

"하하하…."

주유는 눈길을 옮겼다.

"장소의 의견은 싸우지 말고 항복해야 한다는 방침이오?"

"그렇소!"

장소는 단호하게 답했다. 조금 비위가 상한 듯한 어조다. 어제 주유 관저에서 면담했을 때 본 태도와 오늘 모습이 너무 달라 보이는 게 아닌가.

"왜 조조에게 항복해야만 하는 거요? 오나라는 파로 장군 때부터 이미 3대를 거쳐온 강국이오. 조조같이 시류에 편승하여 벼락출세한 풍운아 따위와는 처지가 다르단 말이오. 내가 납득하기 어려운 의견이잖소."

"제독이 하신 말씀대로 시류에 편승하고 풍운에 의지하긴 했지만, 조조는 결코 좌시할 수 없는 세력입니다."

"물론 그렇긴 하오. 하지만 동오 6개 군을 통솔하고 나라를 일으켜 3대에 이른 오나라 전통과 문화는 아직 녹슬지 않았소. 아니 한층 왕성하게 번영하고 있소. 오나라야말로 풍운과 시류를 타고 있단 말이오. 어찌 일개 조조만이 천하를 좌우한다고 할 수 있겠소이까?"

"조조가 가진 강점은 천자의 칙명을 칭한다는 점이오. 아무리 우리가 이를 갈아도 그것만은…."

주유는 그 대목에서 웃음을 터뜨렸다.

"아하하. 주제를 모르는 역적이자 황제를 기만하는 악병일 뿐! 그렇기에 거국적으로 역적 조조를 쳐야 하지 않겠소. 조조가 거짓 명분을 내세운다면 우리는 조정 명령을 더럽히는 폭력적인 역적을 쳐야 하는 응징을 위한 대의를 세상에 널리 알려야만 하오."

"그렇다 해도 수륙 100만 대군이오. 명분은 어찌 되었든 조조의 강한 군세에 비해 우리는 병사는 적고 군비는 부족하오.

실력 차이는 어찌…."

"병사가 많다고 항상 이기는 건 아니오. 큰 배도 항상 작은 배를 이기지는 못하는 법. 중요한 건 병사들 사기요. 사기를 북돋움으로써 적의 허점을 치는 게 용병이 발휘할 수 있는 묘책이요. 역시 그대는 문관 우두머리라 병법에는 어둡구려, 허허."

주유는 쓴웃음을 지었다.

2

주유는 단정한 용모와는 달리 심술궂은 구석이 있었다. 주군 앞에서, 신하들이 지켜보는 가운데 장소를 발끈하게 만들었고, 장소가 내놓는 주장을 조목조목 반박하며 조소하여 화의를 주장하는 문관들 입을 막아버렸다.

게다가 주유는 천천히 손권을 향해 자기주장을 펼치기 시작했다. 마치 아무 일도 없었다는 듯. 지금까지 장소를 상대로 논쟁을 벌인 건 지금부터 말하려는 강경한 자기 논리를 두드러져 보이게 하는 보조 역할로 끌어낸 듯했다.

"조조 군이 강하고 용맹한 건 사실이나 육지전에 국한한 이야깁니다. 북국 출신으로 산과 들에 정통한 병장들이 어찌 수군을 능수능란하게 다루겠습니까? 말 위에서는 큰소리치지만 아무리 조조라도 우리 수군에 대항한다면 작은 배 1척도 그냥 보내지 못할 것입니다."

먼저 화평파(和平派)가 제시한 논거 중 하나를 격파했다.

"중요하게 생각해야 할 점은 나라에 닥친 태세와 인접한 나라의 위치입니다. 우리 오나라는 남쪽은 바다로 안전하고 동쪽은 장강 요해로 둘러싸여 있으며 서쪽은 걱정할 일이 없습니다. 그에 반해 위나라는 북국 평정도 최근에 한 일이고 그 잔병들과 도망 다니는 옛 적들이 끝없이 조조를 공격하려고 눈을 부라립니다. 뒤로는 마초(馬超), 한수(韓遂) 패거리가 그렇고, 앞으로는 현덕과 유기가 위협하며 게다가 허도 중부를 멀리 떠나 강과 산, 들판을 전전하니 무인 입장에서 보면 위태로운 상황입니다. 다시 말하면 조조가 스스로 오나라 국경에 자기 목을 묻을 무덤을 찾으러 오는 것과 같습니다. 천재일우의 기회를 놓칠 뿐만 아니라 무릎을 꿇고 조조 진영으로 가서 국토를 바치는 수치를 백세에 남기는 일이 부득이하다고 단정하는 건 언어도단이요, 걱정이 빚어낸 사태에 지나지 않습니다. 주공, 일단 제게 병사와 병선 수만을 내려주십시오. 군대를 이끌고 나가 조조 대군을 격파하여 입으로 논하기보다 사실을 직접 실천하여 화의를 주장하는 자들이 하는 걱정을 일거에 오나라에서 일소해 보이겠습니다."

화평을 주장하는 신하들 안색이 일순간 창백해졌다.

경거망동을 누르면서 굳게 입을 다문 채로 지금은 오로지 한 가닥 희망을 오나라 군주 얼굴에 걸었다.

"주 도독, 적절하게 잘 말해주었소. 역적 조조가 해온 경력을 보면 조정에서는 항상 야심을 드러내고 여러 주에는 항상 통일 제패라는 목표를 향해 무자비한 폭력과 위압을 자행하오. 원소, 여포, 유표도 악귀 같은 조조 군에 저주 받아 온전히 살아남은 자가 없소. 오늘까지 나 손권만이 남아 있을 뿐. 내 어찌 가만히 앉아서 역적 조조가 펼치는 천하 제패라는 목표에 몸을 맡겨 원소나 유표같이 비참한 전례를 밟겠소."

"주군도 전쟁에 임한다는 결심이 서셨습니까?"

"경은 전군을 지휘하고 노숙은 육병을 이끌어 역적 조조를 무찌르시오."

"오나라를 위해 한목숨 바치겠습니다. 제가 우려하는 건 단 하나, 주군께서 조금이라도 흔들리지 않을까 하는 점입니다."

"그렇소?"

손권은 갑자기 일어서 차고 있던 검을 힘차게 뽑았다.

"조조 목을 베기 전에 먼저 내 망설임부터 베겠소!"

손권은 앞에 놓인 탁자를 단칼에 두 동강 냈다.

그러고는 한 손으로 그 검을 높이 치켜들었다.

"오늘 이후로 다시 이 문제로 회의는 하지 않겠소. 문무 대장을 비롯하여 사졸까지 다시 조조에게 항복을 권하는 자가 있다면 이 탁자와 같은 처지가 될 터!"

대당에서 하는 선언은 계단 아래까지 쩌렁쩌렁 울려 퍼졌고 계단 아래서 들려오던 웅성거림은 중문, 외문에 전해져 온 성안에 퍼져 나가는 목소리가 되어 마치 돌풍이 일듯이 천지를 뒤덮었다.

"주유, 이 검을 받으시오."

손권은 검을 주유에게 내리며 그 자리에서 주유를 오군 대도독으로 명하고 정보를 부도독으로, 노숙을 찬군교위(贊軍校尉)로 명했다.

"그대 명령에 거스르는 자가 있다면 가차 없이 베시오."

3

손권은 '결단'을 내렸다. 그러고는 개전을 선언했다. 장소 이하 화평파는 그저 아연실색할 뿐이다.

주유는 검을 받아 들고 일동에게 고했다.

"주군 명을 받들어 지금부터 조조를 타파하는 막중한 임무를 행한다. 전쟁에 임해서는 군율을 가장 중요하게 여길 것이다. 칠금령오십사참(七禁令五十四斬, 제갈량이 제정한 군법 명칭. 군대에는 경輕, 만慢, 도盜, 기欺, 배背, 난亂, 오誤로 군사를 다스리는 7가지 금기 사항이다. 이 칠금령 안에서도 항목마다 약간의 구체적인 규정을 포함하였는데, 총 54항이며 그중에서 한 항목이라도 어기면 참수형에 처했다-옮긴이)을 위반하는 자는 반드시 벌한다. 내일 새벽까지 모든 군사가 출진 준비를 마치고 강가에 집결하라. 소속과 배치는 그곳에서 지시하겠다."

문무 대장들은 묵묵히 물러났다. 주유는 귀가하자마자 공명을 부르러 사람을 보냈다. 오늘 있었던 상황과 회의 후 결정한 사항들을 들려주었다.

"자, 선생이 세웠다는 계책을 이제 들려주시오."

주유가 은밀하게 물었다.

공명은 내심 일이 성사되었다고 좋아했지만, 겉으로는 내비치지 않았다.

"그것보다도 오나라 군주 마음에는 아직 일말의 불안이 남아 있을 것이오. 적은 수는 무리에 맞서지 못한다는 말을 들었으니 군주도 사뭇 우려해 전전긍긍하며 어찌해야 할지 망설일 것입니다. 제독 각하는 수고스럽더라도 내일 새벽 출정하기 전에 다시 한번 등성하여 적과 아군 군세를 소상하게 설명하고 군주께 확고한 신념을 심어주어야 합니다."

공명은 침착하게 주유에게 권했다.

적어도 오나라의 일진일퇴는 현덕이 맞게 될 운명에 직격탄을 날릴 것이다. 공명은 주군을 위해 신중에 신중을 기했고, 돌다리도 두드려보고 건너는 것같이 세심하게 주의를 기울였다.

"맞는 말이오."

주유도 공명이 한 말에 동의하고 다시 성으로 발길을 옮겼다. 밤이 깊었지만, 오나라 흥망이 걸린 갈림길이라 할 수 있을 정도의 대전에 임하기 전날 밤이므로 손권도 쉬 잠들지 못한 듯했다.

손권은 곧바로 주유를 들였다.

"이 밤에 무슨 일인가?"

"드디어 내일 아침이면 출정입니다. 주군이 내린 결심에 변화는 없으시겠지요?"

"이제 와 더 생각할 여지 따위 없소. 단, 지금도 잠들지 못하는 이유는 오로지 위나라 군사에 비해 오군 수가 적은 것이 마음에 걸려…."

"그러시겠지요. 문득 그 문제로 주군께서 고심하시지 않을까 고민되었습니다. 하여 밤이 깊었는데도 서둘러 뵈러 온 것입니다. 조조가 100만 대군이라 칭하는 수에는 과장이 있다고 봅니다."

"물론 과장된 숫자이긴 하지만 그래도 우리와 차이가 상당히 나지 않는가? 실제 수는 어느 정도인가?"

"헤아려보건대 조조 직속 군대는 15~16만에 지나지 않습니다. 거기에 원소의 옛 군사인 북병이 약 7~8만 가세했습니다만 사기도 부족하고 충성도 용맹도 없이 그냥 휘하에 남아 있을 뿐, 정복당한 자 특유의 모습을 드러내는 자들입니다. 대부분 두려워하지 않아도 됩니다."

"유표가 지배했던 형주의 장수들도 꽤 가세하지 않았소?"

"그쪽 장수들은 가세한 지 얼마 되지 않아 조조도 그 병사와 장수들은 믿지 못해 중요한 전장에 기용하지는 않을 것입니다. 어림잡아보면 많아도 30만이나 40만이고 자질로 보면 일치단결된 우리 오나라 군사에 비할 바가 아닙니다."

"그에 비하면 우리 병력은?"

"내일 아침 강가로 집결하는 병사가 5만 정도입니다. 주군께서는 3만을 더 소집하고 군량과 무기와 배를 충분히 준비하신 후에 진군해주십시오. 제가 이끄는 선진 5만은 장강을 거슬러 올라가 육로를 달려 강과 육지에서 한몸이 되어 조조 군을 격퇴하고 오겠습니다."

주유는 손권에게 용기를 한껏 북돋아주었다.

손권은 그 말을 듣고서야 확신이 선 듯했고 주유와 대책을 더 논의하고는 동이 트기 전에 헤어졌다.

4

아직 천지는 어두웠다. 동이 트려면 시간이 꽤 남았다. 주유는 귀가하는 길에 별안간 이런 생각이 들었다.

'공명이라는 자는 무서운 인물이다. 항상 주군을 접하고 곁에서 모시는 나보다 주군의 마음속을 더 정확하게 꿰뚫어보았으며 공명의 예상은 빗나가지 않았다. 사람의 마음을 마치 거울 들여다보듯이 읽는다는 말은 공명 같은 자를 두고 하는 말이리라. 아무리 생각해도 공명이 가진 혜안과 지혜는 나보다 한 수 위다.'

감탄한 나머지 내심 두려움마저 엄습해왔다. 지금 공명을 죽이지 않으면 훗날 오나라의 화근이 되리라.

"그렇다."

자택 관문으로 들어설 때 주유는 홀로 고개를 끄덕였다. 그 자리에서 바로 사람을 보내 노숙을 불러들였다.

"오나라 대방침은 결정되었소. 이제부터는 우리가 마음을 합쳐 주군과 오군 사이에 서서 적을 격파하는 일만 남았소. 다만, 공명 같은 자는 있어도 득이 없고 오히려 훗날 화근이 될지도 모르는 일. 노 공은 어찌 생각하시오. 지금 공명을 없애는 것에 대해…."

주유가 넌지시 물어왔다.

이윽고 노숙은 눈이 휘둥그레졌다.

"공명을 말입니까?"

노숙은 기가 막혀 말이 나오지 않은 듯했다.

"그렇소, 공명 말이오."

주유는 연거푸 강한 어조로 물어왔다.

"지금 공명을 없애지 않으면 현덕을 도와 위나라와 오나라가 사투를 벌이는 동안 그 지모로 어떤 일을 꾀할지 알 수 없다는 생각이 불현듯 드오."

"안 됩니다."

"노 공은 반대인가?"

"당연합니다. 아직 조조와 싸움도 벌이지 않았는데 적어도 개전 뜻을 받들었고, 아무리 마음속은 아군이 아니라 해도 적이 아닌 공명을 죽인다는 건 대장부가 할 일이 아닙니다. 세상에 알려진다면 만인의 웃음거리가 될 터."

"그렇소?"

주유도 선불리 결정을 내리지 못하고 고민하자 노숙은 주유의 마음을 풀어주려고 다른 계책을 권했다. 공명의 형 제갈근을 공명에게 보내 현덕과 연을 끊고 오나라 신하가 되도록 설득하자는 것이다. 그 방법이 가능성도 높고 오나라를 위한 일이기도 하다는 정론이다.

"좋소. 기회를 봐서 제갈근에게 뜻을 잘 설명하고 공명을 설득하도록 권해보시오."

주유도 그다지 반대하지 않았다.

어느새 창밖의 새벽하늘은 희붐히 밝아왔다. 주유와 노숙은 나중에 보자며 헤어졌고, 곧바로 출정을 위한 갑옷과 투구를 갖춰 입고 말을 몰아 강가로 내달렸다.

장강 물은 오늘도 변함없이 하얗게 파도의 포말이 일었고 찬

란한 아침 햇살은 삼군을 비추었다. 강가에는 이미 깃발이 늘어선 가운데 5만 병사가 집결하여 부서와 진 배치 명령을 기다리는 중이다.

대도독 주유는 북소리와 함께 등장하여 말에서 내린 다음 중군 번이나 사령기 등에 둘러싸인 높은 단 위로 올라갔다.

"영(令)을 내리겠다!"

전군을 향해 사자후를 토하였다.

"왕법에는 가깝고 먼 것이 없으니 제군들은 오로지 맡은 바 직분을 다하라. 지금 조조는 조정의 권위를 빼앗았으니 그 죄는 막중하여 동탁에 비할 바 아니다. 안으로는 천자를 허창 부에 가두어놓고 밖으로는 폭병을 파견하여 우리 오나라를 침범하려 한다. 이 역적을 치는 일이 신하 도리고 정의를 수호하는 길이다! 싸움에 임해 공을 세운 자는 상을 내리고 죄를 짓는 자는 벌한다. 군대는 공명정대하여 불공평함이 없고 친밀하여 소원한 것도 없으니 오나라만을 위해 분전하여 조조 군을 무찔러라. 행군에는 한당, 황개를 선봉으로 삼아 병선 500척을 몰고 삼강 기슭으로 나아가 진지를 구축하라. 장흠, 주태는 제2진을 맡아 따르라. 능통, 반창은 제3진, 태사자(太史慈), 여몽은 제4진, 육손과 동습은 제5진을 맡아라. 여범과 주태 두 부대는 군 지휘와 감찰 임무를 명한다. 맡은 임무를 철두철미하게 수행하라."

5

그날 아침 제갈근은 홀로 말을 타고 아우 제갈량이 머무는 객사를 방문했다. 공명을 오나라 신하가 되도록 설득하라는 주유의 급한 밀명을 받고 발걸음을 한 것이다.

"잘 오셨습니다. 지난번에는 부득이 사사로운 감정을 억제했습니다만, 그간 무고하셨는지요?"

공명이 형의 손을 잡고 방으로 맞이하니 어린 시절의 추억이 새록새록 떠올랐는지 반가움과 기쁨의 눈물이 눈가에 맺혔다.

제갈근도 함께 눈물을 흘렸다. 형제가 서로 손을 맞잡은 채 잠시간 말을 잇지 못했다. 이윽고 마음을 다잡고 형이 먼저 운을 떼었다.

"아우야, 너는 백이와 숙제를 어찌 생각하느냐?"

"백이와 숙제 말입니까?"

공명은 갑작스러운 질문에 의아했지만 이내 마음속에 짚이는 데가 있었다.

근은 열심히 아우를 설득하기 시작했다.

"백이, 숙제 형제는 서로 벼슬을 양보하고 나라를 떠났다. 훗날 주(周)나라 무왕에게 간언하였으나 받아들여지지 않자 수양산(首陽山)에 숨어 평생 주나라에서 나는 곡식을 먹지 않았다. 해서 굶어 죽고 말았지만 이름은 지금까지 사람들 입에 오르내린다. 우리는 피를 나눈 형제면서 어린 시절부터 고향을 떠나 성장해서 각기 다른 주군을 섬기고 오랫동안 만나지도 못했다. 겨우 기회가 닿아 만나보니 너는 유 예주가 내린 명을 받든 사절이고 나는 오나라 신하니 친밀하게 이야기 나누는 것조차 마음대로 할 수가 없구나. 백이와 숙제가 나눈 아름다운 형제 사이를 생각하면 사람으로서 부끄럽게 생각되지 않느냐?"

"제 생각은 좀 다릅니다. 형님 말씀은 사람 도리인 의(義)와 정(情)입니다. 의와 정이 인륜의 전부는 아닙니다. 저는 효와 충이 더 중요하다 생각합니다."

"본래 효, 충, 의 중에 하나만 부족해도 온전한 신하 도리를 다한다고 할 수는 없다. 형제가 한몸이 되어 어우러지면 효이자 충절의 근본이 아니겠느냐?"

"그렇지 않습니다. 형님도 저도 한조를 섬겼던 부모의 자식이지 않습니까? 제가 섬기는 주군 유 예주는 중산정왕 후예고 한경제 현손입니다. 만약 형님이 뜻을 바꾸어 저희 유 황숙을 섬기신다면 부모님께서 지하에서 얼마나 흡족해하시겠습니까? 바로 그것이 충의 근본과도 합치되겠지요. 부디 사소한 의에 사로잡히지 말고 충효의 근본을 돌아보십시오. 우리 부모님 무덤은 강북에 있지 강남에 있지 않습니다. 훗날 조정 역신을 제거하고 유현덕을 주군으로 모셔 진정한 한조를 지켜 세우고 형제가 함께 고향 부모님 묘를 벌초하는 날이 온다면 인생의 지락(至樂)이 아니겠습니까? 그때는 세상 사람들도 제갈가 형제는 백이, 숙제에 비해도 부끄럽지 않다고 할 것입니다."

제갈근은 한마디도 하지 못했다. 자신이 말하려던 이야기를 오히려 동생에게 들어서 반대로 자신이 설득당하는 모양새가 되었다.

그때 멀리 강가에서 북소리와 함성이 울려 퍼졌다. 공명은 묵묵히 고개를 숙이고 있는 형의 마음을 살폈다.

"오나라 대군이 출정한다는 신호가 아닙니까. 형님도 오나라 장수니 중요한 날 있을 집결에 늦어서는 안 되지요. 기회가 있을 때 천천히 밀린 이야기를 나눕시다. 저는 신경 쓰지 마시고 어서 출정하십시오."

"또 만나자."

결국, 마음속 이야기는 한마디도 꺼내지 못한 채 제갈근은 터덜터덜 밖으로 나왔다.

"아, 훌륭한 아우다!"

한편으로는 기쁘기도 했고 다른 한편으로는 괴롭기도 했다.

주유는 일이 잘 성사되지 않았다는 보고를 받고는 불쾌한 기색으로 제갈근을 대했다.

"그대도 언젠가 공명과 함께 강북으로 돌아갈 심산이오?"

주유가 던지는 노골적인 질문에 제갈근은 당황했다.

"어찌 주군이 베푼 두터운 은혜를 배신하겠습니까? 그런 의심은 거두어주십시오."

주유는 농이라며 웃어넘겼다. 그러나 공명을 없애야 되겠다는 생각은 더 강해졌다.

사지로 보내는 손님

1

공명이 맡은 사명은 일단 성공을 거두었다. 오나라 출사(出師)는 마음먹은 대로 실현되었다. 공명은 손권에게 인사를 하고 그날 조금 늦게 군선에 몸을 실었다. 함께 탄 사람은 하나같이 전선으로 향하는 장수들이다. 물론 그중에 정보와 노숙도 끼어 있었다.

정보는 예전부터 대도독 주유와 그리 사이가 좋지 않아 이번 출사에도 반대파였지만 지금은 주유의 인물됨을 칭송해 마지않았다.

"아직 젊기도 하고 좀 위험하지 않나 걱정했지만, 오늘 아침 강가에서 집결했을 때 단 위에서 삼군에 명령을 내리는 태도와 위엄이 당당했다는 이야기를 들었소. 아들 정자(程咨)가 말하길, 희대의 영걸이 오나라에 나타났다고."

노숙도 맞장구를 쳤다.

"그분은 청년 시절 풍류만 즐긴다는 말을 들었지만 웬걸, 저런 사람을 외유내강이라 하지 않소. 이제부터 전장에서 전쟁에 임하면 그 본질을 십분 발휘할 거라 믿소."

정보는 동감한다는 듯이 고개를 주억거렸다.

"나도 지금까지는 주 도독의 인물됨을 제대로 평가하지 못했던 사람 가운데 하나요. 오늘 이후로는 내가 아무리 나이가 많고 실전 경험이 풍부하다 해도 그 점은 언급하지 않을 것이오. 오로지 주 도독이 내리는 명령을 따르며 충절을 다할 터. 부끄럽지만 출정 전에 주 도독을 만나 그런 거짓 없는 마음을 전하며 예전에 범한 죄를 사죄하고 왔소."

정보의 참회는 죽 이어졌다.

공명이 곁에 있었지만 두 사람이 나누는 이야기에는 아무 관심도 두지 않았다. 홀로 선창에 기대 멍하니 강물과 하늘을 바라볼 뿐이다.

삼강을 70~80리 거슬러 오르자 크고 작은 병선들이 이편저편에 운집한 게 눈에 띄었다. 강기슭 곳곳에 영채를 세우고, 주유는 중앙에서 서산을 등지는 곳에 영채를 세운 다음 그곳에 총사령부를 두고 50여 리에 걸쳐 진영과 울타리를 구축하여 태양 빛도 가릴 정도로 휘황찬란한 기번(旗幡)과 대패(大旆)를 꽂아놓았다.

"공명도 뒤따라왔소?"

주유는 본진에서 노숙과 만나자마자 확인하였다.

"누가 모시러 가주겠나?"

"총사령부로 모실 생각이십니까?"

"그렇소."

"다른 사람을 시키기보다 제가 직접 모셔오겠습니다."

노숙은 바로 강가에 있는 진영으로 가서 휴식하는 공명을 데리고 왔다.

주유는 이런저런 이야기 끝에 물었다.

"선생께 여쭙고 싶은 게 있소."

"무엇입니까?"

"백마와 관도에서 벌인 전쟁에 대해서입니다."

"조조가 원소와 벌인 전쟁이오. 내가 뭘 알겠소만…."

"선생이 그동안 쌓은 병법에 비추어볼 때, 그 전쟁에서 적은 수 병사로 대군을 잘 격파한 조조가 거둔 승리는 무엇에 기인했는지 설명 좀 해주시겠소?"

"군사들 사기와 민첩한 용병술입니다. 조조와 원소라는 인물 차이도 있소만 중요한 건 조조 군 기병이 원소 측 오소(烏巢)에 있는 군량을 불태운 게 승리를 이끈 결정타였습니다."

"옳거니!"

주유는 무릎을 탁 쳤다.

"선생 생각도 그렇소? 나도 그 전쟁의 분기점은 오소에 가한 일격으로 보았소. 지금 조조 병력은 83만이고 우리 군의 실제 수는 불과 3만이오. 지금 조조는 그때와는 정반대로 우세하오. 이 상황을 이기려면 우리도 적이 군량을 운송하는 길을 차단하는 게 상책이라 생각하오만…."

"적의 군량 창고가 어딘지 파악하셨소?"

"백방으로 척후병을 보내서 알아보는 중이오. 조조 군량은 취철산(聚鐵山)에 모여 있다 하오. 선생은 어린 시절부터 형주에 살았으니 그 부근 지리에 밝으시지요? 조조를 물리치는 일은 주군을 위한 일이기도 하오. 결사대 1000여 기를 드릴 테니 야음을 틈타 적지에 깊숙이 들어가 적의 군량 창고를 불태워주시지 않겠소? 선생이 아니고는 이런 거사를 훌륭하게 성사시킬 인물은 아무리 찾아봐도 없소."

2

그 제의를 듣는 순간, 주유가 적의 손을 빌려 자신을 해하려는 심산이라는 걸 공명은 바로 간파하였다. 그렇지만 공명은 기꺼이 받아들였다.

"그러지요."

공명은 약속한 뒤 거처로 유유히 돌아갔다.

곁에 있던 노숙은 주유를 위해서도 공명을 위해서도 애석한 생각이 들어 나중에 몰래 공명 거처를 살피러 갔다. 공명은 거처로 돌아와서는 바로 갑옷을 입고 검을 찬 후 일찍이 무장을 마치고 밤이 깊어지기를 기다리는 듯했다.

그 모습을 말끄러미 지켜보던 노숙은 참을 수 없어 안타까운 듯 물었다.

"선생, 오늘 밤 출전에 필승한다고 생각하시오? 아니면 어쩔 수 없는 상황이라고 단념하셨소?"

공명은 입가에 웃음을 머금었다.

"큰소리치는 것 같지만 저는 배 위에서 벌어지는 수전, 말 위에 싸우는 기병전(騎兵戰), 수레 위에서 우열을 가리는 합전(合戰), 보졸들이 다투는 평야전(平野戰) 등 어느 전투에도 묘책이 있소. 어찌 패배한다고 체념하면서 출정하겠소."

"조조 같은 자가 전 군대의 생명줄인 군량 창고가 있는 곳을 허술하게 방어할 리가 없소. 적은 병사를 이끌고 취철산에 가는 일은 사지로 향하는 것과도 같소."

"귀공이나 주유라면 그럴지도 모르지요. 두 사람이 힘을 합하면 겨우 나 한 사람 능력밖에 안 되니까…."

"두 사람이 합해서 한 사람 능력밖에 안 된다는 말은 무슨 뜻이오?"

"육지전은 노숙, 수전은 주유라고 오나라 사람들이 자랑합니다. 미안한 말이지만 육지의 패자(霸者)인 노 공도 수전에는 어둡고, 강 위에서는 명 제독인 주 각하도 육지전에 임하면 어린아이나 다름없으니 무슨 능력을 펼치겠소. 명색이 명장이라 하면 지략과 용맹을 겸하고, 수륙 양군에 정통한 자입니다. 어느 쪽은 능하고 어느 쪽은 능하지 않다면 한쪽 바퀴만 있는 수레에 지나지 않소."

"선생답지 않은 말씀이오. 나는 그렇다 쳐도 주 제독을 반능(半能) 인물이라 하시는 건 좀…."

"그렇지 않소. 지금 눈앞에 일어난 사실을 보면 아시잖소. 내게 병사 1000여 기를 맡기고 취철산 군량 창고를 태워 없애라는 생각을 한다는 것부터가 육지전에 어둡다는 증거 아니오? 내가 오늘 밤 전사한다면 주 도독은 우장(愚將)이라는 말이 온 천하에 퍼지겠지요."

노숙은 놀라서 황급히 물러가 바로 그 말을 주유에게 전했다.

주유는 감정적인 인물이다. 주유 몸에 흐르는 격한 피가 이성을 걷어냈다. 공명이 한 말을 노숙에게 전해 들은 지금도 마찬가지다.

"뭐? 날 육지전은 전혀 모르는 우장이라 했단 말인가? 반능대장에 지나지 않는다 했다? 그렇다면 한번 더 공명에게 찾아가 출진을 막아주시오. 오늘 밤 야습은 내가 직접 지휘하여 반드시 적의 군량 창고를 불태워 보이겠소."

공명에게 모욕당한 사실에 격분한 나머지 마음을 굳게 먹고 자기 실력을 제대로 보여주려는 듯했다. 곧바로 막사에 출진 뜻을 알리고 병사 수를 5000기로 증원한 다음 밤이 오면 출진할 준비를 마쳤다.

그 소식을 노숙에게 전해 들은 공명은 웃음을 터뜨렸다.

"하하하. 5000기가 가면 5000기, 8000기가 가면 8000기 모두 조조의 먹잇감이 되어 대장마저 산 채로 잡히고 말 것을…. 주 제독은 오나라 보물이니 그냥 두고 볼 수만은 없소. 노 공은 제독 친구가 아닙니까? 잘 설득해서 단념시키는 게 좋소. 지금 오나라와 저희 주군 유 예주가 진정으로 마음을 합해 조조에 맞선다면 대사는 반드시 이루어질 것이오. 반대로 서로 시기하고, 안에서 겨루고, 서로 의심한다면 반드시 조조에게 지고 말 것입니다. 또 이번 출사에서 전쟁터를 육지에서 고른다면 불리합니다. 강 위에서 수전으로 첫 전투를 치러내고 자웅을 가려 적의 사기를 떨어뜨린 후 서서히 육지전을 치를 기회를 도모해야 합니다."

3

어느새 진지 일대는 황혼에 물들어갔다. 주유는 말을 불렀다. 병사 5000기는 어스름 속에서 집결하여 숙연하게 출정 명령을 기다리는 참이다.

노숙이 그곳으로 한달음에 달려와 공명의 말을 주유에게 재빨리 전했다. 주유는 그 말을 귀 기울여 들었다.

"아아, 내 재주는 공명에게 미치지 못하는구나."

주유는 통탄했다.

그러고는 돌연 출진을 취소했다. 취철산을 기습하겠다는 계획을 단념한 것이다. 주유도 결코 어리석은 대장은 아니다. 공명이 말하지 않았어도 이번 기습이 위험하다는 사실은 충분히 미루어 짐작했다. 다만 그날 밤 거사는 뒤로 미룬다 하더라도 공명을 해하려는 마음은 조금도 변하지 않았다. 오히려 공명이 가진 예지를 두려워한 나머지 살의는 한층 깊고 은밀하게 주유 마음속 깊숙한 곳에 자리 잡았다.

'다음 기회에는 반드시….'

주유는 혼자 되새기며 맹세했다.

남쪽 정세가 변하고 공명 신변이 검은 구름으로 휩싸이는 사이에 강하에 있는 현덕은 유기 병사들 비호를 받으며 직속 군대와 함께 하구(한구)성으로 근거지를 옮겼다.

현덕은 매일 번구 언덕에 올랐다.

"공명은 어떻게 지낼까?"

장강 물을 바라보며 공명을 그리는 마음을 맡겼다.

"오나라 동향은 어떠한가?"

강남으로 흘러가는 구름에 편치 않은 눈길을 보냈다.

최근 멀찍이 정찰하러 강을 타고 내려갔던 배가 귀항하여 현덕에게 고했다.

"오나라는 드디어 위군에 맞서 개전하였습니다. 병선 수천 척이 이물과 고물을 나란히 하고 강을 거슬러 올라갔습니다. 삼강 기슭 일대에 전대미문의 영채를 구축했습니다. 게다가 북쪽 기슭 형세를 살펴보니 조조는 100만에 가까운 대군을 이끌고 강릉, 형주 지방에서 계속해서 움직여 수륙 양쪽으로 어마어마한 대군이 밤낮없이 남으로 이동하는 중입니다."

현덕은 보고를 다 듣기 전부터 얼굴에 희색이 돌았다.

"일이 성사되었구나…."

현덕은 어지간한 일에 환호작약하는 성격이 아니다. 때로는 기뻐하는 것인지 아닌지 곁에서 모시는 사람조차도 맥이 풀릴 정도로 멍하게 있는 때가 있었다. 지금과 같은 모습은 무척이나 기뻐하는 모습이다.

현덕은 이내 하구 성루에 신하를 모았다.

"이미 오나라는 전쟁에 임했으나 공명에게서는 아무런 소식이 없소. 누군가 오군 진영으로 가 공명 안부를 살펴보고 오지 않겠소?"

그러자 미축이 자진해서 나섰다.

"미욱하나마 제가 다녀오겠습니다."

"그대가?"

현덕은 적임이라고 생각했다.

미축은 외교에 재능이 뛰어났고 임기응변에도 지모가 풍부했다. 미축은 산동 한 도시에서 태어났고 집안은 담성(郯城)에서 이름난 호상(豪商)이다. 오래된 일이지만 현덕이 광릉(廣陵, 강소성 양주시) 부근에서 의거했던 초기에 병사도 군자금도 없어 궁핍했을 무렵 상인 아들이었던 미축은 현덕의 장래를 믿고 군자금을 대주기도 하였다. 또 여동생을 현덕의 측실로 보낸 이후로 오늘까지 항상 재무를 담당해 현덕 진영에서 독특한 인물로 손꼽힌다.

"그대가 가준다면 더할 나위 없소. 부탁하오."

안심하고 현덕은 미축을 오나라로 보냈다.

미축은 곧바로 예물로 술과 고기, 차 등을 잔뜩 싣고 강을 거슬러 내려갔다. 오나라 진영 기슭에 이르러 보초를 서는 부장에게 뜻을 전하고 바로 본영으로 가 주유를 만났다.

"발걸음해주셔서 감사하오."

주유는 기꺼이 물건을 받고 미축을 융숭히 대접했다.

"주군 유 예주께도 안부 전해주시오."

주유는 어딘지 모르게 서먹서먹하게 대했고 공명 이야기는 전혀 꺼내지 않았다.

4

다음 날도 또 그다음 날도 회담을 3번이나 치렀지만, 주유는 이상하게도 공명 이야기를 피했다.

나흘째 되던 날 아침 미축은 작별을 고하러 갔다. 주유는 그제야 말을 꺼냈다.

"공명 선생도 지금 진중에 있지만, 함께 조조를 치기 위해서는 유 예주께서도 참석하여 꼭 한번 긴밀하게 대책을 의논했으면 하오. 유 예주께서 이곳까지 직접 왕림해주신다면 더 바랄 게 없겠소만…."

미축은 정중하게 인사하며 대답했다.

"무슨 말씀인지 알겠습니다. 그 뜻을 주군께 전하겠습니다."

미축은 주유와 약속하고 돌아갔다.

"무슨 이유로 현덕을 진영으로 청하셨습니까?"

노숙이 의아하여 나중에 주유에게 물었다.

"물론 죽이기 위해서요."

주유는 아무렇지도 않게 대답했다.

공명을 제거하고 현덕을 죽이는 게 오나라 장래를 위한 일이라고 주유는 굳게 믿는 듯했다. 그 점이 노숙이 가진 생각과는 달랐지만, 아직 조조와 치를 전쟁은 시작도 하지 않았는데 아군 수뇌부에서 내분을 일으켜 논쟁하는 건 바람직하지 않다고 판단했다. 하물며 대도독 권한으로 하는 일이다.

"글쎄요…."

노숙도 말을 얼버무리는 정도로 그쳤고 굳이 강하게 반대하지 않았다.

한편, 하구에 머무르는 현덕은 돌아온 미축에게 상세하게 이야기를 전해 들었다.

"내가 어서 오나라 진영으로 가봐야겠소."

유비는 서둘러 배를 준비시켰다.

관우를 비롯한 신하들은 현덕의 가벼운 행동을 우려했다.

"미축이 가서도 공명을 만나지 못했다는 점만 봐도 주유의 본심이 의심스럽습니다. 격식만 갖추어 서간만 보내고 좀 더 기색을 살피는 게 어떻습니까?"

이구동성으로 간언했지만 현덕은 듣지 않았다.

"모처럼 공명이 사신으로 가 실현한 동맹의 의의와 신의를 우리가 거스르는 게 되네. 허심탄회하게 주유가 품고 있는 신념을 믿고 발걸음할 뿐이네."

조운과 장비는 남아서 성을 지키고 관우가 수행을 맡았다.

배 1척에 불과 수행원 20여 명을 태우고 출발해 오나라 중군 진영이 있는 지역에 도착했다. 곧 이 소식은 강기슭에 주둔한 부대로부터 본영에 있는 주유에게 전달되었다. 주유는 드디어 만면에 미소를 지으며 병사에게 물었다.

"현덕은 병사를 어느 정도나 이끌고 왔느냐?"

"종자 20명 정도입니다."

"뭐? 20명?"

주유는 씩 웃었다.

'일은 이미 내 생각대로 성사된 것이나 다름없다!'

기뻐하며 마음속으로 중얼거렸다.

잠시 후 현덕 일행은 중군 진영으로 접어들었다. 주유는 밖으로 나와 빈객을 맞이하는 예를 갖추고 진중으로 청해서 현덕에게 상좌를 권했다.

"처음 뵙겠소. 유현덕입니다. 장군 이름은 남쪽에서뿐 아니라 진작부터 북쪽에서도 널리 들었소. 생각지도 못하게 오늘 모습을 뵙게 되어 기쁘기 한량없소."

현덕이 먼저 인사를 청했다.

"부족한 점이 많습니다. 유 황숙 명성이야말로 예전부터 들어 흠모하였습니다. 진중이라 변변히 대접도 못합니다만…."

형식을 갖추어 주연으로 자리를 옮겨 정중하게 예를 다하고 후하게 대접했다.

그날까지 공명은 아무것도 몰랐지만, 우연히 강기슭에 번을 서는 병사에게 오늘 온 손님은 하구의 유 황숙이라는 말을 들었다.

"그렇다면?"

공명은 화들짝 놀라서 황급히 주유 본진으로 발걸음을 옮겼다. 그러고는 막사 밖에 서서 몰래 주인과 손님이 앉은 자리를 살펴보았다.

사나운 물결

1

이 자리에 당연히 초대되어야 마땅하지만, 공명은 현덕이 왔다는 소식조차 듣지 못했다. 그렇다면? 주유가 마음속에 어떤 꿍꿍이를 숨기는지 공명은 충분히 헤아릴 수 있었다. 장막 밖에서 연회 분위기를 살피는 공명의 기분은 그야말로 소중한 부모나 자식이 맹수 우리에 들어가 있는 모습을 바라보는 듯한 불안한 심정이다.

한편, 현덕은 마음 편히 주유와 담소를 나누는 듯했다. 현덕 뒤에는 검을 차고 수호신처럼 떡하니 서 있는 관우가 보였다.

'관 장군이 저렇게 버티고 서 있으니….'

조금은 안심하고 슬며시 진영 밖으로 나와서는 강기슭에 있는 거처로 총총 사라졌다.

공명이 밖에서 연회를 지켜보았다는 사실을 까마득히 모르는 현덕은 주유와 이야기를 나누던 끝에 군대 문제까지 언급하게 되어 겨우 말을 꺼낼 수 있어 곁에 있던 노숙을 돌아보면서 물었다.

"신하 공명이 오랫동안 진중에 머무르고 있으니 이참에 여기로 불러주지 않겠소?"

그러자 주유가 바로 말을 가로챘다.

"어렵지 않은 부탁입니다만 어차피 전쟁을 눈앞에 두고 있습니다. 조조를 무찌르고 난 후에 축하 연회에서 만나보시면 어떻겠습니까?"

그러면서 바로 화제를 다른 쪽으로 돌려 다시 조조 군을 무찌를 계략이나 준비 등에 대한 문제만 줄기차게 이야기했다.

관우는 주군의 소맷자락을 끌어당겨 뒤에서 살짝 눈짓을 보냈다. 그 문제에 관해서는 언급하지 않는 편이 좋다고 주의를 주는 듯했다. 현덕도 바로 알아챘다.

"오늘은 이 정도로 하고 돌아가겠습니다. 조만간 조조를 물리친 후에 다시 축하하는 자리를 마련하기로 하고…."

현덕은 기회를 잘 포착해 자리를 떴다.

너무나 순식간에 자리에서 일어나는 바람에 주유도 어떻게 해야 할지 갈피를 못 잡았다. 현덕을 취하게 한 다음 관우에게도 술을 권해 연회 자리에서 나가기 전에 베어 죽이려고 사방에 무사 수십 명을 숨겨둔 상황이었다.

아뿔싸! 유비가 생각지도 않게 자리에서 일어나버렸으니 신호를 보낼 틈도 없었고 주유도 살짝 당황하여 문밖까지 나와서 허무하게 손님을 배웅하고 인사까지 하는 꼴이 되었다.

말을 타고 본진을 벗어나자 현덕은 관우를 비롯한 수행원 20여 명을 거느리고 날아갈 듯이 강기슭으로 냅다 내달렸다.

그러자 물가에 있는 수양버들 그늘에서 누군가가 손을 흔드는 게 아닌가.

"주군, 무탈하셨습니까?"

가까이 다가가 확인하니 반갑게도 공명이다. 현덕은 말 등에서 재빨리 뛰어내렸다.

"아아, 공명인가."

현덕은 닁큼 달려가 공명을 부둥켜안고 서로 무사함을 기뻐했다. 하지만 공명은 침착하게 말을 서둘렀다.

"지금 상황으로 본다면 저는 호랑이 입속에 있는 것과 같은 위험한 상태지만 한편으로는 태산같이 안전합니다. 심려치 마십시오. 오히려 앞으로 조심해야 할 건 주군이 하실 행동입니다. 오는 11월 20일은 갑자(甲子)에 해당합니다. 그날은 잊지 마시고 조운에게 명하여 빠른 배를 강 남쪽 기슭에 대고 절 기다리라 하십시오. 지금은 돌아갈 수 없지만, 동남풍이 부는 날 반드시 돌아갈 것입니다."

"공명, 어떻게 지금부터 동남풍이 부는 날을 알 수 있소?"

"융중에 있는 언덕에 머물렀던 10년 동안 해마다 봄이 가고 여름을 맞이하고 가을을 보내고 겨울을 기다리며 장강 물과 하늘에 흘러가는 구름을 바라보고 아침저녁으로 바람이 부는 곳을 헤아리며 지냈으니 그 정도 관측은 어긋남이 없을 정도로 예측할 수 있습니다. 사람들 눈에 띄기 전에 주군은 서둘러 돌아가십시오."

공명은 주군을 배에 타도록 재촉하고는 홀연히 오나라 진영 속으로 모습을 감추었다.

2

공명과 헤어져 승선한 현덕은 곧바로 돛을 펴고 강을 거슬러 올라갔다. 50여 리를 올라가니 저 멀리 배 한 무리가 강 위에 진을 친 게 보였다. 가까이 가보니 현덕 안부를 걱정하여 마중 나온 장비와 군사들이다.

"무사히 돌아오셔서 참으로 다행입니다."

일동은 무사 귀환을 축하하면서 주군이 탄 배를 엄중히 호위하여 하구로 올라갔다.

현덕이 돌아간 후 오나라 진영에 있던 주유는 손안에 든 진주를 놓친 듯한 허망한 표정이다.

노숙은 심술궂게 부러 주유에게 물어봤다.

"제독께서는 오늘 같은 기회를 놓치고 현덕을 살려서 돌려보내셨습니까?"

주유는 불쾌한 기분을 어찌할 줄 몰라 했다.

"시종일관 관우가 현덕 뒤에 서 있으면서 잔을 권하는 내 손에서 눈도 떼지 않고 노려보았소. 자칫 잘못하면 현덕을 죽이기 전에 내가 먼저 관우에게 죽을 수도 있었지 뭐요. 아무래도 그런 맹장이 지키고 서 있으면 손을 쓸 수가 없는 법."

몹시 언짢은 듯한 대답이다. 노숙은 오히려 오나라를 위해서는 주유가 계획한 일이 실패한 걸 기뻐했다.

그 일이 있고부터 며칠 지나지 않아 사신이 왔다.

"조조가 보낸 서간을 지닌 사자가 강기슭에 지금 막 당도했습니다."

"데리고 오너라. 조조가 직접 쓴 서간인지 아닌지 살핀 후 받으라고 일러라."

주유는 막사에서 서간을 참을성 있게 기다렸다. 주유는 그 서간을 읽자마자 격노한 기색을 얼굴에 그대로 드러냈다.

"사자를 돌려보내지 마라."

주유는 일단 무사에게 지시하고 서간을 갈기갈기 찢고는 자리에서 분연히 일어섰다.

옆에 있던 노숙이 놀라서 물었다.

"제독, 무슨 일이십니까?"

주유는 찢어버린 서간 조각을 발로 가리키면서 분노했다.

"이 서간을 보면 알 거요. 역적인 주제에 한의 대승상이라 서명하고 주 제독에게 서간을 보낸다고 했으니 마치 나를 신하인 양 취급했소."

"이미 충분히 적대감을 드러낸 조조가 어떤 무례를 범하든지 화를 낼 것까지는…."

"그러니 나도 사자 목을 베어 응답하려는 것이오."

"나라 사이에 분쟁이 생겨도 서로 사자는 베지 않는 게 예부터 내려온 법이지 않습니까?"

"전쟁에서 무슨 법이 필요하오. 적군이 보낸 사자 목을 베어 아군 사기를 북돋우고 적에게 위협을 표시하는 건 되레 전장에서 흔한 일이오."

주유는 그 말만 남기고 성큼성큼 큰 걸음으로 막사에서 나갔다. 주유는 사자를 대령하라 이르더니 큰소리로 호통을 치고는 검을 한번 휘둘러 처치하였다.

"수행원, 사자의 수행원! 이자의 목을 줄 터이니 돌아가서 조조에게 전하라."

주유는 함께 온 수행원을 내쫓아 보냈다.

그러고는 곧바로 전쟁 준비에 돌입하라고 수륙 양군에 호령했다. 감녕을 선봉으로 장흠, 한당을 좌우 양 날개로 배치한 뒤, 사경에 밥을 먹고 오경에 배를 밀고 나가 노궁(弩弓), 석포(石砲)를 늘여 세워 적이 다가오기만을 노심초사 기다렸다.

생각했던 대로 조조는 사자 목을 가지고 도망쳐 온 수행원에게 주유의 태도를 전해 듣더니 마지막 결심을 굳히고 수군 대도독 채모와 장윤을 불러 하명하였다.

"먼저 주유가 쳐놓은 진을 쳐부수고, 그런 후에 오나라 영토 전체를 점령하시오."

강에는 바람 한 점 없고 사경 무렵에는 파도마저 잔잔했다. 때는 건안 13년 11월. 형주에서 항복한 대장을 수군 선봉으로 앞세우고 위나라 대선단은 삼강에 노를 저어 서서히 남하하기 시작했다.

3

날은 붐히 밝아왔지만, 안개가 짙어 물길을 알아볼 수 있는 시야가 가로막혀 위나라 몽동(艨艟, 전쟁에 필요한 장비를 갖춘 배 – 옮긴이)도 오나라 병선들도 바로 눈앞에 접근할 때까지 서로 알아보지 못했다.

"우앗! 적선이다."

"공격하라!"

돌연 위나라 병선이 북을 울리면서 흰 파도를 세차게 일으키며 오나라 병선의 진열을 가르며 공격해 왔다.

그때 오나라 기함으로 보이는 이물에 서서 해룡 투구를 쓴 대장이 큰 소리를 지르며 위나라가 병선을 다루는 데 미숙하다는 점을 조롱했다.

"형주 개구리와 북국 족제비가 사람 흉내를 내면서 군선에 올라탄 꼴이 가소롭구나. 수전은 이렇게 하는 것이다. 황천길 가는 선물로 우리의 활약을 보여줄 테니 잘 봐둬라."

주유가 말을 끝내자마자 선루에 늘여 세워둔 궁수가 일제히 메기고 있던 현을 당겼다.

위군 도독 채모는 방약무인한 적의 호언에 열화같이 화를 내며 이물로 가려는데 이미 아우 채훈(蔡勳)이 이물에 서서 되받아치는 게 아닌가.

"용 대가리 어부 놈! 이름은 없는 게냐. 난 대도독의 아우 채훈이다. 원숭이처럼 꽥꽥거리지 말고 배를 옆으로 대라. 단칼에 베어서 물고기 밥으로 만들어주마."

그러자 멀리서 외치는 소리가 들려왔다.

"감녕을 모른다는 건 수군을 모르는 장수라는 증거다. 얼빠진 형주 개구리 중 1마리 아니냐. 장강은 우물과는 다르다는 걸 알겠느냐!"

호통을 치자마자 감녕은 몸소 돌화살 줄을 힘차게 당겼다.

돌화살 몇 개가 웅장한 소리를 울리며 날아갔는데 그중 하나가 채훈 얼굴을 적확하게 강타했다. 채훈이 양손으로 얼굴을 감쌌을 때 또 화살 1발이 날아와 목덜미에 꽂혔다. 그 순간 채훈은 거꾸로 고꾸라졌고 이물을 덮친 거센 물결이 흔적마저 삼켜버렸다.

전투가 채 격렬해지기도 전에 아우를 잃은 채모는 머리끝까지 화가 치밀어 단번에 오나라 선열을 분쇄하라고 목이 쉬도록 장루(檣樓)에서 호령했다.

안개는 겨우 걷혀 배 수천 척이 서로 진과 진을 혼란스럽게 오가는 모습이 고스란히 보였다. 시뻘겋게 떠오르는 태양과 반대로 장강 물은 거꾸로 소용돌이치고, 검은 파도와 흰 물살이 이는 소리, 부르짖는 바람 소리, 억센 물보라 소리, 거센 물결과 함께 돌화살들이 벌이는 대혈전을 전개하였다.

채모를 태운 기함을 중심으로 한 무리가 오군 속으로 깊숙이 파고들었지만, 오나라 감녕이 수군에 약한 위군의 주력 부대를 교묘하게 아군 포위망으로 유도한 것이다.

감녕은 기회를 꼼꼼하게 살폈다. 갑자기 왼쪽 기슭에서 한당이 이끄는 선단이, 오른쪽 기슭에서는 장흠이 지휘하는 선단이 두 패로 나뉘어서 흰 물살을 일으키며 적의 주력을 포위하여 전후좌우에서 철 화살과 돌을 마구마구 퍼부었다.

처참하게도 돛은 찢어지고 배는 기울어 위나라 선단은 1척씩 침몰해 갔다. 갑판은 푸른 피로 물들어갔고 배는 키잡이가 없어 파도에 몸을 맡긴 채 무력하게 둥둥 떠내려갈 뿐이다.

"공격에 박차를 가하라!"

오군은 배의 날카로운 부분을 이용하여 적선의 측면을 공격하여 배를 산산조각 내거나 적의 배로 올라가 수군 생명을 몰살하고 배를 불살랐다.

하여 주력이 붕괴하자 후진에 선 배는 각각 흩어져 기슭으로 좌초하거나 항복하고, 깃발을 내리거나 돛을 거꾸로 펼치고 도망가는 등 첫 결투는 무참한 패전으로 끝이 났다.

감녕은 징과 북을 울리는 동시에 승전가를 높이 부르며 귀환했지만 싸움이 끝난 후 누렇고 탁한 장강 물에는 부서진 배 파편과 찢어진 깃발, 타다 만 노, 무수히 많은 시체가 둥둥 떠내려가는 광경은 마치 홍수가 난 후의 모습을 방불케 했다.

전사자 대부분은 위나라 병사들이다. 그날 있었던 전황을 들은 조조의 안색이 좋을 리가 없었다.

"채모를 불러들여라. 부도독 장윤도 불러오라."

조조의 호령에 부름을 받고 온 두 사람뿐 아니라 곁에 선 장수들도 어떤 처벌이 떨어질지 불안해하며 벌벌 떨었다.

군영 모임

1

패전에 대한 책임을 물으리라는 생각에 채모와 장윤은 얼굴에 핏기가 하나도 없었다. 두려움에 온몸을 와들와들 떨면서 조조 앞으로 나가서 백번 머리를 조아리며 이번 전쟁에 저지른 불찰을 사죄했다.

조조는 엄숙하게 입을 열었다.

"이미 지난 일로 변명을 듣거나 불찰을 나무라려고 그대들을 부른 건 아니다. 중요한 건 앞으로다. 거듭하여 패배라는 굴욕을 당한다면 그때야말로 반드시 군법에 따라 용서치 않겠지만, 이번만큼은 덮어두겠다."

의외로 관대한 처분에 채모는 감격하며 눈물을 흘렸다.

"아군이 패한 책임은 지휘가 부족한 점도 있지만, 큰 결함은 형주 수군이 전체적으로 조련이 부족한 데 비해서 오나라 수군은 파양호를 중심으로 충분히 연마하여 실력을 쌓아왔다는 데 있습니다. 더욱이 북국 병사로 구성된 아군은 수상에서 벌이는 진퇴에 익숙지 않고 오군은 어릴 때부터 물에 익숙한 자들이므로 강 위에서 벌이는 전투도 육지에서와 별다를 것 없으니 여기서도 약점이 드러납니다."

조조도 그 취약점은 잘 안다. 문제는 그 부분은 병사들의 소질과 오랜 기간에 걸친 훈련에 의해 발생한 것이므로 당장 어떻게 해결할 방법이 없었다.

"어찌하면 좋은가?"

조조의 물음에 채모는 방책을 하나 내놓았다.

"일단 공격을 멈추고 수비 태세를 취하는 것입니다. 하구를 견고히 하여 요해를 지키면서 물위에 수채(水寨)를 세워 큰 요새를 만듭니다. 그런 다음 천천히 적을 유인하고 적의 허를 찌르면서 지치기를 기다렸다가 단번에 강을 따라 내려가 공격하는 게 어떻습니까?"

"흠흠…. 좋다. 두 사람을 이미 수군 대도독으로 임명했으니 좋은 계책이라는 믿음이 선다면 일일이 상의하지 말고 신속히 시행하라."

"존명."

조조 행동 이면에는 본인도 수전에는 자신이 없다는 마음이 엿보인다. 두 도독의 책임을 묻지 않고 죄를 용서하며 격려한 것도 두 사람을 대신할 수군의 지혜 주머니가 없어서다.

채모와 장윤은 안심하고 군을 재정비하기 시작했다. 먼저 북쪽 기슭 요지에 온갖 방어책을 설비하고 물위에는 수문 42개와 길게 이어진 울타리를 쳤다. 작은 배는 교통과 연락에 용이하게 쓰기 위해 안에 배치하고 큰 배는 영채 밖에 늘여 세워 하나의 선진을 항상 펼쳐두도록 고려했다. 그 어마어마한 규모는 위나라 현재 세력을 유감없이 과시한 것이었고 밤이면 장관을 이루었다. 약 300리에 걸친 수륙 요해에는 횃불과 봉화 수천수만 개가 타올라 하늘에 뜬 별도 태울 듯했고 군량과 군수품을 운송하는 수레와 말발굽 울림도 끊이질 않았다.

"요즘 상류 쪽 북방 하늘이 밤마다 빨갛게 물드는데 무슨 연유요?"

남쪽 기슭에 진을 친 주유가 의아해하며 노숙에게 물었다.

"조조가 급히 구축한 북쪽 기슭 요새에서 매일 밤 태워대는 횃불과 봉화 불길이 구름에 비친 것일 겁니다."

지난번 감녕이 거둔 승리에 만족하여 조조를 무서워할 것 없다고 자만하던 주유는 노숙이 꼼꼼하게 설명하자 불현듯 불안한 마음이 들었는지 조조 요새가 어느 정도 규모인지 직접 사찰하겠다고 나섰다.

"전쟁에서 이기는 가장 중요한 요령은 적을 아는 것이다."

"그리하시지요."

어느 날 밤 주유는 은밀히 승선하여 노숙, 황개 등 대장 여덟을 이끌고 조조 군 본거지 정탐에 나섰다. 물론 적지에 들어가는 위험한 일이므로 선루에는 노궁 20명을 세우고 요소요소에 궁수를 배치한 후 장막을 덮어 감추었다. 정탐 일행은 부러 북을 연주하여 적의 눈을 속여가면서 서서히 북쪽 기슭 수채에 다가갔다.

2

밤은 깊었고 별은 어두웠다. 배는 돌로 된 닻을 내리고 음밀히 위나라 요새를 꼼꼼하게 정탐했다. 42개 수문과 울타리, 크고 작은 배들의 선열을 빠짐없이 돌아보고는 수군 병법에 정통한 주유도 혀를 내두르며 놀랐다.

"대체 이런 구상과 포진을 누가 생각해냈단 말인가?"

노숙이 에둘러 답했다.

"항복한 형주의 대장 채모와 장윤일 겁니다. 두 사람의 지모를 얕잡아보아서는 안 됩니다."

주유는 혀를 끌끌 찼다.

"지금까지 조조 군에는 수전에 묘책을 가진 자가 없다고 여겼는데 내 생각이 짧았소. 채모와 장윤을 죽이지 않는다면 수전이라 해도 안심할 수는 없소."

주유는 선루 장막 안에서 술을 마시기 시작했고, 닻을 옮겨 동이 틀 때까지 구석구석을 사찰했다.

이 일은 위나라 감시선에서 지켜보고 보고하여 일찍이 조조 귀에 들어갔다.

"사로잡지 않고 뭘 우물쭈물하느냐!"

조조는 수채 안에서 군선을 바로 내보내 추격했다.

아뿔싸! 주유 일행이 탄 배는 한발 앞서 도망가버린 뒤였다. 물의 흐름을 따라 내려가는 것이어서 배의 속도는 현저하게 빨랐다.

다음 날 아침 결국 놓쳐버렸다는 보고를 듣고 조조는 신경이 곤두섰다.

"적이 우리 진중을 다 간파하였으니 진을 다시 구상해야 한다. 이리 허술해서야 언제 오나라를 쳐부수겠느냐?"

그러자 서서 이야기를 듣던 장수 중에서 누군가가 나섰다.

"승상, 한탄하지 마십시오. 제가 주유를 설득하여 아군으로 가세시켜보겠습니다."

대체 어이없는 큰소리를 치는 자가 누구냐며 사람들이 살펴보았더니 휘하의 막빈, 장간(蔣幹)으로 자는 자익(子翼)이라는 사람이다.

"장 공인가. 그대는 주유와 친한 사이라도 되는가?"

"저는 구강 태생이어서 주유와는 고향도 가깝고 어릴 때부터 동문수학한 벗이기도 합니다."

"좋은 구실이 되겠다. 만약 오나라에서 주유를 빼낸다면 오군은 허울만 남는 격이다. 그대에게 기대가 크다. 무얼 준비해서 갈 생각인가?"

"동자 하나와 배 1척이면 충분합니다."

"세객(說客)은 모름지기 그런 기개가 있어야 한다. 어서 서두르게."

조조는 장간을 위해서 그날 밤 성대하게 연회를 베풀고 강까지 몸소 배웅했다.

장간은 일부러 윤건(綸巾)에 도포를 차려입고는 배에 술 항아리 한 동이와 동자만 태우고 홀연히 파도와 바람에 맡긴 채 오나라 진영으로 거슬러 내려갔다.

"주 제독의 옛 친구인데 제독을 만나고 싶어서 찾아왔다며 선비 같은 사람이 지금 강기슭으로 올라왔습니다."

이 말을 전해 듣고 주유는 껄껄 웃었다.

"하하, 드디어 왔구나. 조조의 막빈이 되었다는 장간일 것이다. 안내해라."

주유는 장간이 오는 사이에 대장들에게 계책을 속닥였다.

"자, 어떤 얼굴을 하고 올까?"

주유는 장간을 기다렸다.

이윽고 장간이 진영으로 안내되어 왔다. 눈앞에 펼쳐진 광경을 보고 눈이 휘둥그레졌다. 당황했다는 편에 가까우리라. 화려한 비단옷을 입고 꽃으로 장식한 모자를 쓴 병사 400~500명이 정중하게 군영 문에서 손님을 맞이하였고, 진영 안으로 들어가자 마찬가지로 아름답게 화장한 대장들이 주유를 중심으로 별같이 줄지어 앉아 있는 게 아닌가.

"장 공 아닌가. 뜻밖의 장소에서 만나는 일도 있구려. 그간 별일 없었는가?"

"주 제독도 별일 없으셨는지요. 경하드리오."

장간은 절을 한 후 한층 친근한 척했다.

주유도 부러 신경을 써서 허물없이 대했다.

"도중에 용케 화살 하나 맞지 않고 무사히 왔구려. 전시에 강을 건너 먼 길을 오다니 무슨 일인가? 조조에게 뭔가 부탁 받고 온 것 아닌가? 하하하, 이 말은 농이네, 농."

상대 얼굴색이 달라진 걸 보고 주유는 자기가 한 말을 얼른 취소했다.

3

장간은 내심 뜨끔했지만, 시치미를 뚝 떼고 둘러댔다.

"그리 생각한다면 섭섭하오. 요즘 주 제독 명성이 오나라에 널리 퍼져서 멀리서나마 축하하면서 죽마고우였을 무렵 추억담이라도 나누려고 찾아왔는데 조조가 보낸 세객이라니 천부당만부당한 말씀입니다."

장간이 부러 황당한 표정을 지으니 주유는 웃으며 친구 어깨를 다독였다.

"노여워 말게나. 허물없는 벗이니만큼 나도 모르게 농이 나왔구려. 잘 와주었네. 진중이라 거한 대접은 못 하지만 오늘 밤은 회포를 풀고 즐겨보세."

주유는 장간에게 다가가 팔짱을 끼고 주연이 벌어지는 자리로 데려갔다.

당상당하에 모인 장군들은 하나같이 비단으로 수놓은 옷을 입었고 탁자에는 금과 은으로 빚은 그릇, 청옥 잔, 한동(漢銅)의 꽃병 등이 놓여 있었다. 진중이라고는 생각할 수 없을 정도로 화려한 상차림이다. 주인과 객이 자리에 앉자 흥을 돋우려 〈득승락(得勝樂)〉이라는 군악을 낭랑하게 연주하였다.

주유는 일어나서 막하 장수들을 향해 말했다.

"이 사람 장간은 동문수학한 친구로 비록 강북에서 왔지만, 결코 조조 세객은 아니니 심려치 마시오."

손님을 소개한 것까지는 좋았지만 괜한 말을 덧붙여서 장간의 마음을 답답하게 만들었다. 그뿐 아니라 대장들 사이에서 태사자를 불러 자기 검을 건넸다.

"오늘 밤은 오랜만에 만난 친구와 함께 밤새 즐기려네. 혹시 멀리서 온 손님께 무례를 범하면 안 되지. 손님을 곤란하게 하는 건 조조 세객이 아니냐며 의심하는 것과 마찬가질 걸세. 그러니 이 자리에서 조조와 우리가 벌이는 전쟁에 관한 이야기를 조금이라도 입 밖에 내는 자가 있다면 즉시 그 검으로 베어버리게."

태사자는 검을 받아 연회장 한쪽에 가서 섰다. 장간은 마치 송곳방석에 앉아 있는 듯한 기분이다.

"출정한 이후로는 술을 자제하고 있어 진중에서는 한 방울도 마시지 않았지만, 오늘 밤은 장 형 덕분에 마음껏 마실 작정이오. 장군들도 손님께 술을 권하고 함께 그간에 쌓인 답답했던 마음을 떨치기 바라오."

주유는 잔을 들어 기분 좋게 마시기 시작했다. 모든 자리가 술로 넘쳐났고 흥이 무르익었다. 맛있는 요리와 술잔을 둘러싸고 사람들은 일어나 춤추고 노래하고 떠들어댔다.

"긴 밤을 즐기고 놀려면 아직 멀었으니 잠시 바깥 공기라도 쐬어 술을 깨고 다시 마셔보세."

주유는 장간의 팔짱을 끼고 막사 밖으로 나왔다. 그러고는 진중을 거닐면서 무기와 군량이 풍부한 곳을 구경시키고 진영 안에 사기가 드높은 모양을 넌지시 보여주었다.

술자리로 되돌아오는 도중에도 주유는 주절거렸다.

"우리 두 사람은 어린 시절 함께 책을 읽고 장래에 관해서 이야기한 적도 있지만, 오늘날 나는 오나라 삼군을 이끄는 대도독이라는 높은 자리에 올랐으며 오나라 주군은 나를 중하게 등용하여 내 말이라면 무엇이든 들어주시네. 그때는 이렇게까지 출세하리라고는 생각지도 못했지. 그러니 지금 소진, 장의 같은 자가 와서 아무리 화려한 말솜씨로 날 설득한들 내 마음은 철금같이 움직이지 않을 걸세. 하물며 썩어빠진 유생 따위가 상투적인 이론으로 내 마음을 바꾸려 한다면 그것만큼 우스운 일은 없을 거고. 하하하."

주유는 호탕하게 웃어젖혔다.

"…."

장간은 눈에 띌 정도로 몸을 벌벌 떨었다. 술기운이 가신 얼굴은 흙빛으로 변했다. 주유는 또다시 주연이 벌어지는 막사 안으로 장간을 데려갔다.

"장 형, 술이 확 깨버린 듯하오. 자, 한잔 들이켜보게나."

주유는 억지로 술을 권하며 곁에 있던 대장들도 부추겨 끊임없이 장간에게 술을 마시게 유도했다. 술잔 공세를 받으며 곤란해하는 장간 얼굴을 보면서 주유가 말했다.

"오늘 밤 여기에 모인 사람들은 모두 오나라 영걸이니 이 자리를 군영 모임이라 부르겠네. 모임에 대한 길례(吉例)로 춤을 한판 추겠소. 자자, 다들 노래를 불러주게나."

"좋습니다."

주유는 검을 뽑아 휘두르며 구슬처럼 흩날리는 등불의 불꽃을 번쩍이면서 춤을 췄다.

4

대장부 세상에 나와 공명을 세우고
공명은 이미 세웠으니 왕업을 이루고
왕업을 이루니 사해가 맑게 빛나네
사해가 맑게 빛나니 천하가 태평하고
천하가 태평하니 내 장차 취하네
내 장차 취하니 칼춤을 추리라

주유가 검을 휘두르며 노래하고 춤추니 장수들이 따라 부르며 박수 치고 환호했다. 밤이 이슥해도 흥은 좀처럼 식을 줄 몰랐다.

"아, 유쾌하구나. 장 공, 오늘 밤은 나와 같은 침소에 들어 밀린 이야기를 나누면서 밤새우세."

주유는 비틀거리며 장간의 목덜미에 매달려 함께 침소로 들었다. 주유는 들어가자마자 옷도 벗지 않고 띠도 풀지 않은 채 고주망태가 되어 침상 옆 바닥에 널브러져 잠들었다.

"도독, 도독. 이런 데서 주무시면 안 되오. 몸에 좋지 않소. 감기라도 걸리면…."

장간은 몇 번이나 흔들어 깨웠지만, 주유는 깨어나기는커녕 코를 심하게 골며 잠에서 깨어나지 못했다. 방 안은 금세 술 창고 같은 냄새로 찌들었다.

간담이 서늘해 초저녁부터 취하지도 않고 그저 두려움에 떨던 장간은 방에 들어와서도 쉽사리 잠들지 못했다. 이미 사경에 가까운 시간이다. 진중을 순찰하는 소리가 들려왔다. 주유를 들여다보니 여전히 세상모르고 곯아떨어진 상태다. 잔등의 불빛이 한심하게 잠든 모습에 아스라이 명멸하였다.

"이게 뭐지?"

장간은 순간 몸을 일으켰다. 탁자 위에 서류와 서간이 어지럽게 흩어져 있는 게 아닌가. 아래로 떨어진 편지 대여섯 통을 슬며시 집어서 보니 하나같이 진중을 왕래한 비밀문서다. 자신도 모르게 손이 파르르 떨렸다. 장간은 세심하게 눈을 움직여 몇 번이고 잠자는 주유 얼굴을 살피면서 서간 몇 통을 빠르게 읽어 내려갔다.

맙소사! 장간을 아연실색하게 만든 편지가 있었다. 어디선가 본 듯한 필적이라고 생각하며 펼쳐보니 바로 조조 휘하에서 매일 얼굴을 대하는 장윤이 쓴 글이다.

> 채모, 장윤 삼가 아룁니다.
>
> 저희가 조조에게 항복한 건 벼슬이나 녹봉을 도모하여서가 아니라 오로지 그때 형세에 몰려서입니다. 지금 북군을 구슬려 진채(眞寨, 영채 중심으로 일명 지휘소 – 옮긴이)에 가두어 두었습니다. 이는 복수를 하기 위하여 견제하고자 함입니다.
>
> 즉시 편지 1통을 남풍에 실어 보내주시면 안에서 난을 일으켜 조조 목을 베어 오나라 진영에 바치겠습니다. 이는 돌아가신 옛 주군의 원한을 푸는 것이며 천하를 위한 일입니다. 조만간 사람이 도착하면 질풍 같은 답변 부탁드립니다.

"으, 음…. 흠…."

주유가 불현듯 몸부림을 쳤다.

"후…."

장간은 당황하여 등불을 껐다. 그러고 나서 아무 소리도 내지 않고 잠시간 상황을 살피니 주유는 다시 코를 낮게 골며 잠이 든 듯했다. 장간도 조심스레 이불을 덮고 침상에 누웠다. 그러자 누군가가 막장 밖에서 문을 두드리는 소리가 들려왔다. 장간은 숨을 죽였다. 조금 후 허리에 찬 칼이 흔들리는 소리가 나더니 누군가가 들어왔다. 주유의 측신인 듯했다. 그 사람은 주유를 흔들어 깨우더니 뭔가를 속닥였다.

주유는 무거운 몸을 겨우 일으켰다. 그러고는 방 안에서 함께 잔 사람을 보더니 물었다.

"내 침소에서 나와 잠을 잔 자는 대체 누구인가?"

"각하의 친구 장간입니다."

측신이 대답하자 주유는 적잖이 놀란 표정이다.

"뭐? 장간이라고. 이래선 안 된다. 왜 좀 더 조용히 말하지 못하느냐."

주유는 다급히 측신을 나무라며 방 밖으로 데리고 나왔다.

두 사람은 상당히 긴 시간 동안 선 채로 이야기를 나누는 듯했고 간간이 장윤이나 채모라는 이름이 대화하는 내용에서 들려왔다.

5

그러는 와중에 북국 사투리를 쓰는 또 다른 사내가 뭔가 이야기하기 시작했다. 오나라 진중에 북국 병사가 있다는 게 이상해 장간은 한층 더 귀를 쫑긋 세웠다. 그 사내는 이 진영의 병사가 아니다. 강북에서 온 밀사인 듯했다. 채 대인, 장 도독 등으로 채모와 장윤에게 존칭을 사용하는 것으로 보아도 두 사람이 부리는 부하거나 부탁 받고 온 사람일 것으로 짐작했다.

"그렇다면 뭔가를 모의하려고…."

조금 전에 본 서간을 떠올리니 온몸의 털이 곤두섰다. 심상치 않은 일이 벌어지는 게 분명하다. 마음을 졸이면서 잠자는 척하였지만 안절부절못했다.

이윽고 밀사로 추정되는 사내와 장수는 이야기가 끝난 듯 발소리를 죽이고 사라졌다. 주유도 바로 침실로 돌아왔다. 이번에는 장막을 치더니 침상 깊숙이 파고들었다. 장간은 실눈을 뜨고 창밖을 바라보며 새벽이 오기만을 목이 빠져라 기다렸다. 마침 주유는 다시 얌전한 소리로 코를 골기 시작했다. 그즈음 창밖이 어스름하게 밝아왔다.

"아, 잘 잤다."

장간은 일부러 기지개를 크게 켜면서 중얼거렸다. 이 소리에도 주유는 잠을 깨지 않았다. 장간은 뒷간에 가는 척하면서 숙소에서 나왔다. 밖은 아직 새벽녘이라 동쪽 하늘에 붉은 기운이 조금 비칠 뿐이다. 걷다 보니 장간은 진영 문까지 다다랐다.

"누구냐?"

보초병이 소리쳐 묻는 소리에 장간은 가슴이 콩알만 해졌지만, 대범하게 대처했다.

"주 도독의 손님을 보고 누구냐니, 무슨 소리냐? 도독의 친구 장간이다."

장간은 뒤를 돌아보고 어깨를 으쓱대며 대답했다.

보초병은 당황하여 경례했다. 장간은 유유히 뒤를 돌아 걸었지만, 보초병 시야에서 벗어나자 재빨리 강기슭에 매어놓은 작은 배로 달려가 올라탔다.

조조는 장간이 돌아오기를 손꼽아 기다렸다. 주유가 항복하기를 기대했던 것이다. 하지만 장간이 돌아와서 한 보고는 예상 밖이다.

"일이 잘 풀리지 않았습니다."

조조 얼굴에는 실망하는 기색이 역력했다.

장간은 입에 침을 여러 번 바르고서 덧붙였다.

"오나라 진영에서 더 중대한 사실을 주워듣고 왔습니다. 제 이야기를 듣고 노여움을 거두시기 바랍니다."

장간은 주유 침실에서 가져온 서간을 꺼냈다. 서간에는 아군 수군 도독 채모와 장윤, 두 사람이 적과 내통하였고 게다가 조조 목을 치는 건 역모도 배신도 아닌 돌아가신 주군 유표에 대한 복수라 공언하였다.

"당장 두 사람을 불러들여라."

조조가 뿜어내는 분노는 예사롭지 않았다. 무사들은 번개같이 달려가서 두 사람을 잡아 왔다. 조조는 짐승이라도 보는 듯한 눈으로 노려봤다.

"내가 느닷없이 선수를 쳐서 네놈들 간담이 서늘해졌을 것이다. 분수도 모르고 나쁜 계략을 꾸미다 보면 운명이라는 건 대체로 거꾸로 굴러 오는 법. 누구라도 좋다, 이 검으로 이놈들을 처단하라."

조조는 차고 있던 검을 무사에게 건넸다.

채모와 장윤은 경악하며 얼굴에 핏기를 잃어갔다.

"왜 노여워하시는지 영문을 도무지 모르겠습니다. 이유를 알려주십시오."

조조는 두 사람이 하는 말을 귀담아듣지 않았다.

"뻔뻔하고 야비한 놈들, 이걸 봐라. 누가 쓴 서간이냐?"

서간을 두 사람 눈앞에 들이댔다.

"가짜입니다. 적들이 꾸민 모략에 넘어가시면 안 됩니다."

장윤은 펄쩍 뛰며 소리쳤지만, 절규가 미처 그치기도 전에 뒤에 서 있던 무사가 검을 휘둘러 장윤 목숨을 거두었다. 이어서 달아나려는 채모 목도 단칼에 떨어졌다.

진중에 농은 없다

1

그 후 바로 오나라 첩보 기관에서는 조조가 채모와 장윤, 두 장수를 죽였고 적의 수군 사령부 수뇌부가 바뀌었다는 사실을 알아냈다.

주유는 보고를 듣고 곁에 있는 노숙에게 의기양양하게 자랑했다.

"내 계략이 어떻소. 명사수가 활을 쏘아 나는 새를 맞춘 것과 같지 않소?"

흐뭇한 듯 묻지도 않은 대답까지 늘어놓았다.

"조조 군을 사찰한 밤 이후로 채모와 장윤이 수군을 통솔하는 동안은 방심할 수 없다고 걱정했는데 이걸로 위나라 수군을 두려워하지 않아도 되오. 이제 조조 운명은 이 손안에 있소이다. 그 계략을 내가 꾸몄다는 사실을 아는 사람이 아직 아군 중에는 없지만, 공명이 어찌 생각하는지는 자못 궁금하오. 그대가 공명에게 가서 모른 체하고 넌지시 물어보고 오지 않겠소?

나중을 대비해서 알아두면 좋을 듯하니 말이오."

다음 날 노숙은 공명이 머무는 배를 방문했다. 공명은 배를 강기슭에 묶어놓고 선창에 발을 늘어뜨린 채 앉아 있었다.

"내가 요즘 일이 바빠서 찾아뵙지 못했소. 별일 없으셨소?"

"무료하기 그지없는 나날을 보내고 있소. 마침 오늘 주 도독을 찾아뵙고 축하를 드리려던 참이었소만…."

"무슨 기쁜 일이 있어 축하를 드린다는 말이오?"

"노 공이 모를 리는 없는 듯하오만…."

"아닙니다. 일에 쫓겨서인지 아직 아무 말도 듣지 못했소. 무슨 일로 축하한다고 하시오?"

"주 도독이 노 공을 이곳으로 보내서 내 심중을 헤아리고 오라 하신 바로 그 일 말이오."

"뭐요?"

노숙은 놀라서 망연하게 공명 얼굴을 한참 바라보았다.

"선생…. 어떻게 그 일을 아시오?"

"날 찾아오는 것도 다 부질없는 일이오. 주 도독은 장간조차 보기 좋게 속인 예지를 지니지 않았소? 머지않아 저절로 깨닫게 되실 겁니다."

"선생의 혜안에는 그저 혀를 내두를 따름이오. 더는 할 말이 없소이다."

"장간을 역으로 이용하여 채모와 장윤을 제거한 일은 대성공이었소. 풍문에 의하면 조조는 두 사람을 죽인 뒤 모개, 우금을 등용하여 수군 도독으로 임명하고 여전히 사기 쇄신과 군사 조련에 여념이 없다고 하지만 모개도 우금도 수군 대장이 될 만한 그릇이 아니오. 언젠가 스스로 파멸을 초래하고 수습도 못 할 게 불 보듯 뻔하오."

공명이 모든 일을 내다보고 있어 노숙은 입도 뻥긋 못하고 멍하니 있었다. 너무 오랫동안 멍하니 있었더니 괜히 미안한 마음이 들어 세상 돌아가는 이야기를 나누다가 돌아왔다.

노숙이 돌아가려 하자 공명은 뭍까지 배웅하러 나와서 부러 주의를 주었다.

"본진에 돌아가더라도 내가 이미 그 계략을 간파하였다는 이야기는 주 도독에게 하지 마시오. 만약에 그 말을 듣는다면 도독은 또 나를 해치려 할 터. 사람의 심리는 이상한 것에 흔들리기 쉽습니다."

노숙은 고개를 주억거리고 공명과 헤어졌지만, 주유 얼굴을 보니 숨길 수가 없어서 있는 그대로 보고했다.

"공명같이 혜안을 지닌 사람을 당해낼 재간이 없습니다. 비단 오늘뿐만이 아닙니다."

노숙은 자신도 모르게 주유에게 주절주절 전했다.

2

노숙이 전하는 말을 듣고 주유는 더더욱 공명이 두려워졌다. 공명 같은 형안(炯眼)과 명찰(明察)을 지닌 자를 이대로 오나라 진중에 두는 건 오나라 내정이나 군사 기밀을 마음껏 살펴보라고 부탁하며 보호해주는 꼴이라고 생각했다. 그렇다고 이제 와 공명을 하구로 돌려보낼 수도 없는 노릇이다. 그 또한 훗날 화근이 될 게 뻔했다. 설사 현덕을 오나라 휘하에 둔다 해도 공명 같은 인물이 현덕 밑에 있다면 언제까지라도 만족할 수가 없었다.

그때가 되면 지금 공명이 오나라 내정을 살피는 게 오나라에게는 불리하게 작용하리라. 그래선 안 된다. 어떤 수단과 희생을 각오하고라도 지금 공명의 숨통을 끊어놓아야 한다!

"그렇다. 그래야 한다!"

주유가 혼자서 크게 중얼거리니 노숙이 의아해서 물었다.

"도독, 그래야 한다니 무얼 말씀이십니까?"

주유는 빙긋 웃으며 대답했다.

"그거야 당연하지 않소. 공명을 죽이는 일이오. 공명을 살려두어서는 안 된다는 생각을 지금 막 굳혔소."

"이유도 없이 공명을 죽인다면 세상으로부터 쏟아지는 비난을 받을 게 뻔합니다. 오나라는 신의도 없는 나라라는 평을 얻는다면 그게 과연 오나라를 위하는 일일까요?"

"사사로운 원한으로 죽이는 건 안 될 일. 공적인 법도에 따라 죽인다면 방법이 없는 것도 아니오."

며칠 후 군의(軍議)가 열렸다. 오나라 대장들을 비롯하여 공명도 참석했다. 미리 계략을 꾸며둔 주유는 회의가 끝날 무렵 문득 화제를 돌렸다.

"선생, 수전에서 사용하는 무기로는 무엇을 가장 많이 준비해놓아야겠소?"

주유는 공명을 돌아보며 질문했다.

"장래에는 수전에도 특수한 무기가 발명될지도 모르지만 현 상황에서는 역시 활과 화살보다 좋은 무기는 없습니다."

공명이 대답하자 주유는 예상대로라며 고개를 끄덕이면서 말을 이었다.

"옛날에 주나라 태공망은 진중에 장인을 두어 다양한 무기를 만들었다고 들었소만, 선생도 오나라를 위해 화살 10만 개를 만들어주지 않겠소? 대장장이, 궁시장(弓矢匠), 칠장이 같은 장인은 얼마든지 부려도 되오."

"지금 진중에 그리 화살이 부족합니까?"

"수전을 벌이면 비축해놓은 화살 정도는 순식간에 다 써버려 부족해질 것 같소이다."

"그렇다면 만들어보겠소."

"열흘 안에 가능하겠소?"

"열흘?"

"무리한 부탁이기는 하지만…."

"전쟁 중이라 내일이라도 무슨 일이 일어날지 모르는 때입니다. 열흘씩이나 시간을 들인다면 그동안에 어떤 돌발 상황이 생길지도 모르는 일. 화살 10만 개를 사흘 안에 만들겠소."

"사흘 안에 말이오?"

"그렇소."

"진중에는 농은 없다는 말이 있소만…. 혹시 나를 놀리는 것이오?"

"어찌 이런 일에 농을 하겠소."

3

회의가 끝난 뒤 인적이 없는 곳에서 노숙이 주유에게 말했다.

"아무래도 이상합니다. 오늘 공명은 속에도 없는 거짓말을 한 듯하지 않았습니까?"

"사람들 앞에서 그런 거짓말을 할 리가 없소."

"아무리 그래도 무슨 수로 사흘 안에 화살 10만 개를 만들겠습니까?"

"자신의 재주를 너무 자신하여 그런 큰소리를 내뱉고 말았을 터. 스스로 목숨을 오나라에 바치는 꼴이오."

"설마 하구로 달아나려는 생각은 아니겠지요?"

"아무리 목숨이 귀하다고는 하지만 공명 같은 자가 추하게 달아나 웃음거리가 되는 일은 없겠소만…. 혹시 만일에 대비해 공명이 있는 배로 가서 넌지시 기색을 살펴보시오."

그날은 이미 밤이 깊어 노숙은 그다음 날 아침 일찍 일어나 공명이 머무는 배를 방문했다. 공명은 밖에서 장강 물로 세수하는 중이었다. 노숙이 상쾌한 인사를 건네며 수양버들 아래에 놓인 바위에 걸터앉았다.

"어제는 참 난처했소. 노 형도 너무하시는 것 같소."

공명은 평소보다 오히려 평안한 표정이다.

노숙도 애써 밝은 목소리로 응했다.

"왜 그러시오. 너무하다니요?"

"내가 그리 입막음을 했건만 있는 그대로 주 도독에게 내 의중을 말해버리지 않았소. 주 도독은 나를 안심할 수 없는 인물이라 경계하여 화살 10만 개를 만들라는 어려운 일을 명하셨소. 만약 해내지 못한다면 군법에 회부되어 참형에 처해질 거고. 좋은 묘책을 강구하여 나를 좀 도와주어야겠소."

"곤란한 부탁이오. 도독이 처음에 열흘 이내라고 하셨는데 선생이 자진해서 사흘 안에 해내겠다고 기꺼이 화를 불러일으키지 않았습니까? 이제 와 나도 어쩔 도리가 없소."

"도독께 가서 약속을 취소해달라는 말을 부탁하는 게 아니오. 노 형이 거느린 사졸 600명과 배 20척을 잠시 내게 빌려주셨으면 하오만…."

"무얼 하려는 거요?"

"배마다 사졸 30명을 태우고 선체는 푸른 헝겊과 짚단으로 덮어 강기슭에 준비해주시면 사흘째 되는 날에는 반드시 화살 10만 개를 만들어 주 도독 본진까지 운반하겠소. 단, 이 일은 결단코 주 도독에게는 비밀로 부쳐주오. 그러지 않으면 도독이 허락지 않을지도 모르오."

노숙은 돌아가서 또 예전처럼 주유에게 미주알고주알 전했다. 공명이 하는 말이 하도 기이해서 대체 어쩔 심산인지 주유에게 의견을 묻고 싶었다.

"모르겠소…."

주유도 고개를 까웃거리며 생각에 잠겼다. 일이 이리 되고 보니 두 사람 다 공명이 무슨 생각으로 그런 준비를 부탁했는지 지켜보고 싶은 기분이 들었다.

"어찌하면 좋겠습니까?"

"하고 싶은 대로 하게 내버려 두는 게 어떻겠소. 단, 충분히 경계는 해야 할 터."

"공명이 원하는 배 20척과 병사를 빌려주겠습니다."

"흠…. 방심은 금물이오."

"명심하겠습니다."

이틀이 지나고 사흘째 되는 날 밤이다. 아직도 병선 20척은 공명의 지시대로 짚단과 푸른 천으로 위장을 마친 다음 각 배에는 병사 30명씩을 태워 아무것도 하지 않은 채 강기슭에 매어 있었다.

"선생, 기한은 오늘 밤까지입니다."

노숙이 상황을 살펴보러 오니 공명은 기다렸다는 듯 입을 열었다.

"그렇습니다. 오늘 밤. 해서 말인데 수고스럽지만 노 형도 함께 가지 않겠소?"

"어딜?"

"강북 기슭입니다."

"무얼 하러…."

"화살을 사냥하러 가는 길입니다. 화살 사냥!"

공명은 히죽 웃으면서 의아해하는 노숙 손을 잡아 갑판으로 이끌었다.

복면선(覆面船)

1

밤안개가 짙게 드리워져 눈앞이 희끄무레하였다. 병선 20여 척은 서로 밧줄로 나란히 묶여 서서히 북쪽을 향해 거슬러 올라가는 길이다.

"전혀 모르겠소."

"무얼 말이오?"

"이 선단의 목적과 선생의 심사를."

"하하하. 조금 있으면 저절로 알게 되실 겁니다."

선두에 있는 갑판에서 공명과 노숙이 가느다란 호롱불에 의지해 술잔을 권커니 잣거니 하는 중이다. 희미한 빛이라도 새어 나가지 않게 선창과 입구에도 장막을 늘어뜨렸지만 때때로 선체를 치는 파도 소리에 호롱불은 흔들리고 술도 술잔도 흔들렸다.

"마치 복면선(覆面船) 같구려. 20척을 짚단과 헝겊으로 선체를 감쌌으니 말이오."

"복면선이라…. 그것참 재미있는 표현입니다그려."

"대체 이 배를 어떻게 이용할 작정이오?"

노숙은 궁금해 죽겠는지 재차 물었다.

"짙은 밤안개가 걷히면 알게 될 것입니다. 걱정하지 마시오."

공명은 이렇게만 이야기할 뿐 혼자 술잔을 기울이며 이 상황을 즐기는 듯했다.

반면 노숙은 안절부절못했다. 배의 이물과 고물을 나란히 이어 북으로 가는 배는 한없이 강을 거슬러 올라갈 뿐이다.

"혹시 이대로 군선 20여 척과 병사 그리고 이 노숙을 데리고 하구까지 가버릴 심산은 아니지요?"

노숙은 공명이 품은 의중을 의심하는지라 좀처럼 안심할 수 없었다.

그날 밤은 남쪽 기슭 삼강 지방뿐만이 아니고 강북 일대도 안개가 짙어 진영에 피워놓은 횃불조차 어스름할 정도였다.

"이런 밤일수록 방심하면 안 된다. 진영 전체에 경계를 소홀하지 않도록!"

조조는 초저녁부터 특별히 강기슭 경비를 엄중하게 지시했다. 조조 머릿속에는 항상 경계심이 떠나지 않았다.

'오나라 병사들은 수전에 능하다. 그에 비해 우리 북병은 아직 훈련이 부족하다.'

적의 수십 배가 되는 대군을 보유하였으면서도 마음을 놓지 않고 철저하게 경계하는 부분은 조조다운 모습이다. 자만하여 멸망을 자초한 선배들이나 선인들 예를 수도 없이 보아와서 그런지 그 전철을 밟지 않으려고 항상 자신을 돌아보았다.

오늘 밤도 부하들을 독려할 뿐만 아니라 자신도 밤늦도록 잠자리에 들지 않았다. 그러자 우려했던 대로 밤이 깊어 사경이 가까울 무렵 멀리 수채 부근에서 함성이 들려왔다.

"왔다!"

조조와 함께 불침번을 서던 서광과 장료가 바로 본진에서 상황을 살펴보려고 뛰어나갔다. 상황을 보니 돌연 오나라 선단이 밤안개를 헤치고 나타나 수채로 접근하는 중이다.

장료와 서광은 적잖이 놀라서 당황하며 조조에게 알렸다.

"야습입니다."

"당황하지 마라."

예측하였던 일이라 조조는 몸소 말을 걸터타고 강기슭에 세워놓은 전지로 향하고 서광과 장료에게는 곧바로 궁수대 3000명을 세 조로 나누어 수상 방채나 망루에 배치하여 일제히 활을 쏘도록 지시했다.

2

울부짖는 파도와 함성으로 날은 새고 짙은 안개를 뚫고 붉게 떠오르는 햇살이 비쳤을 때는 이미 강 위에 있던 괴선단 형체는 조조 진영에서 보이지 않았다.

"조 승상, 어젯밤 베푼 호의에 감사드리오. 화살 선물은 충분한 듯하오. 안녕히 계시오."

공명은 강을 따라 내려가는 갑판에서 위나라 수채를 돌아보면서 고마움을 전했다.

공명을 태운 배를 선두로 하여 20여 척 배마다 화살을 한가득 실은 채로 강을 따라 내려갔다. 짚단과 헝겊으로 두텁게 감싼 선루에는 선체가 보이지 않을 정도로 적이 쏜 화살이 촘촘히 꽂혀 있었다.

"공명의 꾐에 넘어갔다!"

나중에 깨달은 조조가 많은 추격선을 보냈지만, 공명은 곧바로 어젯밤에 얻은 엄청난 양의 화살로 추격선을 공격했다. 게다가 물살이 급해져서 순풍이 돛을 도와 쏜살같이 20여 리 정도 거리를 벌이자 위나라 배는 허무하게 오나라 선단을 보낼 수밖에 없었다.

"어떻소, 노 형. 이 많은 화살을 셀 수 있겠소?"

그제야 공명은 노숙에게 말을 걸었다. 어젯밤 공명이 발휘한 지모를 깨달은 이후로 노숙은 그저 혀를 내두르고 감탄할 뿐이다.

"도저히 셀 수 없소. 선생이 사흘 내에 화살 10만 개를 만들겠다던 약속은 이것이었군요."

"그렇소. 궁시장을 모아 이만큼 많은 화살을 만들려면 열흘도 부족했을 터. 주 도독이 궁시장들이 하는 작업을 부러 방해했을 것도 뻔하오. 도독이 품은 목적은 화살을 얻기보다 제 목숨을 노렸을 테니…."

"아, 그것까지 간파하셨소?"

"짐승도 자신을 죽이려는 손길이 뻗쳐오면 미리 알아채고 도망가지 않소? 하물며 만물의 영장이라는 인간이 자신에게 닥친 위험을 어찌 느끼지 못했겠소."

"대단합니다. 어젯밤 안개가 짙을 거라고 미리 아셨소? 아니면 우연히 짙은 안개가 낀 것뿐이오?"

"모름지기 장수라면 천문에 능하고 지리에 정통해야 하오. 군단의 기문(奇門, 점술가들이 길흉을 점치는 방법 가운데 하나 - 옮긴이)을 알지 못하면 장수가 될 만한 그릇이라 할 수 없소. 구름과 안개의 차이는 대지 기온과 구름이 흘러가는 속도를 살펴보면 무지한 자라도 예측할 수 있소. 기상을 제대로 헤아렸으므로 사흘 안에 만들겠다고 주 도독과 약속했던 겁니다. 주 도독이 억지로 이레나 열흘이라고 고집하셨다면 나도 곤란했을지도 모릅니다."

공명은 남 이야기를 하듯이 담담하게 말했다. 조금도 지혜를 자랑하는 듯한 모습은 엿볼 수 없었다. 그날 아침에 구름과 안개를 뚫고 의기양양하게 중천에 떠오른 햇살을 온 얼굴에 받으며 마냥 즐거워하는 듯했다.

이윽고 무사히 오나라 북쪽 기슭에 도착했다. 병사들에게 고슴도치가 된 배에 박힌 화살을 빼라고 지시하니 1척당 약 6000~7000개 화살이 꽂혀 있는 게 아닌가. 다 뽑아 헤아려보니 10만이 훨씬 넘는 숫자다. 하나하나 점검하여 화살촉이 무뎌진 것과 화살대가 부러진 것을 버려서 바로 사용할 수 있는 화살만 다발로 일일이 묶었다. 그러자 곧 화살 10만 개가 산처럼 쌓였다.

3

주유는 고개를 숙인 채 조용히 노숙이 전하는 이야기를 듣다가 고개를 들었다.

"아아…."

긴 한숨을 내쉬면서 후회하는 기색이 역력했다. 그러고는 스스로에게 분개한 듯 읊조렸다.

"어리석다 어리석어. 아집에 사로잡혀 오로지 공명이 가진 지혜를 미워하고 공명을 해하려 했건만, 공명의 신기(神技)와 명찰에는 도저히 따라갈 수가 없구나…."

과연 주유도 걸출한 인물이다. 스스로를 되돌아보고 부끄러워하여 공명을 불러오라고 노숙을 보냈다. 공명이 도착했다는 전갈을 듣고 주유는 몸소 진영 문으로 나가 공명을 맞아들이며 공손하게 스승에 해당하는 예를 올리고 상좌를 권했다.

공명은 의아해서 물었다.

"도독, 오늘은 무슨 연유로 과분한 대접을 하시는지요."

주유는 숨기지 않고 털어놓았다.

"솔직히 말하겠소. 나는 이미 선생에게 손을 들었소. 지금까지 내가 저지른 무례를 용서해주시오. 적지로 들어가 적이 쏜 화살을 모아서 10만 개를 가지고 왔다는 이야기를 노숙에게 전해 들었소. 천하의 묘책이오. 경탄해 마지않소."

"하하하. 그 정도는 속임수 같은 작은 계략일 뿐, 어찌 묘책이라 할 수 있겠습니까? 그릇이 큰 사람이 쓸 계략은 아닙니다. 부끄러울 따름입니다."

"입에 발린 소리가 아니오. 손자와 오자도 선생을 피할 거요. 오늘은 사죄하는 마음에서 선생을 손으로 모시고 한잔 올리고 싶소. 노숙도 기탄없이 생각하는 바를 들려주기 바라오."

주연으로 자리를 옮겼지만, 술자리에서도 주유는 공명에게 거듭 강조했다.

"어제도 오나라 주군 손권이 사신을 보내왔소. 하루빨리 조조를 치지 않고 많은 병사와 배를 주둔한 채 헛되이 무얼 하느냐며 꾸짖는 말을 전해왔소. 아직 마음속에 필승을 위한 방책도 얻지 못했고 명확한 전법도 세우지 못했소이다. 부끄럽지만 조조의 견고한 진영과 방대한 병력을 눈앞에 보고는 옴짝달싹 못하는 처지요. 선생이 생각하는 조조를 쳐부술 계책이 있다면 알려주시오. 머리 숙여 부탁하오."

"무슨 말씀이십니까? 도독은 강동의 호걸입니다. 대수롭지 않은 둔재인 제게 어찌 도독을 가르치라 하십니까? 주제넘은 일입니다. 계책이라니, 있을 리가 없잖습니까?"

"선생은 겸손이 지나치시오. 마음을 열어주시오. 지난번 노숙을 데리고 어둠을 틈타 은밀하게 강을 거슬러 올라가서 북쪽 기슭에 주둔하는 적진을 둘러보니 수륙을 연계한 작전은 완벽하고 병선 배열과 수채 구축 등 병법을 잘 구현하였습디다. 도저히 우리가 쉽게 접근하기 어렵다는 생각에 그 후로 진을 쳐부술 방법을 궁리해봤지만, 확실한 방법을 찾지 못했소."

"잠시 이야기를 멈추시오."

공명은 주유가 하는 말을 저지하고 잠시간 생각에 잠기더니 입을 열었다.

"실행하면 이룰 수도 있을 듯한 계책이 있긴 하오만…. 도독 마음속에도 전혀 계책이 없는 건 아니잖소?"

"물론 최후를 위한 계책 하나 정도는 없지 않지만…."

"두 사람이 각자 손바닥에 적어서 서로가 생각하는 계책이 맞는지 펼쳐보는 건 어떻소?"

"재밌는 발상이오."

곧바로 붓과 벼루를 가져오라 일러서 각자 손바닥에 뭔가를 적었다.

"자."

주먹과 주먹을 내밀었다.

"동시에."

공명이 주먹을 펼치니 주유도 함께 펼쳤다. 공명 손바닥에는 '화(火)'라는 한 글자가 쓰여 있었고 주유 손바닥에도 '화(火)'라는 글자가 쓰여 있는 게 아닌가.

"하하하…. 마치 부절(符節)을 맞춰보는 것 같구려."

두 사람은 큰 소리로 웃어젖혔다.

노숙도 술잔을 들어 두 영웅이 같은 의견을 내놓은 걸 축하했다. 다른 사람에게는 새어 나가지 않도록 서로 약속한 뒤 그날 밤은 그렇게 헤어졌다.

바람을 부르는 곤장

1

이 무렵 강북에 있는 위군 진영 군사들은 사기가 형편없이 곤두박질쳤다. 공명이 부린 꾀에 그대로 넘어가 화살을 10만 개 넘게 허비하고 적이 쾌재를 부르게 만든 불쾌한 사건에 대한 전말이 나중에 널리 알려져서다.

"오나라에는 지금 공명이 있고 수군을 통솔하는 주유도 명장입니다. 게다가 장강을 사이에 두고 있어 적의 내정을 알 길이 없습니다. 아군 중에 사람을 골라 오군 속에 세작을 심어 매복의 독을 삼키게 하면 어떻겠습니까?"

순유는 고심 끝에 이런 계책을 조조에게 권했다.

'매복의 독을 삼킨다'는 말뜻은 달콤한 맛으로 감싼 독약을 삼키게 해 적의 몸속에서 적을 멸한다는 계책이다.

"좋은 계책이긴 하다만 병법에서는 가장 어려운 모략이라고도 한다. 이 계책을 쓸 때 가장 중요한 건 사람을 고르는 일이다. 눈여겨봐둔 적임자가 있는가?"

순유는 허심탄회하게 생각을 털어놓았다.

"채화(蔡和)와 채중(蔡仲)이라는 자가 있습니다. 얼마 전에 승상이 처벌하신 채모의 조카 되는 자들입니다. 숙부 채모가 참수당했으니 지금은 근신 중입니다만…."

"음…. 그렇다면 나를 원망하겠구나."

"그렇습니다. 누구라도 당연히 그렇게 생각할 것입니다. 그 부분이야말로 이 계책이 노리는 부분입니다. 두 사람은 반드시 제 몫을 해낼 것입니다."

"채화와 채중을 오나라로 보내자는 말인가?"

"맞습니다. 일단 승상이 두 사람을 불러 심정을 잘 달래주고 이익과 출셋길을 보장한다고 격려한 다음 강남으로 보내 오군에 거짓 투항하게 만드는 것입니다. 승상 손에 죽은 채모의 조카니 적은 반드시 속아 넘어갈 것입니다."

"나를 숙부의 원수로 여기고 반대로 그걸 기회로 진심으로 오군에 항복해 아군에게 불이익을 주면 어쩔 것인가?"

"괜찮습니다. 형주에는 채화, 채중의 처자가 남아 있습니다. 어찌 승상에게 화살을 겨누겠습니까?"

"그렇구나."

조조는 수긍하며 순유 뜻에 따르기로 결정하였다.

다음 날 순유는 근신 중인 두 사람을 찾아가 사면한다는 명을 전하고 함께 조조를 알현했다. 조조는 두 사람에게 술을 권하며 장래를 격려했다.

"숙부에게 씌인 오명을 씻기 위해서라도 큰 공을 세워보지 않겠나?"

조조는 서두를 꺼내며 슬그머니 계책을 비쳤다.

"하겠습니다."

"기꺼이 명을 받들겠습니다."

채화와 채중 둘 다 기개를 보였다.

조조는 대답에 만족하여 이 일에 성공하면 은상은 물론이고 오랫동안 공신으로 중용할 것을 약속했다.

"심려치 마십시오. 반드시 주유와 공명의 목을 가지고 돌아오겠습니다."

채화와 채중은 큰소리치고 바로 다음 날 출발했다. 물론 진영을 이탈한 것처럼 위장했다. 배 몇 척에 부하 500명을 태우고 목숨 걸고 도망쳐 왔다는 듯 보이기 위해 이것저것 되는 대로 실었다. 돛은 바람을 품었고 강물은 배 몇 척을 유유히 오나라 북쪽 기슭으로 떠나 보냈다.

때마침 진영을 순찰하던 오나라 대도독 주유는 '지금 적진에서 장수 둘이 병사 500명을 이끌고 투항하였다'는 보고를 듣고 만면에 희색을 띠었다.

"어서 데리고 오너라."

주유는 진영 안에서 기쁘게 기다렸다.

이윽고 채화와 채중은 엄중하게 호위를 받으며 끌려왔다. 주유는 두 사람에게 물었다.

"그대들은 왜 조조 진영을 탈출하여 오나라에 항복해 왔는가? 무인으로서 어울리지 않는 부덕한 행동이 아닌가?"

2

채화와 채중은 초라하게 고개를 숙이고 흐르는 눈물을 닦으면서 고했다.

"저희 둘은 조조 손에 참수된 수군 사령관 채모의 조카입니다. 숙부 채모는 죄도 없이 처벌을 받았지만, 옛 주인이 내린 처벌을 나쁘게 말하면 사람들은 그것도 반역에 해당한다며 눈살을 찌푸립니다. 집안의 아버지로 의지해온 숙부가 돌아가시고 주군으로 모시는 사람에게는 꺼려지고 의심 받기만 하여 결국 탈출하여 오나라 땅을 밟게 되었습니다. 저희 둘의 목숨을 거두어주시어 전장에서 의롭게 죽을 수 있도록 해주십시오."

"알겠다. 오나라를 위하여 목숨을 바치겠다니 이제부터 우리 진중에 머물러라."

주유는 그 자리에서 흔쾌히 허락하고 두 사람을 감녕 부대에 배치했다.

채화와 채중은 내심 일이 성사된 것이나 다름없다며 혀를 내둘렀지만, 겉으로는 조심스럽게 은혜에 감사하며 자리에서 물러났다.

노숙은 두 사람이 나간 뒤 의아해서 물었다.

"도독, 이러셔도 괜찮습니까?"

노숙은 주유의 마음을 다시 한번 확인했다.

주유는 의기양양했다.

"그렇게도 충신이라는 소리를 듣던 채모였는데 죄도 없이 죽음을 맞았다면 친족들이 품은 원한도 컸을 터. 조조를 떠나 우리에게 온 건 남풍이 불면 남쪽 기슭에 물새가 찾아온다는 것과 같은 이치요. 의심할 게 뭐가 있겠소?"

주유는 그저 웃을 뿐 다시 생각하려 들지 않았다.

노숙은 그날 공명을 찾아가 주유의 경솔한 행동을 탄식하자 공명은 웃기만 했다. 왜 웃느냐고 노숙이 나무랐다.

"부질없는 걱정을 하시니 나도 모르게 웃음이 터졌소."

공명은 그제야 주유 마음에 계략이 있을 거라며 의중을 들려주었다.

"채화와 채중은 분명히 사항계(詐降計)로 항복해 온 것이오. 그 둘은 처자를 강북에 남겨둔 채로 왔지 않습니까? 주 도독도 이미 그 점을 간파했을 겁니다. 서로 강을 사이에 두고 두 부대가 싸움을 일으킬 구실도 없는 지금, 두 사람은 절호의 미끼라 일부러 계략에 넘어간 척했으나 오군을 위한 계략에 사용하려고 뭔가를 획책하신 듯하오."

"아, 그런 거였소!"

"어떻소, 노 공도 웃고 싶지 않소?"

"내 어찌 웃음이 나오겠소. 나는 왜 사람의 마음을 보는 데 둔한지…. 모자란 내 모습이 참으로 애처롭소."

노숙은 깨닫고 이내 발걸음을 옮겼다.

그날 밤 오군의 노장 황개가 수군 진영에서 본영으로 찾아와 주유와 밀담을 나누었다. 황개는 손견 이래 3대에 걸쳐 오나라를 섬겨온 공신이다. 새하얀 눈썹과 형형한 눈동자에는 젊은 사람도 능가하는 기개가 엿보였다.

"깊은 밤 찾아온 건, 대치가 길어지는 동안 조조는 북쪽 기슭에 요새를 견고하게 세우고 수군을 매일 조련시키니 조조 군휘하 정예 부대는 계속 강화하고 있습니다. 그뿐 아니라 조조 대군에 비해 아군은 수가 적으니 조조를 치는 방법은 화계(火計) 외에는 다른 병술이 없습니다. 주 도독, 화공을 써야 하오. 화계가…."

"쉿!"

주유는 노장의 격한 목소리를 저지했다.

"대체 누가 그 방법을 말해주었소?"

"누구라니요? 무슨 소리를 하시는 겁니까? 고심에 고심을 거듭해 도달한 생각입니다."

"아, 황 장군도 같은 생각을 하셨소? 채중, 채화는 거짓으로 오나라에 투항해 왔지만 나는 그 사실을 알고도 아군으로 받아들였소. 적의 모략을 우리가 짠 모략에 거꾸로 이용하기 위해서요."

"흠…. 묘책이라. 도독은 두 사람을 이용해 조조의 의표를 어떻게 찌를 생각입니까?"

3

"그 책략을 행하려면 오나라에서 조조 진영에 거짓으로 항복할 사람을 보내야 하오. 애석하게도 그럴 만한 사람이 없소."

주유가 짧게 탄식했다.

"어찌 없다고 하십니까?"

황개는 몸을 앞으로 내밀며 주유를 나무랐다.

"오나라가 건국된 이래 3대를 이어왔는데 그 정도 역할을 할 만한 사람이 없다고 하신다면 주 도독은 사람 보는 눈이 없는 것입니다. 부족하지만 이 몸 황개도 있잖습니까?"

"황 장군이 몸소 이번 일에 나서주신다는 말씀이오?"

"국조(國祖) 손견 장군을 모신 이후로 중은(重恩)을 입고 지금 3대째 주군을 받들어 모시는 늙은이입니다. 나라를 위해서라면 설령 간뇌도지하더라도 여한이 없습니다."

"황 장군께서 용기를 내어주시다니 우리 오나라에게는 행운일 따름이오. 그러면…."

돌연 주유는 주위를 힐끔 살펴보았다. 진중이 적막하여 방안에 흔들리는 한 줄기 등불 외에는 사람 그림자조차 없었다.

두 사람은 무슨 일인가를 긴밀히 의논하고는 새벽녘이 되어서야 헤어졌다. 주유는 한잠 자고 일어나 즉시 중군으로 가서 고수에게 명해 사람들을 불러 모았다. 공명도 와서 진영 한구석에 의자를 놓고 앉았다.

주유는 명령을 하달하였다.

"조만간 우리 오나라는 적에 대항해 행동을 개시할 것이다. 각 부대와 부장들은 그 점을 명심하고 모든 병선에 약 3개월 치 군량을 비축하라."

그러자 수군 부대에서 대장 황개가 앞으로 나섰다.

"쓸모없는 명령입니다. 지금 몇 개월 치 군량이라고 말씀하셨습니까?"

"3개월 치라고 했습니다만, 왜 그러시오?"

"3개월 치는 고사하고 설령 30개월 치 군량을 비축한다 해도 쓸모없는 일입니다. 그걸로 어찌 조조 대군을 무찌를 수 있겠습니까?"

주유는 발끈 화를 냈다.

"아직 전쟁도 치르지 않았는데 아군 행동에 불길한 말을 하다니! 무사들, 저 노인네를 당장 끌어내라."

황개도 눈이 찢어져라 흘겨보며 대꾸했다.

"닥쳐라, 주유! 주군이 주시는 총애만 믿고 오늘날까지 변변한 공도 세우지 못했으면서, 3대를 섬겨온 숙장에게도 의견을 구하지 않고 필승 계책도 없는 명을 갑자기 내리는데 어찌 유유낙낙 복종하겠는가. 그런 득도 없는 행동은 병사들을 괴롭힐 뿐이다."

"듣자 하니 함부로 혀를 놀려 병사들 마음을 어지럽히는 어리석은 자다. 그 목을 치지 않으면 무엇으로 군율을 바로잡을 수 있겠나. 여봐라, 왜 저 노인이 지껄이는 걸 두고만 보느냐?"

"그만해라, 주유. 너는 기껏해야 선대부터 섬겨온 신하 아닌가. 국조 이래 3대에 걸친 공신인 나를 벌할 수 있겠는가!"

"어디서 감히! 베어라. 당장 저자를 베어라!"

주유는 노여움에 얼굴을 붉히며 염라대왕이 죽은 자를 가리키듯 손가락으로 좌우 병사들을 질타했다.

"기다려주십시오."

감녕이 달려와 황개를 대신하여 사죄했다.

황개도 가만있지 않았고 주유도 분노를 쉬 가라앉히지 않았다. 급기야 감녕까지 사이에 끼어서 목이 달아날 지경이다.

"큰일이닷!"

옆에 있던 사람들도 얼굴에 핏기가 없어진 채로 간절하게 번갈아 중재했다. 대도독 주유에 대항하여 항변하는 건 좋지 않은지라 땅에 머리를 조아리며 애원했다.

"황개는 오나라 공신입니다. 게다가 나이도 있고 하니 아무쪼록 불쌍히 여겨주십시오."

주유는 어깨를 들썩이며 크게 한숨을 쉬었다.

"그대들이 애원한다면 목숨만은 살려두겠소. 그래도 군법은 어길 수 없소이다. 곤장 100대 형에 처하고 근신을 명하겠소."

주유는 처분을 결정하였다. 즉시 옥졸에게 곤장 100대를 집행하라고 명했다. 옥졸들은 그 자리에서 황개가 입은 의장과 갑옷을 벗겨냈다. 무참하게 늙고 여윈 육체가 다 드러났다.

4

"가차 없이 쳐라. 멈칫거리는 놈들은 같은 죄로 벌하겠다!"

분노에 떨며 미친 듯이 날뛰는 주유 귀에는 선처를 비는 제장(諸將)의 목소리는 전혀 들리지 않았다.

"1대! 2대! 3대!"

곤장을 든 옥졸들이 황개 좌우에서 힘차게 내리쳤다.

황개는 땅에 엎어져 대여섯 대까지는 이를 악물고 참았지만, 별안간 비명을 지르며 벌떡 일어났다.

"10대, 11대…."

곤장은 바람 소리를 내면서 노장을 줄기차게 내리쳤다. 붉디 붉은 피가 흘러 백발을 물들였고 살점은 뭉그러져 뼈가 부러질 듯했다.

"90대요! 91대요…."

100대가 가까워졌을 무렵에는 때리는 옥졸도 지쳐갔다.

물론 황개는 이미 숨이 끊어질 듯하다 결국 혼절해버렸다. 주유도 해쓱한 얼굴로 노려보다가 불쑥 손가락질했다.

"이제 알겠는가!"

이 한마디 내뱉고는 그대로 막사로 들어가버렸다.

장군들은 그 후에 황개를 안아 일으켜 진중으로 옮겼지만, 옮기는 동안에도 선혈은 멈추지 않았고 정신을 차렸다가 또 까무러치기를 수도 없이 반복했다. 평소에 황개와 가까운 사람이나 오나라 건국 이래 고락을 함께한 노장들은 하나같이 눈물을 흘리며 안타까워했다.

소란이 벌어진 후 공명은 묵묵히 자신이 묵는 배로 발걸음을 옮겼다. 그러고는 혼자서 뱃고물로 가서 난간 아래를 바라보며 골똘히 생각에 잠겨서 흘러가는 물을 말끄러미 바라보았다.

노숙은 공명 뒤를 쫓아온 듯 공명이 그곳에 걸터앉자마자 그 앞에 나타나 말을 걸었다.

"오늘 일은 가슴이 아팠소. 주 도독은 군 총사령이고, 황개는 오랜 선배요. 달래려 해도 화를 내기만 하여 오히려 불에 기름을 붓는 격이니…. 그저 가슴을 졸였을 뿐이었소. 하오만 선생은 타국에서 온 빈객이기도 하고 예전부터 주 도독도 마음으로 존경하는 분이니 혹시 선생이 황개를 감싸고 중재에 나섰더라면 어땠을까 싶소. 저뿐만이 아니라 다들 그리 생각했던 듯하오. 선생은 시종 담담하게 손을 소맷자락에 넣고 한마디도 거들지 않은 채 그저 바라만 보셨소. 선생이 한 행동에는 뭔가 깊은 뜻이라도 있었소?"

"하하하, 귀공이야말로 무슨 연유로 나를 속이려 합니까?"

"이상한 말씀을 다 하오. 선생을 오나라로 모셔온 이후로 한 번도 속인 적이 없소만…."

"그렇다면 노 공은 아직 병법 중에 고육지계(苦肉之計)를 모르는 듯합니다. 주유가 지금 얼굴을 붉히며 노발대발하여 황개를 태형 100대라는 벌을 내리며 분연히 진중의 내정을 겉으로 드러내 보인 건 조조를 속이기 위한 계책입니다. 어찌 그 계책을 이 공명이 말리겠습니까?"

"그것도 계략이었다는 말이오?"

"틀림없이 꾸민 일입니다. 노 공, 주 도독이 묻더라도 내가 말했다는 걸 전하지 마십시오."

"알겠소이다."

노숙은 간담이 서늘해짐을 느꼈다.

반신반의하는 기분으로 그날 밤 은밀히 막사로 찾아가 주유와 이야기를 나누던 중 주유가 먼저 낮에 있었던 이야기를 꺼냈다.

"노 공, 오늘 일을 진중에 있는 아군들은 어찌 생각하오?"

"도독이 저렇게 화를 낸 적은 좀처럼 없었다며 두려움에 벌벌 떱니다."

"공명은…? 뭐라 했소?"

"도독이 몰인정한 처사를 내렸다고 애처로워했습니다."

"그랬소! 공명이 그리 말했소이까?"

주유는 손뼉을 치며 기뻐했다.

"아…. 이제야 공명을 속이는 데 성공했소. 공명이 그리 믿는다면 이번 내 계책은 반드시 성사될 터. 이미 들어맞았다 해도 좋을 것이오."

주유는 회심의 미소를 지으며 그제야 노숙에게 마음속에 품은 비밀을 털어놓았다.

늙은 어부

1

그 일이 있은 후 사나흘 동안 황개는 진중에 있는 한 침실에 누운 채 죽을 먹으며 밤낮으로 신음하였다.

"안타까운 일을 당하셨소."

장수들은 돌아가며 황개가 누워 있는 침소로 병문안을 왔다. 어떤 이는 함께 슬퍼하고 어떤 이는 함께 아파하고 또 어떤 이는 은밀하게 주유의 무정한 처사에 대해 함께 울분을 터뜨렸다. 평소에 가까이 지내던 참모관 감택도 문안을 와서는 황개의 모습을 보고 슬픔에 가득 찬 눈물을 흘렸다. 황개는 머리맡에 있던 사람들을 다 물렸다.

"잘 와주었소. 다른 어떤 이가 온 것보다 기쁘구려."

황개는 무리하게 몸을 일으키며 운을 떼었다.

감택은 마음 아파하며 물었다.

"장군은 예전에 주 도독에게 원한을 살 만한 일이라도 하셨습니까?"

황개는 고개를 절레절레 저었다.

"그런 일 없소이다. 쌓인 원한이 뭐가 있겠소."

"그렇다면 이번 일은 도리에 어긋나는 처벌이 아닙니까? 곁에서 보는 사람도 눈을 의심할 정도로…. 가혹하기 그지없었습니다."

"그대 외에는 진실을 말할 사람이 없소이다. 해서 그대가 오기를 손꼽아 기다렸소."

"장군, 혹시 얼마 전에 사람들이 보는 데서 모진 고통을 당한 건 고육지계 같은 건 아니었습니까?"

"쉿…. 목소리를 낮추시오. 어찌 알았소?"

"주 도독의 형상도 그렇고 너무 가혹하게 몰아붙이는 것도 그렇고 도가 넘는다는 생각이 들었습니다. 평소 장군과 도독 관계를 생각하니 십중팔구 짐작이 갔습니다."

"아, 역시 감택이구려. 잘 보았소. 그대가 본 대로요. 오나라를 섬겨 3대째 은혜를 입었으니 지금 이 늙은 몸을 바쳐도 조금도 아깝지 않소이다. 해서 자진해서 계책을 세우고 아군을 속이려고 일부러 곤장 100대를 맞은 것이라오. 이 고통도 오나라를 위해서라 생각하니 아무것도 아니었소."

"그랬습니까? 그렇게까지 고심한 비책을 제게만 털어놓아 주셨으니 장군을 따르는 심복 부하인 저를 조조에게 보내고 싶은 생각이라도 있으십니까?"

"자네 생각대로네. 감택이 아니면 누구에게 이런 대사를 털어놓고 막중한 역할을 맡기겠는가."

"잘 말씀해주셨습니다. 저를 알아주신 덕분입니다."

"가주겠는가?"

"대장부로 태어나 한번 믿음을 얻었는데 자신을 알아주는 사람에게 어찌 등을 돌리겠습니까? 세상에 태어나 주군을 모시고 검을 차고 전쟁에 임하였는데 공 하나 세우지 못하고 늙어간다면 살아도 사는 보람이 없습니다. 하물며 노 장군조차도 목숨을 던져 계책을 도모하는데 소생이 어찌 미천한 목숨을 아까워하겠습니까?"

"고맙소이다."

황개는 감택 손을 잡아 이마에 갖다 대며 눈물을 흘렸다.

"이런 일은 시간을 끌면 기회를 놓칠 우려가 있습니다. 장군, 그리하기로 결정하셨다면 즉시 조조 앞으로 서간을 적어주십시오. 제가 어떻게든 가지고 가겠습니다."

"서간은 이미 아무도 모르게 적어서 여기 숨겨놓았소."

황개는 베개 밑에서 두껍게 봉한 서간을 꺼내 건넸다. 감택은 서간을 받아 들고 의연하게 인사를 올리고 돌아갔다. 밤이 되자 감택은 오나라 진영에서 홀연히 모습을 감추었다.

그로부터 며칠 밤이 지났는지 모르지만, 위나라 조조 수채 근처에 홀로 낚싯대를 늘어뜨리고 앉아 있는 늙은 어부가 나타났다. 어부는 유유히 1000리를 흐르는 물줄기에서 물고기를 낚는 중이다. 강기슭에 사는 어부나 주민은 이미 연중 계속되는 전쟁에 익숙해서 그런지 전투가 없는 날에는 한산하게 그물을 던지거나 낚싯대를 드리우는 일이 결코 보기 드문 모습은 아니었다.

요즈음 조조 군 파수병은 신경이 예민해져 그 늙은 어부가 너무 수채 가까이에서 낚싯대를 드리운다고 생각했다.

'수상한 늙은이다.'

그렇게 판단했는지 재빨리 배를 띄워 노인이 탄 배 쪽으로 가서 다짜고짜 늙은이를 포박해 그대로 육지로 호송했다.

2

신하가 군청 일각에 촛불을 밝혔고 밤이 깊었는데도 조조가 침실에서 나와 심각한 표정으로 누군가를 기다렸다.

'오나라 참모관 감택이 어부 차림으로 나타나 조 승상을 알현하여 직접 드릴 말이 있다고 합니다.'

이 놀라운 보고를 받고 조조가 잠을 깬 것이다.

보고에 의하면 수채 파수병에게 붙잡힌 늙은 어부는 위나라 진중으로 끌고 오자마자 이렇게 말했다고 한다.

"나는 오나라 참모 감택이다."

얼마 지나지 않아서다. 조조 눈앞에 볼품없는 한 늙은이가 장수들에게 끌려왔다. 보아하니 역시 범상치 않은 분위기로 단정하게 계단 아래에 앉아서 조금도 주위 위압에 흔들리는 기색을 보이지 않았다.

조조가 근엄한 목소리로 심문했다.

"그대는 적국의 참모관이라고 들었다만 무엇에 눈이 뒤집혀 우리 진영으로 왔는가?"

말없이 바라보다가 감택은 입을 가리며 웃음을 터뜨렸다.

“역시 직접 보는 것과 듣는 건 큰 차이가 있소이다. 세간에서 조 승상은 현자를 사랑하고 인재 구하기를 가뭄에 구름과 무지개를 바라듯 한다고 들었습니다만. 거참, 이래서는 가망이 없을 것 같소이다. 아, 황개도 사람을 볼 줄 모르는구나! 이런 가짜 영걸을 갈망하여 엄청난 일을 저질러버렸으니….”

혼자 탄식하는 것처럼 중얼거리며 딴전을 피웠다.

조조는 미간을 찌푸렸다. 이상한 말을 하는 사내라고 의아하게 여긴 듯했다. 조조는 화내는 기색도 없이 대뜸 물었다.

“적국의 참모라는 자가 홀로, 그것도 어부로 변장하고 적국으로 온 이상 진위를 따져 묻는 건 당연하지 않은가. 어찌 연유를 확실하게 대답하지 못하는가.”

“바로 그 점이오, 승상. 이곳에 온 건 목숨을 걸지 않고는 할 수 없는 일. 무엇에 눈이 뒤집혀 뭘 바라고 왔느냐는 둥 죽음을 각오하고 온 사람에게 야유하는 듯 말을 하시니 고심 끝에 온 보람도 사라져 나도 모르게 머릿속에 떠오르는 대로 한탄하고 말았소.”

“오나라를 멸망시키는 일은 내 필생의 바람이다. 그 목적에 부합하는 말이라면 무례를 사과하고 차분히 그대가 하는 말을 들으리라.”

“승상에게는 하늘이 준 기회일 것이오. 잘 들어보시오. 오나라 황개라는 인물은, 자는 공복으로 삼강 진영에서 선봉대장을 겸한 오군 군량 총사시오. 3대에 걸쳐서 오나라를 섬기며 충절을 지킨 공신이라는 건 세상이 다 아는 사실. 그런데 바로 며칠 전 주 도독의 뜻을 거슬렀다고 대장들이 모여 있는데서 면박을 당했을 뿐만 아니라 노령임에도 형장 100대에 처해 살갗은 찢어지고 피투성이가 되어 정신을 잃기까지 했소. 일제히 고개를 돌리고 은밀하게나마 도독의 모질고 박정한 처사를 원망하지 않는 이가 없었소이다. 나는 황개와 예전부터 형제와도 같이 친밀하게 지내는 사이요. 황개가 병상에서 괴롭게 신음하면서 적은 서간을 내게 맡기며 승상의 심중을 살펴봐 달라고 부탁 받았소. 골수에 사무친 원한을 풀기 위해서요. 황개는 무기와 군량을 관리하는 임무를 맡았으니 승상이 승낙한다면 언젠가 오군을 탈출하여 군량과 무기 등을 배에 실을 수 있을 만큼 실어서 투항할 것이라고 했소."

조조는 시종일관 눈을 부릅뜨고 귀를 기울여 감택이 하는 이야기를 들었다.

"흠…. 하여 황개의 서간을 가지고 왔는가?"

"몸에 숨겨서 왔소이다."

"읽어보겠다."

"여기 있소."

감택은 신하 손에 서간을 전해주었다.

조조는 탁자 위에 서간을 펼쳐 10번 가까이 반복해서 읽다가 탁자를 세게 내리쳤다.

"어리석은 놈. 고육지계로 이 조조를 속이려는가. 명백한 모략이리라. 거기 부장들이여, 이 벌레같이 추잡한 늙은이를 영외로 끌어내 목을 베어버려라."

조조는 명령을 내리자마자 황개가 써준 서장을 갈기갈기 찢어버렸다.

3

감택은 태연자약하여 조금도 동요하지 않았을 뿐만 아니라 오히려 목소리를 높여 웃었다.

"아하하. 승상은 듣기 보다 소심하시구려. 내 목을 원하신다면 얼마든지 바칠 수 있습니다만 지금 보니 세간에 떠도는 말은 과장된 말이었구려. 소문으로 듣던 위나라 조조라는 사람이 이리 소심한 인물이라고는 생각지도 못했소이다."

"그 입 다물라. 어린아이 장난 같은 모략으로 날 속이려 하다니…. 네놈 목을 베어 우리 군의 위엄을 보이는 게 총사 임무이거늘 너야말로 뭐가 그리 우스우냐?"

"그래서 웃는 게 아니오. 황개가 조조라는 인물을 과대평가했다는 사실에 어이가 없어서 그러오."

"쓸데없는 말장난은 멈춰라. 나도 소싯적부터 병서를 읽고 손자와 오자의 진수를 연구해왔다. 다른 사람이라면 모르지만 내가 어떻게 네놈이나 황개가 짠 속임수에 넘어가겠느냐."

"더더욱 우습소. 아니, 가소롭기 짝이 없소. 그 정도로 형설지공 고생하며 학문을 배우고 어릴 적부터 병서를 읽어왔다는 자가 어찌 내가 가져온 황개의 서간을 보고는 진짜인지 가짜인지 진상조차 파악지 못하시오? 세상에 터무니없이 자만하는 자는 없을 터."

"황천길 가는 선물로 황개가 보낸 서간이 거짓이라는 사실을 간파한 이유를 들려주마. 똑똑히 들어라. 글에서 황개가 말했듯이 진심으로 내게 항복하려 한다면 반드시 이쪽으로 오는 날

짜를 명확하게 밝혔을 터. 허나 날짜는 전혀 언급하지 않았다. 이것이 본심이 아닌 거짓 글이라는 증거다."

"거참, 이상한 말 다 듣소. 가리지 않고 병서만 읽었다 해도 책만 읽었지 활용법을 모르는 자는 오히려 무학자보다 더 다루기 어렵소. 그런 안목으로 대군을 움직여 오나라 주유에 맞선다면 적의 먹잇감이 되어 격파당할 것이오."

"뭐? 패한다?"

"조금 배운 병서에 만족하여 새로운 병리를 연구하지 않고 서간 1통에 담은 허실과 사신에 대한 신, 불신을 파악하는 안목조차 없는 대장이 어찌 오나라 신예를 이기겠소이까?"

"…."

문득 조조는 입을 꾹 다물고 뭔가를 생각하는 듯한 눈으로 물끄러미 감택을 바라봤다.

감택은 자기 목에 손을 갖다 대고 탁탁 두드렸다.

"자, 베려면 베시오."

감택은 죽음을 재촉했다.

조조는 고개를 살살 저었다.

"잠시간 목숨은 살려두겠다. 내가 반드시 패하고 말 것이라는 이야기를 다시 한번 하고 싶다. 만약 이치에 맞는 부분이 있다면 나도 논해보겠다."

"승상은 현자를 대우하는 예의를 모르오. 그러니 내가 무슨 말을 하든지 무익할 거요."

"조금 전에 한 말은 사과하겠다. 생각을 논하라."

"옛말에 '주인에게 등을 돌리고 도적질하는데 어찌 기일을 미리 정할 수 있겠는가'라는 말이 있소. 황개는 지금 원한이 깊어 애가 끊어질 듯한 심정이오. 3대에 걸쳐 섬긴 오나라에 등을 돌리고 승상 휘하에 들어오려 하는 중이오. 만약 기한을 약속하였는데 지장이 생겨 만날 날을 지키지 못한다면 승상은 바로 의심을 품을 것이고 그리된다면 결국 마음이 합쳐지지 못할 뿐만 아니라 황개는 의지할 진영도 없고, 돌아갈 곳도 없어 자멸할 거요. 그런 연유로 부러 날짜와 시간을 명확하게 적지 않고 기회를 살펴서 오겠다는 것이야말로 본심을 증명하고, 병법 계책에도 부합하는 말이오. 이를 두고 의심하는 승상을 딱하게 여길 수밖에 없소이다."

"음, 그 말은 옳다."

조조는 크게 고개를 주억거렸다.

"내가 잠시 눈이 멀었소. 조금 전부터 저지른 무례를 용서해 주시오."

조조는 갑자기 사과하고 빈객을 대접하는 예를 갖추어 자리를 청한 다음 감택을 위로했다. 그러고는 주연을 열어 의견을 더 구했다. 그때 밖에서 들어온 신하가 살짝 조조 소맷자락을 잡아당기더니 서장 같은 걸 건네주고는 물러갔다.

'허허…. 오나라에 잠입한 채화와 채중이 보낸 밀서이리라.'

감택은 눈치챘지만 애써 모른 척하면서 술을 연거푸 마시며 이야기를 나누었다.

속고 속이는 계략

1

술을 마시는 동안에 조조는 채화와 채중이 보낸 첩보를 탁자 밑에 숨겨 몰래 읽어보았다. 그러고는 바로 소맷자락에 숨기더니 넌지시 물었다.

"감택, 그대에게는 한 치 의심도 없네. 그러니 다시 오나라로 돌아가 내가 승낙했다는 뜻을 황개에게 전하고 충분히 모의한 후에 다시 우리 진영으로 넘어오게. 실수하지는 않겠지만 아무쪼록 주유가 눈치채지 못하도록 조심하고."

그러자 감택은 고개를 저으며 거절했다.

"아닙니다. 그 일에 마땅한 다른 사람을 보내십시오. 저는 여기 머물겠습니다."

"왜 그러는가?"

"오나라로 다시 돌아간다는 생각을 한 적이 없습니다."

"그대라면 오가는 방법도 알지 않는가. 혹시 다른 사람을 보내면 황개도 주저하지 않겠나."

조조가 여러 번 부탁하자 감택은 마지못해 승낙했다. 감택은 조조가 자기 마음을 떠볼 심산으로 물어왔다고 생각해 경계했던 것이다.

지금은 조조도 감택이 하는 말을 믿는 듯했다. 감택은 임무는 완수했다고 여겼지만, 얼굴에 드러내지 않은 채 재회를 약속하고는 다시 오나라로 돌아가는 배에 몸을 실었다.

그때 조조는 감택에게 막대한 금은을 함께 실어 보냈다.

"대장부로서 황금을 탐내서 한 일은 아닙니다."

감택은 금은에는 손도 대지 않고 작은 배를 저어서 총총 사라졌다.

감택은 오나라 진영으로 돌아오자 서둘러 황개와 밀담을 나누었다. 황개는 일이 성사될 듯한 형세에 기뻐했지만, 한층 더 숙려했다.

"처음에 의심했던 조조에게 어떻게 믿음을 주었는가?"

황개가 내심 궁금했는지 따져 물었다.

"아마도 제 언변만으로는 조조도 믿으려 하지 않았을 터였지만, 때마침 채화와 채중이 보낸 첩보가 조조 손에 건네졌습니다. 제 말을 믿지 않던 조조도 심복이 보낸 첩보를 접하고 나서야 바로 믿게 된 듯합니다. 게다가 첩보에 쓰인 오군 내 정보와 제가 말한 부분이 부절을 맞추듯이 일치했으니 의심할 여지도 없었을 것입니다."

"흠…. 수고한 김에 감녕 부대로 가서 채화와 채중이 어떻게 지내는지 살펴보지 않겠소?"

감택은 바로 감녕 부대로 발걸음을 옮겼다. 갑작스러운 방문에 감녕은 감택을 흘끔거리며 보았다.

"무슨 일로 오셨소?"

감택이 지금 본진에서 언짢은 일이 있어서 무료함을 달랠 겸 왔다고 하자 감녕은 믿을 수 없다는 얼굴이다.

"흐음…."

감녕은 얼굴에 옅은 웃음을 띠었다.

그때 우연히 채화와 채중이 들어왔다. 감녕이 감택에게 눈짓하니 감택도 감녕 생각을 단번에 알아챘다. 해서 일부러 맥이 빠진 듯한 표정을 지었다.

"허허…. 요즘은 하루도 유쾌한 날이 없네그려. 주 도독이 가진 재주와 지혜는 십분 존경하지만, 자만하여 사람을 티끌 취급하는 건 좋지 않으이."

감택이 홀로 울분을 터뜨리니 감녕도 맞장구쳤다.

"무슨 일이 또 있었는가? 아무래도 군 중추에서 매일같이 분쟁이 생기면 곤란한데…."

"논쟁하는 거면 좋지만 주 도독은 입이 걸어서 사람들이 모인 자리에서 모욕을 주니 괘씸하네. 불쾌하기 그지없지…."

입술을 깨물면서 분노하다가 문득 한쪽에 서 있는 채화와 채중을 흘낏 곁눈질로 유심히 살피면서 입을 다물어버렸다.

"감녕, 잠깐 나 좀 보세."

감택은 감녕 가까이로 가 귓가에 속닥이고는 부러 옆방으로 자리를 옮겼다.

채화와 채중은 말없이 서로 눈길을 주고받았다.

2

그 후에도 감택과 감녕은 이따금 사람이 없는 곳에서 몰래 만났다. 어느 날 밤 두 사람은 또 막사 안에서 은밀하게 이야기를 나누는 중이었다. 전부터 감택과 감녕을 주목하던 채화와 채중은 막장 밖에서 귀를 기울이며 둘이 하는 이야기를 엿듣다 저녁 바람에 막장 귀퉁이가 휘날려 안에 있는 두 사람 눈에 띄어버렸다.

"밖에 누가 있소?"

"들켰다!"

누군가 내지르는 낭패한 듯한 목소리가 들려왔다.

감녕과 감택은 서둘러 나와서 험악한 표정으로 채화와 채중 곁으로 저벅저벅 다가갔다.

"우리가 나누는 이야기를 엿들었구나!"

감택이 추궁하자 감녕은 한쪽에서 칼을 땅에 휙 던졌다.

"우리가 꾀하던 대사는 이미 간파되었소. 다른 사람 귀에 들어갔으니 더는 이곳에서 머물 순 없소."

감녕은 발을 동동 구르며 개탄했다.

채화와 채중은 둘이서 눈짓을 주고받더니 서둘러 주위를 둘러보고는 어렵게 말을 꺼냈다.

"두 분은 절망하지 않아도 됩니다. 우리 형제는 조 승상이 내린 밀명을 받들어 거짓으로 오나라에 항복한 몸이오. 지금에야 진실을 밝히지만 진심으로 항복했던 건 아닙니다."

감녕과 감택은 뚫어져라 그 둘을 바라보았다.

"참말이오?"

"어찌 이런 대사를 두고 거짓을 말하겠소?"

"아아! 그 말을 들으니 안심이오. 귀공들이 한 투항이 조 승상이 계획한 심원한 모략이라는 사실은 꿈에도 몰랐소. 생각해보니 이것도 하나의 운명이오. 위나라는 더더욱 흥할 것이고 오나라는 여기서 저절로 멸망할 운명이리라."

조금 전까지 감녕과 감택이 사람들 눈에 띄지 않는 곳에서 이따금 나눈 밀담은 주 도독에 대한 반감이 주 내용이다. 더는 참을 수가 없으니 어찌하면 오나라 진영을 탈출할 수 있을까? 어찌하면 주 도독에게 복수할 수 있을까? 그것도 아니라면 차라리 불평 많은 무리를 끌어모아 폭동을 일으켜버릴까? 두 사람은 이러저러한 불온한 이야기만 나누었던 것이다. 물론 이는 부러 채화와 채중을 의심하도록 부추기기 위해서다.

채화와 채중은 그 행동이 교묘한 모략이라고는 조금도 눈치채지 못했다. 자신들이 이미 모략를 위한 주역으로 적지에서 활약하니 오히려 상대가 파놓은 모략에 걸려들었다고는 꿈에도 생각지 못했다.

장계취계(將計就計)! 상대방이 짠 계략을 눈치채고 이를 역으로 이용한다. 병법이 발휘하는 묘미는 끝없는 변통에 있다. 신출귀몰하는 움직임도 없고 통찰력도 없는 자가 허술하게 계략을 꾸미면 반대로 적에게 모략을 짤 빌미를 제공한다.

그날 밤 채중과 채화 그리고 감택 세 사람은 밤이 이슥하도록 술을 진탕 마셨다. 어처구니없게도 서로가 자기가 짠 계략에 빠졌다고 생각하면서…. 셋이 함께 훌훌 털어놓고 마음을 열어 이제는 조 승상이라는 이름난 주군 밑에서 큰 공을 세울 수가 있다며 서로 기뻐했다.

"서둘러서 승상에게 편지를 띄워야겠소."

채화와 채중은 그 자리에서 이번 일을 보고하는 글을 써 내려갔고 감택도 따로 서간을 써 부하 중 한 사람에게 들려 위군 진영으로 몰래 보냈다.

감택이 보낸 서간은 이러했다.

> 저와 뜻을 같이한 감녕도 예부터 승상을 흠모하였고 주 도독에게 품은 이의가 있어 승상 군대에 투항하고 싶어 합니다. 조만간 황개를 주모로 하여 군량과 군비를 배에 싣고 강을 거슬러 올라가겠습니다. 언젠가 청룡 아기(牙旗)를 뒤집어 꽂은 배를 발견하신다면 항복선이라 생각하시고 수채에 번을 서는 궁수가 쏘는 화살을 중지시켜주십시오.

서간을 받아 들고도 조조는 적힌 그대로 믿지 않았다. 되레 의혹이 가득한 눈으로 한 글자, 한 구절을 반복하여 읽었다.

봉추, 둥지를 나오다

1

조조는 지금 세상에 손자와 오자를 능가할 만한 사람은 자기 외에는 없다고 내심 자부하였다. 서간을 살피는 데도 냉철하고 치밀했다. 채화와 채중은 심복이었고 또 자신이 직접 오나라 진영에 밀정으로 보낸 자들이지만, 이 두 사람이 보낸 편지조차 검토를 게을리하지 않았고 군신들을 모아 시시비비를 평가하는 회의를 열었다.

"채 형제도, 얼마 전에 오나라로 돌아간 감택도 서간을 보내왔는데 아무래도 일이 너무 잘 풀리는 경향이 있소. 어떻게 대처했으면 좋겠는가?"

조조가 구하는 자문에 대장들이 여러 의견을 냈지만, 그중에서 장건이 앞으로 나섰다.

"실례를 무릅쓰고 다시 한번 부탁드립니다. 이전에 명령을 받들고 오나라로 가서 주유를 설득해 항복을 유도하려고 심혈을 기울였지만 실패로 끝났습니다. 아무 공도 세우지 못하고 돌아와 내심 부끄러워하던 차였습니다만, 이번 기회에 목숨을 내던질 기세로 다시 오나라로 가 채 형제나 감택이 하는 말이 진실인지 아닌지를 확인하고 온다면 전에 지은 죄를 조금이나마 갚을 수 있을 것입니다. 이번에도 아무런 공을 세우지 못하고 돌아온다면 그때는 군법에 따라 처분을 달게 받겠습니다."

조조는 아무리 그래도 성급하게 결정할 수 없는 대사라 어느 때보다 주의를 기울였다.

"그것도 한 방법이다."

조조는 장간이 해온 청을 기꺼이 받아들였다.

장간은 작은 배에 몸을 실어 예전에도 그랬던 것처럼 일개 도사로 위장하여 오나라 진영에 상륙했다.

때마침 오나라 중군에는 장간에 앞서 찾아온 빈객이 도독 주유와 환담을 나누는 중이었다. 양양의 명사 방덕 공의 조카로 방통이라는 인물이다. 방덕 공은 형주에서 모르는 사람이 없다고 할 정도로 명망 있는 인물이고, 수경 선생 사마휘조차도 방덕 공에게는 스승에 어울리는 예를 갖추었다고 한다.

사마휘는 문인이나 친구에게 '와룡과 봉추'라는 이름을 자주 거론했는데 '와룡'은 공명을, '봉추'는 방통을 가리킨다는 건 알 만 한 사람은 다 아는 사실이다. 그 정도로 사마휘가 재능을 높이 산 인물이다.

'와룡은 세상에 나왔는데 봉추는 아직 나오지 않은 이유는 무엇인가?'

일부 사람들은 이런 의문을 품기도 했다.

오늘 오나라 중군에 훌쩍 찾아온 손님이 바로 그 방통이다.

방통은 공명보다 2살 위여서 명성에 비해서는 나이도 젊은 편이다.

“선생은 요즘 이 근처 산에서 머문다 들었소.”

“형주와 양양이 멸망한 후로 쭉 산속 암자에서 지냅니다.”

“오나라에 힘을 보태주신다면 막빈으로 모시며 극진히 대접하겠소.”

“조조는 제가 살던 형주를 유린한 적입니다. 도독이 부탁하지 않더라도 오나라를 도울 작정이었습니다.”

“천군만마를 얻은 듯 든든하오. 우리 아군 수는 적은데 어떻게 위군을 격파할 수 있겠소?”

“화계(火計)가 방책입니다.”

“예? 화공(火攻) 말씀이오. 선생도 그리 생각하시오?”

“단, 망망한 장강에서 배 1척에 불이 붙는다면 남은 배들은 곧바로 흩어질 것입니다. 그러니 화공 계략을 쓰려면 일단 그 전에 방책을 짜서 조조 군의 군선을 한곳에 모은 다음 쇠사슬로 연결해두어야 합니다.”

“하…, 그런 방책이 있소?”

“연환계(連環計)라 합니다.”

“조조도 병법에는 통달한 자요. 어찌 그런 계략에 빠져들겠소이까? 선생의 생각은 기묘하지만, 새를 잡는 그물이 아무리 정교하더라도 새 1마리 걸리지 않듯이 조조는 계책에 덥석 걸려들지 않을 것이오.”

그사이에 강북의 장간이 다시 찾아왔다고 부하가 보고했다.

2

다른 손님이 왔다는 얘기를 들은 방통은 인사를 하고 물러났다. 주유가 방통을 배웅하고 다시 진영으로 돌아와서는 하늘에 감사하며 기뻐했다.

"대사를 달성케 해줄 사람이 지금 나를 찾아왔도다."

이윽고 장간이 안내를 받아 들어왔다. 전과는 달리 주유는 나와서 맞아주지도 않고 자리에 앉은 채로 오만하게 곁눈질로 노려보아서 장간은 내심 불안한 마음이 들었다.

"지난번 일은…."

장간은 아무 일도 없었다는 듯이 친근한 척하면서 곁으로 다가갔다. 그러자 주유는 눈을 부라리며 물었다.

"장간, 귀공은 또 나를 속이려고 왔는가?"

"뭐? 속이다니…. 아하하, 농담 말게나. 오랜 친구에게 왜 내가 그런 악랄한 짓을 하겠는가. 그런 게 아니네. 내가 얼마 전에 입은 호의에 보답하려고 찾아온 걸세. 자네를 위해 중요한 사실을 알려주려고."

"그만두게."

주유는 몹시 언짢다는 투다.

"자네 마음속은 뻔히 들여다보이네. 나에게 항복을 권하려는 속셈이지 않나."

"오늘은 어찌 그리 화가 나 있는가. 격한 기운은 큰일을 그르치네. 그러지 말고 옛이야기라도 나누면서 한잔하는 게 어떻겠나. 차분히 이야기해줄 게 있네그려."

"뻔뻔스럽구나. 그만큼 이야기했는데도 아직 모르겠는가? 자네가 아무리 혀를 놀리고 지혜를 짜내더라도 내 마음을 바꾸지 못할 걸세. 바닷물이 마르고, 산 위에 바위가 짓무르는 날이 온다 하더라도 조조 따위에게 항복하지 않겠네. 얼마 전에는 옛정에 이끌려 나도 모르게 주연에서 방심하여 자네와 같은 침상에 들었지만 그건 내 불찰이네그려. 나중에 보니 침방에서 군 기밀 서류가 없어졌지 뭔가. 자네가 귀중한 서간을 훔쳐 달아나지 않았는가?"

"뭐라! 군 기밀 서류를…. 말도 안 되오. 장난도 정도껏 하게. 내가 왜 그런 짓을…."

"입 다물지 못하겠느냐!"

주유는 호되게 호통쳤다.

"오나라와 내통하던 장윤과 채모는 미처 계략을 써보기도 전에 조조 손에 죽임을 당했네. 분명히 자네가 조조에게 비밀리에 보고한 터. 그래 놓고선 네놈이 뻔뻔스럽게 오군에 다시 온 건 얼마 전 오나라를 탈출해 내 휘하로 투항한 채화와 채중을 데리고 뭔가 책략을 꾸밀 심산이지 않은가. 그 뻔한 술수에는 넘어가지 않겠네."

"어찌 그렇게까지 날 의심하는 거요?"

"아직 모르겠느냐. 채화, 채중은 오나라로 와서 내게 충절을 다하기로 굳게 맹세했네. 어찌 자네 방해 공작으로 다시 조조 진영으로 돌아가겠는가."

"그, 그런…."

"닥쳐라. 단칼에 목을 쳐야겠지만 옛정을 참작해 목숨만은 살려주겠다. 우리 오나라 군세는 사흘 안에 조조를 공격할 것이다. 그동안 여기 두기엔 걸리적거린다. 여봐라! 이자를 서산에 있는 움막에 가두어라. 조조를 격파하고 채찍 100대를 때린 후 강북으로 쫓아버릴 테다."

주유는 장간을 노려보며 좌우 무장을 향해 지시했다.

무사들은 지시를 받자마자 장간을 둘러싸더니 다짜고짜 진영 밖으로 끌고 나갔다. 그러고는 안장도 없는 말 등에 끌어 올려 엄중하게 경호하여 서산 깊숙이 끌고 갔다. 그 산속에는 움막이 하나 있었다. 아마 척후를 보는 움막인 듯했다. 장간을 그 움막에 가두고는 보초병이 밤낮으로 사방을 지켰다.

3

장간은 매일 먹지도 자지도 못하고 번민에 시달리며 나날을 보냈다. 그러던 어느 날 밤 보초병이 틈을 보일 때 엉겁결에 움막에서 탈출했다.

"도망을 가야 하는데…."

깊은 어둠에 휩싸인 산속을 헤매면서 궁리해보았지만, 산기슭을 내려가면 오나라 진영이고 올라가면 높디높은 서산의 험한 봉우리뿐이다.

"어디로 가야 한담…."

겨우 움막을 빠져나왔는데 장간은 갈팡질팡 어찌할 줄을 몰랐다.

헤매는 중에 저쪽 숲속에 등불이 하나 보이는 게 아닌가. 가까이 가보니 집이다. 숲속으로 난 좁은 길을 더 걸어가니 낭랑하게 책 읽는 목소리가 들려왔다.

“이 깊은 산중에…. 누굴까?”

사립문을 열고 암자 안을 들여다보니 30대 전후로 보이는 한 처사가 홀로 책상을 앞에 두고 호롱불을 밝힌 채 검을 찬 차림으로 병서를 읽는 듯했다.

“아, 양양의 봉추가 아닐까?”

자신도 모르게 중얼거리니 안에서 인기척에 귀를 기울이면서 누구냐고 물어왔다.

장간은 뛰어 들어가 행랑 아래에서 절을 올렸다.

“얼마 전 군영 모임에서 멀리서나마 모습을 뵌 적이 있소. 선생은 봉추 선생이 아니시오?”

“그렇소만, 귀공은 장간이시오?”

“맞습니다.”

“그 후로 죽 오나라 진영에 머물렀소?”

“그렇지는 않습니다. 일단 돌아갔다 다시 왔는데 주 도독이 의심하여….”

산속 움막에 갇혀 감시 당한 사정을 낱낱이 이야기했다.

“그 정도로 그쳤으니 천만다행 아니오. 내가 주유라면 살려두지 않았을 거요.”

“예?”

“하하하. 농이오. 일단 들어오시오.”

방통은 자리를 권하더니 촛불을 껐다.

이야기를 주고받아 보니 방통은 큰 뜻을 품은 사람이다. 인물됨은 예전부터 세상에 정평이 나 있었지만 지금 상황을 보니 오나라에서 받들어 모시지 않는 듯해 장간은 넌지시 떠보았다.

"선생 정도로 지략이 뛰어난 사람이 왜 이런 산속에서 몸을 숨기고 있소? 이곳은 오나라 세력이 뻗치는 곳인데 딱히 오나라를 섬기는 것 같지도 않고…. 위나라 조 승상같이 선비를 사랑하는 명군이 안다면 결코 그냥 두지 않을 터."

"조조가 선비를 사랑하는 대장이라는 사실은 소문으로 익히 들었소만…."

"그렇다면 왜 오나라를 떠나 조조에게로 가지 않소?"

"아무래도 좀 위험한 일이오. 아무리 선비를 사랑하는 조조라도 임시로나마 오나라에 머문 사람을 어찌 아무 조건 없이 받아들이겠소?"

"그렇지 않소."

"어째서요?"

"내가 모시고 가서 말씀드리면…."

"뭐요, 귀공이?"

"사실 조조의 명으로 주유에게 항복을 권하러 온 길이었소."

"그렇다면 조조가 보낸 염탐꾼이 아니오?"

"아니오. 세객으로 온 거요."

"같은 말이잖소? 내가 아까 한 농이 우연히 딱 맞아떨어진 셈이오."

"해서 깜짝 놀랐소."

"나는 오나라에서 녹봉이나 벼슬을 받는 사람이 아니니 안심하셔도 되오."

"선생, 이곳을 떠나 위나라로 가시는 게 어떻소?"

"뜻은 있으나…."

"조 승상과의 중재는 반드시 내가 보증하겠소. 승상에게도 사람을 꿰뚫어보는 안목은 있으니 어찌 선생을 의심하겠소."

"그럼 가볼까요?"

"결심이 섰다면 오늘 밤에라도 출발하심이 어떻겠소?"

"무엇이든 빠른 게 좋습니다."

두 사람은 뜻이 일치했다. 그날 밤 방통은 움막을 떠나 장간과 함께 오나라를 뒤로했다. 가는 길은 장간보다도 이곳에 살던 방통이 익숙하니 더 잘 알았다. 계곡을 따라 샛길을 찾아 이윽고 장강 강기슭에 다다랐다.

4

두 사람은 배편을 이용해 강북으로 서둘러 발걸음을 옮겼다. 위군 요새에 도착하고 나서는 장간이 모든 안내를 도맡았다. 유명한 양양의 봉추 방통이 왔다는 소식을 듣고 조조는 무척이나 기뻐했다.

방통에게 먼저 빈객 자리를 권했다.

"귀한 손님이 어찌 이리도 갑자기 내 진영에 발걸음을 하셨습니까?"

조조는 융숭한 대우를 했다.

방통도 조조와 만난 것을 진심으로 기뻐하는 듯 행동했다.

"제가 예까지 온 건 제 의지라기보다 승상이 이끄신 것 같습니다. 선비를 공경하고 현명한 말을 존중하는 희대의 명장이라고 오랫동안 고명을 흠모할 따름이었지만 오늘 뵙게 되어 영광입니다. 평생 잊지 못할 기쁨입니다."

조조는 마음을 탁 터놓고 장간이 세운 공을 치하하고 밤새 상다리가 휘어지도록 성대한 주연을 벌였다.

다음 날 조조는 방통과 함께 말을 걸터타고 언덕에 올랐다. 조조는 아마도 방통에게 직접 포진에 관해 기탄없는 비평을 듣고 싶었던 듯했다.

"해안 100리 진영이 산에 잇닿아 숲에 의지하며 장강을 앞에 두어서 수리를 제대로 살렸습니다. 진마다 서로 살피고 견고하게 방어하니 드나드는 문이 저절로 생겨 진퇴에 곡절의 묘가 있어 옛날 손자와 오자가 다시 살아나도 이 같은 포진은 칠 수 없을 것입니다."

방통은 격찬했지만, 오히려 조조는 자못 아쉬웠다.

"선생의 함축된 지혜로 부족한 점이 어딘지 허심탄회하게 지적해주시오."

방통은 고개를 저었다.

"감언이설로 거짓되게 칭찬한 건 아닙니다. 어떠한 병가의 깊은 경지로 살펴도 이 강기슭 일대 진용에서 결점을 찾아내기란 어려울 겁니다."

조조는 매우 기뻐하여 언덕을 내려와서는 이번에는 수채에 있는 수문과 크고 작은 배들이 드나드는 곳으로 방통을 직접 데려가서 보여주었다. 그러고 나서 강 위에 떠 있는 몽동 전함 24척으로 짠 포진을 자랑스럽게 가리켰다.

"우리 군이 세워놓은 수상 성곽은 어떻소?"

조조는 방통의 의견을 구했다.

"아아!"

방통은 감격한 나머지 자신도 모르게 손뼉을 쳤다.

"승상께서 병법에 능하다는 건 널리 알려진 사실이지만 수군 배치도 완벽하리라 꿈에도 생각지 못했습니다. 가련하게도 주유는 수전이야말로 자신 이외에는 인물이 없다고 자만하니 멸망하는 그날까지 교만한 망상에서 깨지 못하겠지요."

조조는 방통을 위해 진영에 있는 좋고 아름다운 것들을 모아서 다시 환대하는 연회를 열었다. 그러고는 밤늦도록 손자와 오자 병법을 논하고 또 고금 역사에 비추어 병가 진법을 평하면서 흥에 겨워 밤이 새는 줄도 몰랐다.

"잠깐 실례하겠습니다."

방통은 연회 중간에 잠깐 자리를 비우고 밖으로 나갔다 다시 돌아와서 이야기를 이어갔다.

"안색이 좋지 않은 듯하오만, 괜찮으시오?"

"별일 아닙니다."

"어딘가 불편한 듯하오."

"뱃길 여정으로 피로가 쌓였나 봅니다. 저는 어릴 때부터 물에 익숙지 않아서 사나흘쯤 강 위에서 흔들리면 나중에 지칩니다. 지금도 구토가 나서…."

"안 되겠소, 의원에게 보이는 게 좋겠소."

"진영에는 의원이 많겠지요, 부탁드려도 되겠습니까?"
"의원이 많다는 건 어찌 알았소?"
"승상께서 거느리는 장병은 대부분 북국 출신입니다. 장강 수질이나 수상 생활에 익숙지 않은 자들뿐일 것입니다. 그 장병들을 그대로 두신다면 저처럼 기이한 병에 걸려 심신이 피로해질 터이니 전쟁에 나가서도 전력을 다하지는 못할 것입니다."

5

방통이 한 말은 조조가 품은 흉중의 비밀을 정확히 꿰뚫었다. 진영에서 병자가 속출하는 게 지금 조조가 끌어안은 가장 큰 고민이다. 병자에 대한 대책과 앓는 병의 원인을 찾지 못해 군에서도 골머리를 앓았다.
"어찌하면 좋겠소. 뭔가 좋은 방법이 없겠소?"
조조는 처음에는 놀라기도 했지만 낭패한 기분이어서 다 털어놓아 버렸다.
방통은 이내 고개를 끄덕였다.
"포진과 병법 묘는 물샐틈없는 배치입니다만, 아쉽게도 단 한 가지 빠진 점이 있습니다. 원인은 바로 거기에 있습니다."
"병자가 속출하는 것과 포진이 무슨 관련이 있소?"
"있습니다. 관련이 큽니다. 그 단점만 없앤다면 아마 병자는 나오지 않을 것입니다."
"귀담아듣고 가르침에 따르겠소. 여러 의원과 약을 백방으로

써도 원인은 그저 풍토가 달라서라는 대답뿐, 알아낸 건 없소."

"북국 병사는 물에 익숙지 않으니 지금처럼 장강 수상에서 오랫동안 땅을 밟지 못하고 풍랑과 비바람에 시달리면 기력을 빼앗기고 체력을 소진합니다. 해서 잘 먹지도 못하고 혈액 순환도 원활하지 못해 몸이 결리고 병드는 것입니다. 이를 고치려면 병사들을 뭍으로 보내야 합니다만 군선에도 사람이 하루라도 없으면 안 됩니다. 그러니 포진을 새로 짜야 합니다. 먼저 크고 작은 배들을 남김없이 풍랑이 적은 항구에 집결한 다음 선체 크기에 따라 가로와 세로로 엮습니다. 대함은 30열, 중선은 50열, 소선은 편의에 따라 모읍니다. 이물과 고물을 쇠사슬로 단단히 연결하여 고리로 묶은 다음 굵은 밧줄로 이어서 배다리를 놓습니다. 그 배다리 위를 자유로이 오가면 여러 배에 탄 사람들과 말까지도 평지를 걷듯이 움직일 수 있습니다. 태풍과 파랑이 거친 날도 배들의 움직임이 적고 군무도 편리하게 볼 수 있으며 병기도 쉽게 운반할 수 있으므로 병으로 드러눕는 병사들은 현저하게 줄어들 것입니다."

"과연, 선생의 가르침을 듣고 나니 짚이는 바가 적지 않소."

조조는 자리에서 벌떡 일어나 감사를 표했다.

때를 놓치지 않고 방통은 넌지시 덧붙였다.

"좁은 소견입니다. 원인을 잘 파악하여 더 현명한 방법을 찾으시는 편이 좋을 듯합니다. 아군에 병자가 많다는 사실은 아직 오나라에서는 알지 못합니다. 조금이라도 빨리 적당한 처치를 하신다면 반드시 오나라를 물리칠 수 있을 것입니다."

"그렇소, 이 일이 적에게 알려진다면…."

조조도 위급하다고 생각했는지 당장 방통의 의견을 받아들여 그다음 날 몸소 중군에서 부두로 나가 장군들에게 일일이 지시했다.

"대장장이를 모아서 둥근 쇠사슬과 대못 등을 밤낮으로 무수히 만들라."

방통은 손님으로 머물면서 유유히 작업하는 모습을 바라보며 내심 웃었다. 그러던 어느 날 방통은 조조와 허심탄회하게 군사 일을 의논하다가 은근히 부추겼다.

"다년간 마음에만 품었던 일을 이루고 이제야 저는 명군을 만난 듯한 느낌입니다. 분골쇄신 앞으로도 부족하나마 충절을 다할 것을 약속드립니다. 오나라 장군 중에 주유에게 진심으로 복종하는 자들은 적은 듯합니다. 주 도독을 원망하여 기회만 있다면 등을 돌릴 장수가 대장만도 다섯 손가락이 넘습니다. 제가 가서 세 치 혀를 놀려 그 장수들을 설득하면 당장에라도 깃발을 뒤집어 승상 밑으로 올 터. 그런 뒤에 주유를 사로잡고 다음에는 현덕을 평정하는 게 급무겠지요. 오나라도 그렇지만 현덕이야말로 얕볼 수 없는 적이라 생각지 않으신지요?"

이 말은 조조의 급소를 찌른 듯했다.

조조는 방통이 이 말을 꺼낸 걸 기회라 여겼다.

"선생이 오나라로 돌아가서 사람들을 불러 모아 은밀히 계책을 세워주시겠소? 성공한다면 삼공(三公)으로 봉하겠소."

대나무 관을 쓴 친구

1

방통은 이제부터가 중요하다고 되새기며 내심 철두철미하게 경계했다. 감쪽같이 속였다고 마음을 놓을 수가 없었다. 조조는 일이 성사되기 직전까지 상대 마음속을 살필지도 모른다. 해서 방통은 조조가 삼공으로 봉하겠다는 말을 언급하자 고개를 가로저었다.

"마음 써주시는 건 감사합니다. 저는 눈앞에 닥칠 이익이나 출세를 위해 일을 하는 건 아닙니다. 제가 일을 하는 까닭은 오로지 백성들이 겪는 고통을 덜어주기 위해서입니다. 부디 승상이 오군을 무찌르고 오나라로 쳐들어간다 해도 무고한 백성만은 해치지 말아주십시오. 제가 바라는 건 오직 그뿐입니다."

방통의 목소리에 힘이 실렸다.

조조도 방통의 청렴한 성품을 믿고 그 우려를 달랬다.

"오나라 권력은 무찔러도 오나라 백성은 다음 날부터 내게도 어여삐 여겨야만 할 백성이오. 어찌 함부로 살육하겠소. 그런 일은 없을 터이니 안심, 또 안심하시오."

"하늘을 대신해 도를 펼치고 항상 사민을 걱정하는 마음을 품은 승상이시니 그 마음은 의심치 않습니다. 아무래도 대군이 호랑이 같은 기세로 적국으로 밀고 들어갈 때는 많은 백성이 재해를 당합니다. 제가 지금 분부를 받고 강남으로 돌아가니 뭔가 승상께서 내리시는 증서라도 있다면 가족도 무사할 수 있을 것 같습니다만…."

"선생 가족은 지금 어디 계신가?"

"형주를 쫓겨나 할 수 없이 오나라 벽지에 있습니다. 승상께서 증서를 내려주신다면 병사들이 저지를 난폭한 행동을 피할 수 있을 것입니다."

"그거야 어렵지 않은 일이오."

조조는 이내 붓을 들어 증서를 쓴 다음 인을 찍어주었다.

> 위군이 오나라에 쳐들어가도 방통 일가를 해하지 마라. 위배하는 자는 참한다.

방통은 내심 조조가 계략에 걸려들었다고 믿었다. 방통은 웃음을 감추고 안연자약하게 감사 인사를 전한 다음 헤어졌다.

"다녀오겠습니다."

"주유가 눈치채지 않도록 조심하게나."

조조는 몇 번이나 다짐을 하면서 진영 문까지 나와 직접 배웅했다. 방통은 헤어짐을 아쉬워하는 듯 몇 번을 돌아보면서 진영 외부에 쳐진 울타리를 지나 강기슭으로 나와 매여 있는 작은 배에 올라타려는 순간이었다. 아까부터 그 부근에서 기다리는 듯한 한 사내가 돌연 수양버들 그늘에서 튀어나왔다.

"게 서라, 이 배신자."

사내는 소리치며 뒤에서 덮쳐 왔다. 방통은 깜짝 놀라 두 다리로 힘껏 버티면서 돌아봤다. 사내는 도포를 입고 머리에 대나무 관을 쓴 모습이다. 완력이 어마어마했다. 아무리 몸을 빼내려고 버둥거려도 방통의 몸을 휘감은 팔은 꿈쩍도 하지 않았다.

"조 승상 손님으로 이곳에 왔다가 지금 돌아가려는 사람에게 배신자라니 무슨 말이냐! 네놈이야말로 누구냐?"

방통이 호통치니 사내는 온몸에서 목소리를 쥐어짜 냈다.

"천연덕스럽게 시치미를 떼는구나. 그 얼굴과 언변으로 승상은 속였을지도 몰라도 내 눈은 속일 수 없다. 오나라 황개와 주유가 교묘하게 짠 계략에 먼저 고육지계로 감택을 어부로 꾸며 보내고 또 채중과 채화 등에게 서면을 보내게 하더니, 이제는 오나라를 위해서 대담하게도 승상 앞에 나타나 연환계를 꾀하다니…. 머잖아 전쟁이 나면 우리 북군 병선을 깡그리 태워버리려는 심산이다. 어찌 이대로 강남으로 보내주겠는가. 자, 진영으로 돌아가자."

"아차!"

그 순간 방통은 대사가 이것으로 끝났다는 생각이 들어 정신이 아득해졌다.

2

방통은 체념하고 눈을 지그시 감았다. 모든 것을 내려놓고 어리석게 몸부림치지도 않은 채 사내에게 넌지시 물었다.

"넌 대체 누구냐? 조조 부하인가?"

"물론이다."

사내는 뒤에서 팔로 방통 몸을 옴짝달싹 못하게 옥죄어왔다.

"내 목소리도 잊었는가. 날 정말 몰라보겠는가?"

사내가 방통에게 거듭 물었다.

"뭐? 잊었느냐고?"

"서서를 기억 못 하는가?"

"뭐? 서서?"

"수경 선생 문하 서원직이다. 귀공과는 사마휘 문하로 석도 최주평, 제갈량 등과 예전에 가끔 만났었지 않나."

"아, 그 서서로구나."

방통은 그제야 놀라서 서서가 자기 몸에 두른 양팔을 풀어도 망연히 그대로 서서 상대 모습을 바라볼 뿐이다.

"서서, 공이라면 내 의중을 꿰뚫어보았겠지. 내 계략을 어여삐 여겨주게. 만일 지금 귀공이 발설한다면 내 목숨뿐 아니라 오나라 국민 81개 주 백성이 위군이 내딛는 말발굽에 유린당하게 될 터. 수많은 오나라 백성을 생각해 눈감아주게나."

방통은 서서에게 애원했다.

"그건 그쪽 입장 아닌가. 여기서 공을 눈감아준다면 오나라 백성은 구할 수 있을지 모르지만 83만이나 되는 아군은 불타 죽을 터. 전멸할 건 뻔하고. 이 또한 가련한 일이지 않나."

"으흠…. 여기서 서 공에게 발견된 것도 천운. 서 공 생각대로 하게나. 애초에 목숨을 버릴 각오로 예까지 왔으니, 죽이든 조조에게 끌고 가든 마음대로 하게."

"역시 방통 선생답소."

서서는 평소의 호방한 표정과 태도로 돌아왔다.

"걱정하지 말게나. 예전에 신야에서 유 황숙과 주종의 연을 맺어 그때 입은 은혜를 지금도 잊지 못하고, 비록 몸은 조조 진영에 있어도 아침저녁으로 유 황숙을 가슴에 새기네. 단지 노모가 조조에게 붙잡혀 어쩔 수 없이 휘하에 몸을 담았지만, 지금은 그 노모도 돌아가셨지. 헤어질 때 조조를 섬기더라도 평생 다른 사람을 위해서는 결코 계책을 세우지 않겠다고 굳게 약속했네. 해서 얼마 전부터 조조 허락을 받아 진영에 머물면서 몰래 왕래하는 오나라 사람들을 지켜보고는 혼자 마음속으로 짐작하였지만, 아무에게도 계략 속에 계략이 있다는 걸 말하지 않았으이."

서서는 본심을 말해 놀란 방통을 위로하고는 자신이 처한 곤란한 상황을 의논했다.

"이 시간 이후로 아무것도 모르는 얼굴을 하겠지만, 귀공이 오나라로 돌아가 연환계와 화공으로 동시에 공격해 온다면 위나라 진영에 있는 나도 불타 죽을 것이네. 내가 미연에 몸을 피할 방법은 없겠는가?"

"옳거니! 그 문제라면 쉽게 해결할 수 있지."

방통은 서서 귓가로 입을 가져가 뭔가를 속닥였다.

"과연 명안이다!"

서서는 손뼉을 딱딱 쳤다. 그런 후 방통은 배에 가벼운 마음으로 올랐다. 두 사람은 아무도 모르게 강과 뭍으로 갈라졌다.

때마침 조조 진영에서 누가 먼저라 할 것도 없이 이런 풍문이 나돌았다.

"서량(西凉)의 마초가 한수와 함께 반기를 들어 대군을 일으켰다. 도읍이 비어 있는 틈을 노려 지금 허도로 향해 진격한다."

그럴싸한 풍문은 오랜 원정길에 오른 사람들에게 크나큰 충격을 안겨주었다.

월오부(月烏賦)

1

허도를 떠나 수천 리를 왔다. 조조는 비어 있는 도읍을 떠올리면 항상 마음이 불안했다. 서량의 마초와 한수 패거리가 도읍이 비어 있는 틈을 타 봉기했다는 소식을 들었을 때, 조조는 곧바로 군신들 앞에 나갔다.

"누가 나를 대신해 허도로 돌아가 도부를 지켜줄 사람이 없는가. 아직은 풍문에 지나지 않고 사실 여부도 확인할 길이 없지만 만에 하나 사실이라면 큰일. 바로 가볼 사람이 없는가?"

"제가 가보겠습니다."

자진해서 그 역할을 청하고 나선 건 서서다. 다른 장수들은 오나라와 벌이는 대전을 앞두고 도읍으로 돌아가는 걸 부끄러이 여기는 눈치로 입을 다물었다.

조조는 기분 좋게 고개를 끄덕였다.

"서서인가. 좋다, 그대가 가라."

조조는 신속히 명령을 내렸다.

"명 받들겠습니다. 비록 부족하지만 반군이 아무리 기세등등하여도 쳐부수어 막아낸 다음 요해를 지키고 위급한 사항이 있으면 즉시 보고하겠습니다."

서서는 듬직하게 이야기하고 즉각 3000여 정병을 이끌고 도읍으로 향했다.

"서서가 가준다면 일단 걱정은 덜었다."

조조는 안심하고 오나라를 무찌를 계획을 더욱 재촉했다.

때는 건안 13년 11월이다. 바람이 잦아들고 물결이 잔잔한 어느 날 밤, 조조는 육지에 쳐놓은 진지를 한번 둘러본 후 기함으로 향했다. 조조는 대선 뱃머리에 '수(帥)'라는 글자가 쓰인 깃발을 세우고 노궁 1000장과 황금빛 도끼, 은빛 창을 뱃전에 늘여 세운 후 장대에 앉아서 대장들을 갑판으로 불러 모아 성대하게 연회를 열었다.

장강 수면에는 명주실을 자아낸 듯 아스라한 달빛이 비쳤다. 멀리 남쪽으로는 오나라 시상산(柴桑山)에서 번산(樊山)을 바라보고 북쪽으로는 오림(烏林) 봉우리, 서쪽으로는 하구 강나루까지가 술잔 속에 있는 듯한 기분이다.

"남아의 위업, 즐겁지 아니한가. 눈동자에는 사방 끝없는 풍광을 담고 가슴에는 천공에 뜬 달그림자를 품는다. 고개 숙여 술잔을 들면 찰랑찰랑 술잔이 차오르고 일어나 검을 뽑아 들면 바로 오나라 사명을 제압하지 않는가. 오나라는 강남에서 부유하고 풍요한 땅이다. 오나라를 내 손안에 넣는다면 반드시 오늘 나와 함께 전력을 다한 제장에게도 오랫동안 부귀를 누리게 해주겠다. 그러니 선전하라. 기회를 놓치고 후회하지 말라."

조조는 술잔을 기울이며 장수들을 격려하고 기세를 한껏 북돋았다. 장수들도 하나같이 기분 좋게 대답했다.

"우리가 오랫동안 단련해온 것도, 주군께서 베푸신 은택을 누려온 것도 오늘날 부끄럽지 않기 위해서입니다. 어찌 임무를 소홀히 하겠습니까?"

장수들은 무인다운 기세를 드높이며 잔을 채우고 비웠다. 조조는 취기가 돌자 오랫동안 잠재웠던 감정과 열정을 눈동자 속에서 불태웠다.

"저쪽을 봐라."

조조는 손을 들어 오나라 쪽 강과 하늘을 가리켰다.

"주유도 노숙도 가련하기 짝이 없다. 하늘이 주는 때를 모르고 자신이 처한 운이 다한 것도 모른다. 오군 진중에는 은밀히 나와 내통하는 자가 있다. 오군은 내정에 이미 병을 지닌 셈이다. 어찌 우리 대군이 가하는 일격을 피할 수 있겠는가."

조조가 한층 격해져서 덧붙였다.

"이는 하늘이 나를 돕는다는 증거다."

물론 사기를 고무하고 격려하려고 한 말이다. 하지만 곁에 있던 순유는 술기운이 가시는 듯했다.

"승상, 그런 말씀은 삼가는 게 좋을 듯합니다만…."

순유는 조조의 소맷자락을 살짝 잡아당기며 충고했다. 조조는 어깨를 들썩이며 껄껄 웃었다.

"이 배 안에 있는 자들은 고굉지신들이다. 배 바깥은 도도한 강이니 어디에 엿듣는 자가 있겠는가."

조조는 들은 척도 하지 않았다.

2

조조가 취한 흥은 쉽사리 식을 줄 몰랐다. 다정다감한 성격이 한번 동하니 그칠 줄을 몰랐다. 이번에는 상류 하구를 바라보며 연설했다.

"오나라를 치고 난 후에는 정리해야만 하는 녀석들이 있다. 현덕과 공명 쥐새끼들이다. 아니, 이 대륙과 강에 의지해 살아가는 자로 녀석들의 존재는 쥐새끼라기보다 송사리 같은 존재다. 하물며 이 조조 상대로 봤을 때는 더더욱 그렇다."

조조는 시원스레 술을 털어 넣은 다음 술잔을 내려놓고는 그대로 잠시간 입을 다물었다.

교교한 달도 기울고 밤기운은 한층 차가워졌다. 기개는 아직 청년이지만 몸에 사무치는 한기나 기침은 조조도 이제 중년이라는 사실을 되새겨주었다. 조조는 문득 목소리를 낮추어 절절히 중얼거렸다.

"나도 올해로 쉰넷이다. 연중전진, 연중제패! 그사이에 위나라도 어느새 방대해졌지만 내 나이도 어느새 쉰넷이 되었다. 머리에도 서리가 내리는 나이다. 이런 말 한다고 흉보지 마라. 오나라를 제패하고 나면 소망이 하나 있다. 예전에 나와 친분이 있던 교 공의 두 딸을 만나는 일이다."

조조가 다른 사람들 앞에서 이런 이야기를 술회하는 일은 극히 드물었다. 오늘 밤 조조는 어딘지 이상했다. 흥에 취해 마음도 풀어지고, 감상에 젖어 시정과 함께 안개 같은 술기운에 둘러싸여 방심한 사이에 튀어나온 말인 듯했다.

교가의 두 여인이라면 오나라에서는 유명한 미인이다. 조조는 예전에 때가 되면 강북으로 맞아들이겠다고 두 여인의 아버지에게 말한 적이 있었다. 그 후 오나라 손책, 주유가 두 여인을 부인으로 맞아들였다는 소식이 들렸지만, 조조는 아직도 미련을 버리지 못했다. 오나라를 평정하는 날, 장수에 있는 전루 동작대로 두 여인을 맞이하여 화조풍월(花鳥風月, 꽃과 새는 풍월風月과 함께 자연 정취를 대표한다는 뜻에서 아취雅趣 또는 풍류를 비유하는 말 – 옮긴이)을 즐기며 영웅적인 생애를 편안하게 마무리하고 싶다는 소망을 마음속에 품은 것이리라.

"승상은 아직 청년이시오."

장수들은 조조가 하는 이야기를 듣고 저마다 한마디씩 하여 한동안 웃음이 그치지 않았다.

"한잔 받으십시오."

일동은 조조의 장수와 건강을 기원했다.

그때 돛대 위를 까마귀 홀로 달을 스치듯이 날아갔다. 조조는 좌우 사람에게 물었다.

"지금 까마귀가 남쪽으로 날아가면서 우는 소리를 들었다만 한밤중에 어쩐 일인가?"

한 신하가 재빨리 대답했다.

"달이 환해 날이 밝았다고 착각해 우는 것이겠지요."

"그런 건가."

조조는 더는 생각지 않았다. 서서히 몸을 일으켜 뱃머리에서서 강물에 술 석 잔을 붓고는 물의 신에게 기원하며 검을 어루만지면서 대장들에게 말했다.

"나는 이 검 하나를 차고 젊은 시절 황건 무리를 쳐부수고 여포를 죽였으며 원술을 쓰러뜨렸다. 또 원소를 평정하고 북방 땅 먼 곳까지 군마를 이끌고 들어가 요동을 정벌하였다. 지금 천하를 종횡하여 여기 강남에 위치한 강대한 오나라를 단번에 무찌르려고 임하니 감개무량하다. 아, 대장부가 품은 뜻이여. 환희에 찬 눈물이 온몸을 적시누나. 오늘 밤 절경을 눈앞에 두니 회고의 정과 망오(望吳)에 대한 감정을 억누르기 어렵구나. 시를 한 수 읊을 테니 화답하라."

조조는 그 자리에서 부를 지어 읊었다. 장수들도 화답하여 노래했다. 조조가 읊은 시구 중에서 이런 대목이 있었다.

> 달은 밝고 별은 드문데
> 까막까치 남으로 날아가누나
> 나무를 빙빙 돌기 세 번
> 의지할 가지 하나 없어라

다 읊고 나니 양주 자사 유복(劉馥)이 시구가 불길하다는 말을 했다. 흥이 깨진 조조가 격노하여 그 자리에서 검을 빼 유복을 처단하였다. 술이 깨고 나서 자신이 한 짓을 안 조조는 침통한 표정이었지만 후회해도 소용없으니 아들 유희(劉熙)를 불러 시신을 전하며 고향에서 극진히 장사 지내게 조치했다.

쇠사슬 진

1

며칠 뒤, 수군 총대장 모개와 우금 두 사람이 조조에게 찾아와 정중하게 고했다.

"만에 정박한 병선은 50~60척씩 쇠사슬로 연결해 명령대로 연환 배열을 이루니 언제 전쟁이 시작된다 해도 임할 수 있도록 만반의 준비를 갖추었습니다."

"알았다."

곧바로 조조는 기함에 올라타 수군을 열병하고 전선 배치를 지시했다.

"중앙 선대는 황기(黃旗)를 휘날리고 모개와 우금이 지휘한다. 앞줄 선단은 홍기(紅旗)를 돛대 꼭대기에 꽂아 서광을 대장으로 한다. 흑기(黑旗) 선열은 여건(呂虔)이 진을 맡는다. 왼쪽에는 청기(青旗)를 늘여 세워라. 이곳은 악진이 이끄는 선대가 맡는다. 반대로 오른쪽에는 백기(白旗)를 꽂아라. 장수는 하후연이 맡는다."

수륙 구원병에는 하후돈과 조홍 두 부대가 진을 치고 교통 수호군과 감전사에는 허저와 장료 등 중진 장수들이 맡았다. 그런 뒤 험한 바위가 큰 산을 이룬 듯한 모양으로 수상에 높은 곳까지 견고하게 진을 펼쳤다.

조조는 그 모습을 바라보며 마음이 벅차올랐다.

"오늘까지 나도 수많은 전쟁에 임했지만 이렇게 규모가 크고 차고 넘칠 정도로 정성을 들여 준비한 적은 없었다."

왕성한 아군의 기세를 느끼며 조조는 마음속으론 이미 오나라를 집어삼킨 듯했다.

"때가 왔다."

조조는 삼군에게 명했다.

이윽고 조조가 지휘하는 대함대는 오나라를 향해 출정했다. 북소리 3번을 신호로 수채 문이 일제히 열리면서 선열은 한 치의 흐트러짐 없이 장강 중류로 나아갔다. 그날 풍랑은 하늘로 물보라치고 물길은 거칠게 일렁였으나 연환으로 묶인 배와 배는 쇠사슬로 묶은 덕분에 흔들림이 적어 병사들 사기는 그 어느 때보다 드높았다.

조조는 기쁨을 감추지 않았다.

"음, 과연 방통이다."

풍랑은 잦아들 줄 몰라 모든 함대가 불과 수십 리 강을 흘러 내려가서 오림 만 입구에 정박했다. 그 부근 육지까지도 조조군이 세운 요새다. 여기까지 와보니 오나라 본영인 남쪽 기슭은 맑은 날이라면 눈앞에 보일 정도로 가까웠다.

"승상, 또 불길하다고 여기셔서 노여워하실지도 모르지만,

바람이 거세게 부는 걸 보니 마음에 걸리는 점이 있습니다."

정욱이 조조에게 조심스레 말을 꺼냈다.

"뭐가 불안한가?"

"쇠사슬로 이물과 고물을 서로 연결하여 이런 날에도 배의 흔들림이 적어 병사들은 뱃멀미도 하지 않아 좋습니다. 만일 적이 화공 계략을 쓴다면 큰 화를 입지 않겠습니까?"

"하하하. 심려치 말게나. 지금 때는 11월이다. 서북풍이 부는 계절이지 동남풍이 불 리가 있겠는가? 우리 진영은 북쪽 기슭에 있고 오나라는 남쪽에 있다. 만에 하나 적이 화공으로 공격한다면 스스로 불을 뒤집어쓰는 꼴이 아닌가. 오나라에 인물이 없다고는 하나 설마 그 정도로 기상이나 병법 이치에 어둡지는 않으리라."

"지당하신 말씀입니다."

장군들은 조조의 지려에 감복했다. 조조를 따르는 휘하 장수들은 대부분 청주, 기주, 서주, 연주 등에서 태어나 수전에 경험이 부족한 자들뿐이어서 연환계에 이의를 주장하는 사람은 드물었다.

하여 풍랑이 잦아들 때를 기다리는 동안에 예전 원소 군 대장으로 지금은 조조를 섬기는 연나라 사람 초촉(焦燭)과 장남(張南)이 나섰다.

"저희는 어렸을 때부터 물에는 익숙한 자들입니다. 배 20척을 내주신다면 서전(緖戰)에서 선진을 맡아 싸우겠습니다."

2

"그대들은 북국에서 나고 자란 자들이 아닌가? 배 20척으로 무엇을 할 작정인가? 아이들 장난 같은 짓을 해서 적군에게 조롱당할 뿐이리라."

조조는 호통을 칠 뿐 두 사람 청을 들어주지 않았다.

초촉과 장남은 큰 소리로 외쳤다.

"뜻밖의 말씀이십니다. 저희는 장강 부근에서 자라 배를 다루고 잠수하기를 평지와 다름없이 합니다. 만일 지고 돌아온다면 군법으로 엄히 다스려주십시오."

"기개는 가상히 여겨 칭찬하네만 서둘러 목숨을 가벼이 여기지 않아도 된다. 게다가 대선과 투함은 사슬로 엮여 있어 주가와 몽동 이외에는 자유로이 움직일 수 있는 배가 없다."

"대선과 투함을 얻고자 함은 아니었습니다. 몽충 5~6척에 주가 10여 척을 합해서 20척 정도만 있으면 됩니다."

"진심인가?"

"장남과 두 패로 나뉘어 적의 기슭에 돌입하여 오나라 기세를 누르고 이번 전쟁의 최전선에 서고 싶습니다."

초촉은 간절히 열망했다. 그렇게까지 말하니 조조도 청을 받아들였다.

"20척으로는 위험하다."

신중을 기해 따로 문빙에게 병선 30척을 내려달라 하여 병사 500명도 태웠다.

이쯤에서 당시 선함 종류나 장비를 대강 알아두는 것도 좋을 듯하다.

투함(鬪艦)은 선체가 가장 크고 견고하게 만든 배다. 이물과 고물에 석포를 갖추고 뱃전에는 철 울타리를 엮어놓았다. 누각에는 노궁을 줄지어놓고 나팔수와 고수가 서서 전원에게 지휘 신호를 내린다. 오늘날 전투함에 해당하는 배다.

대선(大船)은 병선형 배다. 오늘날 순양함(巡洋艦) 같은 역할을 한다. 병력과 군수 물자를 운반하는 일부터 전시에는 투함의 보조적인 전력을 발휘하기도 한다.

몽충(蒙衝)은 선체 전체를 질긴 소가죽으로 만든 빠른 속력을 내는 중형 배다. 항상 적의 대선대 사이를 달리며 기습전에도 사용한다. 병사 60~70명을 태울 수 있다.

주가(走舸)는 작은 투함으로 20명 정도를 태울 수 있다. 수상에 구름같이 몰려 대선 투함에 바싹 다가가 불을 던지거나, 적의 배에 직접 올라타거나 하는 방법으로 적을 공격한다.

이 외에도 배 형태나 크기가 다른 여러 종류가 있다. 뱃머리나 선루는 대개 짙은 색으로 칠하고 군 깃발이나 번쩍이는 칼과 창을 가득 실어서 물과 하늘에 비치는 장대하고 화려한 모습은 감탄을 자아낼 정도다.

한편, 오나라 진영에서도 결전 준비는 게을리하지 않았다. 연이어 도착하는 경비선에서 정보가 속속 들어왔다. 또 부근에 있는 산 위에서는 척후병이 밤낮으로 티끌 하나라도 놓치지 않는다는 기세로 장강을 지켜보았다.

지금, 그곳에서 감시하던 부장과 병사 한 부대가 돌연 소리를 질렀다.

"왔다!"

"적의 배가 보인다!"

큰 소리를 지르자마자 서둘러 달려 내려가 주 도독이 있는 본진을 향해 외쳤다.

"두 편으로 나뉜 적의 몽충과 주가가 물살을 타고 이쪽으로 습격해 옵니다. 적입니다, 적!"

동시에 산 위에서는 척후가 올린 봉화가 전군에 급보를 알렸다.

"왔다!"

주유도 급히 진영 문에 모습을 드러내고 웅성거리는 장수들을 향해 소리쳤다.

"소란 피울 것 없다. 고작 작은 배 몇 척일 뿐. 누가 나가서 적을 무찔러 서전에서 승리를 축하할 만한 공을 세울 건가?"

한당과 주태 두 사람이 맨 먼저 나섰다.

"분부받잡겠습니다."

바로 강기슭에서 혁선(革船) 10여 척을 풀어 좌우에서 북을 울리며 적선으로 향했다.

3

주유는 진영 뒤에 있는 산으로 올라갔다. 망전대에서 아래를 내려다봤다. 장강에서는 이미 흰 물보라를 일으키며 피바람 부는 접전이 펼쳐졌다. 쾌속선 30~40척이 서로 뒤엉켜 화살을 마구 쏘아댔다. 초촉과 장남은 다짜고짜 기슭을 향해서 돌진을 시도하였다.

"맨 먼저 육지를 밟은 자는 조 승상에게 고해 군공장(軍功帳)에 가장 먼저 이름을 올릴 터. 겁먹지 마라."

두 사람은 장병들을 향해 목이 쉬도록 분전하길 격려했다.

오나라 대장 한당은 위군 선진을 막고 또 막으며 몸소 긴 창을 들고 뱃머리에 모습을 드러냈다.

"덤벼라! 내가 상대해주마."

한당은 적선 옆으로 배를 거세게 몰아 돌진했다. 초촉이 모를 휘두르며 나서 두 사람은 10여 합 싸웠지만, 풍랑이 격해 배와 배가 서로 뒤엉켜 좀처럼 승부가 나지 않았다.

그때 오나라 주태가 배를 몰고 옆으로 다가왔다.

"한당, 언제까지 그까짓 적에게 시간을 허비할 텐가?"

주태는 손에 들고 있던 창을 힘껏 내던졌다. 주태가 던진 창은 초촉 몸을 정확하게 관통했고 초촉은 강물 속으로 그냥 고꾸라졌다. 부장 장남은 그 모습을 지켜보고는 주태가 탄 배로 다가가면서 노궁을 겨누어 화살을 쏘아댔다.

주태는 뱃전 그늘에 몸을 납작하게 숨긴 채 화살이 날아오는 정면으로 슬금슬금 기어가 적선으로 다가갔다. 배와 배 사이에 물보라가 오른 순간 주태는 외마디 기합 소리를 내며 적선으로 뛰어들어 장남을 단칼에 베고 배를 앗았다.

하여 수상에서 펼쳐진 서전은 위나라 완패로 끝났고 수장 두 사람은 전사하고 말았다. 그러자 조조 군 병사들이 탄 배는 뿔뿔이 흩어져 풍랑과 파도 속으로 꽁무니를 뺐다.

"아군이 이룬 대승리다. 수상에서 벌이는 전쟁은 역시 우리 오나라에게 유리하리라."

망전대가 있는 언덕에 서서 이 장면을 지켜보던 주유는 몹시 기뻐했다. 하지만 상황은 언제든지 변할 수 있으리라. 이내 주유 얼굴은 다시 암담해져 온몸의 털이 거꾸로 서는 듯 불안한 기색을 띠었다.

패전 소식을 들은 조조가 투함과 몽동을 새카맣게 몰고 들어와 하늘과 물위를 뒤덮을 듯 오나라 기슭을 향해 밀고 들어올 기세다.

"아, 역시 위군이다. 훌륭한 대선진이다. 내가 수군을 지휘한 지 10여 년이 지났건만, 아직 저런 위용을 본 적이 없다. 어떻게 무찔러야 하는가…."

눈으로 보기만 했을 뿐인데도 주유는 이미 기가 꺾인 듯했다. 번뇌와 전율에 사로잡혀 어찌할 바를 몰랐다.

그때 돌연 강물이 일렁이고 바람이 거세어져 여기저기 물보라가 일었다. 그러더니 조조가 타고 있는 기함에 꽂혀 있던 '수' 자가 쓰인 깃대가 툭 부러져버렸다.

"이것은…."

강 위는 낭패한 듯 술렁이는 움직임이 눈에 선했다.

전쟁에 임한 첫날이다. 누구라도 꺼리는 불길한 징조다. 잠시 후 연환으로 이은 몽동은 일제히 돛을 바꾸고 노를 돌려 오림 만 입구로 돌아가는 게 아닌가.

"하늘이 도왔다. 하늘의 가호가 오군에 있다!"

주유는 손뼉을 치며 환호했다.

아뿔싸! 강 위를 덮친 소용돌이는 바로 하늘을 흐리게 하더니 남쪽 기슭 일대부터 산 위까지 굵은 빗방울을 후드득후드득 뿌리며 들이닥치기 시작했다.

"앗!"

주유가 내지른 짧은 절규에 주위에 있던 대장들이 깜짝 놀라 한달음에 달려왔다. 옆에 세워두었던 커다란 사령기 깃대가 광풍으로 부러지면서 주유 몸을 덮친 것이다.

"피를 토하셨다."

사람들은 화들짝 놀라서 주유 몸을 안아 올려 산 아래로 옮겼지만, 주유는 정신을 잃은 듯 도중에 신음조차 내지 않았다.

공명, 바람을 부르다

1

맞은 부위가 상당히 좋지 않은 듯했다. 주유는 진중에 있는 한 방에 누워 신음을 내며 괴로워할 뿐이다. 군의(軍醫)가 달려와 극진한 치료를 하는 한편 급사는 오나라 주군 손권에게 보고하러 한달음에 달려갔다.

"뜻밖의 사고로 도독이 중태에 빠졌다."

소식을 전해 들은 오나라 전군에 흐르는 사기는 땅으로 곤두박질쳤다.

노숙은 무척 걱정했다. 오나라와 위나라 사이에 벌어지는 결전은 이미 시작되었다. 노숙은 부리나케 공명이 머무는 배로 발걸음을 옮길 수밖에 없었다.

"선생, 들으셨소? 어찌하면 좋겠소?"

노숙은 공명에게 좋은 방책을 상담했다. 공명은 고심하지도 않고 오히려 노숙에게 반문했다.

"귀공은 이번 사고를 어찌 생각하시오?"

"어떻게 생각할 것도 없잖소. 뜻밖에 일어난 사고는 조조에게는 복이 될 것이고 오나라에는 치명적이 화가 되겠지요."

"치명적? 그리 비관할 일은 아니오. 주 도독이 앓는 병을 바로 낫게 하면 되는 일 아니오?"

"그리 빨리 쾌차하신다면 오나라로서도 다행이겠지만…."

"함께 병문안을 가봅시다."

공명이 먼저 일어섰다. 배에서 내려 두 사람은 주유가 머무는 진영 안쪽 깊은 곳에 있는 병상을 방문했다. 병실에 들어가 보니 주유는 이불을 덮고 몸져누워 신음하는 중이다. 공명은 베개맡으로 가서 작은 소리로 위로했다.

"몸은 좀 어떠시오?"

그러자 주유는 눈을 뜨고 갈라진 목소리로 겨우 대답했다.

"오오, 선생…."

"도독, 기운을 차리셔야지요."

"몸을 움직이면 머리가 어질어질 현기증이 나고 약을 먹으면 구토가 나니…."

"도독, 불안하시오? 내가 보기에는 몸에는 아무런 이상이 없어 보이는데…."

"불안이라…. 불안한 건 없소."

"그렇다면 바로 일어날 수 있소. 일어나 보시오."

"베개에서 머리를 들면 현기증이 나오."

"마음의 병이오. 다 마음먹기에 달린 것. 천체를 보시오. 매일 구름이 꼈다가 날씨가 개고, 아침저녁으로 예측할 수 없는 바람과 구름이 반복되지 않소? 바람이 거칠어져도 천체 자체가 병을 앓는 건 아니오. 잠시 스쳐 가는 현상일 뿐. 기운을 맑게 하면 곧바로 진짜 모습을 드러낸다오."

"으흠…."

주유는 신음하면서 옷깃을 입에 물고 눈을 치떴다.

공명은 부러 웃음을 터뜨렸다.

"마음이 평안하고 기가 원활하게 돌면 자연히 병의 기운은 몸을 떠날 거요. 병의 근원을 없애고 싶다면 약을 쓰는 방법도 있소."

"잘 듣는 약이라도 있소?"

"있소. 한 모금 마시면 바로 기가 원활해져 쾌차하실 거요."

주유는 벌떡 일어났다.

"선생, 주유를 위해 아니, 오나라를 위해 이 병을 씻어낼 수 있는 처방을 내려주오."

"분부대로 하겠소. 비방을 다른 사람에게 흘리면 효과가 없소. 좌우 사람들을 물려주시지요."

곧바로 신하들을 물리고 방에는 주유, 공명, 노숙만 남았다. 그러자 공명이 붓을 들고는 종이에 써 내려가기 시작했다.

> 조조를 치려면 화공을 써야 하오
> 모든 게 갖추어졌으나 동풍만이 부족하오

공명은 다 쓴 글을 주유에게 보였다.

"도독, 이것이 도독이 앓는 병의 근원이오?"

주유는 아연실색한 듯 공명 얼굴을 빤히 바라보았지만 이내 빙긋 웃었다.

"그대의 신통한 통찰력에는 당해낼 방도가 없구려. 아아, 선생에게는 아무것도 감출 수가 없소이다."

2

지금은 북동풍이 부는 계절이다. 북쪽 기슭에 위치한 위군에게 화공계를 쓴다면 오히려 아군이 있는 남쪽 기슭으로 불이 번져 배와 진영까지 불태울 우려가 있다. 공명은 주유가 가슴 속에 품은 우려와 번민의 원인이 화공계에 있다는 점을 지적했다. 주유가 그 비책을 공명에게 아직 털어놓지도 않았을 때였으므로 몹시 놀랐으나 이런 통찰력을 가진 자에게 애써 숨겨봤자 아무 이득이 없다는 것을 이내 깨달았다.

"사태는 긴박한데 날씨는 뜻대로 되지 않으니 대체 어찌해야 좋겠소?"

주유는 공명에게 가르침을 구했다.

"젊었을 때 기인을 만나 팔문둔갑(八門遁甲, 음양이나 점술에 능한 사람이 귀신을 부리는 술법 – 옮긴이)의 《천서》(天書, 신선술에 관한 최고 경전 '육갑천서六甲天書'를 이르는 말 – 옮긴이)를 전수 받은 적이 있소. 그 책에는 풍백우사(風伯雨師)를 비는 비법이 쓰여 있었소. 지금 동남풍이 불기를 원하신다면 제가 필생의 심혈을 기울여 《천서》에 있는 대로 바람을 기원해보겠소."

말은 이렇게 했지만 공명에게는 다른 자신감도 있었다. 해마다 11월이 되면 조류와 남국 기온 영향으로 하루나 이틀 정도 계절을 잊은 동남풍이 불어와 겨울이라는 사실을 잊을 때가 있다. 그 기상 변화를 오늘날에는 무역풍이라 부른다.

올해는 아직 무역풍이 불지 않았다. 공명은 오랫동안 융중에 살았으므로 해마다 소상하게 기상 변화에 주의를 기울였다. 한 해라도 무역풍이 불지 않았던 해는 없었다. 해서 아무래도 올해도 조만간 무역풍이 불 거라는 확신이 있었다.

"11월 20일은 갑자에 해당하는 날이오. 그날을 기일로 삼아 제사를 지내면 사흘 낮 사흘 밤 안으로 동남풍이 불어올 거요. 남병산(南屛山) 위에 칠성단(七星壇)을 쌓아주시오. 제가 마음을 다해 기원해 반드시 하늘에서 바람을 빌리겠소."

주유는 병이 든 것도 잊은 채 곧바로 진중으로 나가 지시를 내렸다. 노숙과 공명도 말을 몰고 남병산으로 가서 지형을 살피고 공사를 감독하였다.

병사 500명은 제단을 정성스레 쌓고 제관 120명은 옛날 방식 그대로 제사 준비에 하나하나 공들였다. 동남쪽으로는 방원(方圓) 24장(丈)이 되도록 붉은 흙을 쌓고 높이 3척이 되는 단을 삼중으로 둘러쳤다. 밑단에는 청기 28수를 세우고 중간 단에는 64면짜리 황색 깃발에 64괘 표식을 쓰고 윗단에는 머리를 묶어 관을 쓴 다음 몸에는 깁옷을 두르고 봉의박대(鳳衣博帶), 주리방군(朱履方裙)으로 치장한 병사 넷을 세웠다. 왼쪽에 있는 사람은 닭 깃털을 끼운 긴 깃대를 들고 바람을 부르고 오른쪽에 있는 사람은 칠성 깃대를 들고, 나머지 두 사람은 보검과 향로를 받들고 서 있었다.

제단 아래에는 정기(旌旗), 보개(寶蓋), 대극(大戟), 장창(長槍), 백모(白旄), 황월(黃鉞), 주번(朱旛)을 든 병사 24명이 마(魔)가 깃들지 않도록 호위를 하는 등 누가 뭐라 해도 어마어마하게 큰 제사다.

이윽고 11월 20일이 희붐히 밝아왔다. 공명은 전날부터 목욕재계한 다음 몸에는 흰 도포를 입고 맨발로 단 위로 올라가 사흘 밤낮 이어질 기원에 들어가기 위해 홀로 섰다.

하지만 조금 앞서 노숙을 불렀다.

"노숙, 거기에 있소?"

"여기 있습니다."

단 바로 아래서 소리가 났다.

공명이 고개를 끄덕이며, "가까이 다가와보시오"라 말하곤 "지금부터 내가 기원하기 시작할 터인데 다행히 하늘이 공명의 마음을 애처로이 여겨 사흘 안에 바람을 불러일으킨다면, 때를 늦추지 말고 미리 세워뒀던 계획대로 적을 공격하라고 주 도독에게 알리시오. 때를 대비해 전군에 소홀함이 없도록 만반의 준비를 시키고"라며 노숙에게 다짐했다.

"알겠소."

노숙은 이 말만 남기고 곧장 말을 달려 남병산에서 내려갔다.

3

노숙이 돌아간 뒤 공명은 제단 아래에 있는 장수들에게 엄하게 훈계했다.

"내가 바람을 부르는 기원을 올리는 동안 각자 방위를 벗어나거나 잡담하는 행동은 금한다. 어떠한 기묘한 일이 벌어지더라도 놀라서 소동을 피워서도 안 된다. 무분별한 행동을 하는 자와 법에 반하는 자는 그 자리에서 목을 벨 것이다."

말을 마치고 공명은 발걸음을 돌려 천천히 남쪽으로 향했다.

향을 피우고 물을 부어 하늘에 제사를 지낸 지 이각(二刻)이 지났다. 입으로는 축문과 저주를 막는 주문을 세 차례 외웠다. 한참을 기도하니 신비한 기운이 주위를 가득 채우고 단 위와 아래에 사람 목소리 하나 들리지 않고 천지만상이 숙연해졌다.

저녁 별빛이 하얗게 하늘을 물들였다. 어느새 밤이 깊어갔다. 공명은 한 번 단을 내려와 유막 안에서 휴식을 취했고 제관을 호위하는 병사들도 쉬게 했다.

"교대로 식사를 하고 잠시 쉬게."

공명은 초경부터 다시 단으로 올라가 밤을 새워 제사를 지냈다. 밤이 깊어오니 한밤중이 뿜어내는 공기는 냉기만 더할 뿐 아무런 징조도 보이지 않았다.

한편, 노숙은 주유에게 공명이 했던 이야기를 전하며 만반의 준비를 재촉했고 오나라 군주 손권에게도 이 사실을 파발로 알렸다. 주유는 지금 당장에라도 공명의 기원에 징조가 나타나서 바라던 대로 동남풍이 불어오면 곧바로 총공격에 들어가려고 눈을 시뻘겋게 뜨고 대기했다.

또 그런 표면적인 움직임 뒤에는 황개가 예전부터 계획했던 대로 병선 20여 척을 준비하여 안에는 건초와 잡목 더미를 잔뜩 실었다. 그 배 맨 밑에는 유황과 초약(硝藥)을 깔아 감추고 청색 헝겊으로 겉을 감쪽같이 덮은 다음 수전에 능한 정병 300명을 각 배에 나누어 태웠다.

"대도독 명령이 떨어지는 즉시 행동을 개시한다."

병사들은 명령이 떨어지기만을 노심초사 기다렸다.

물론 이 선단은 처음부터 비밀리에 진행한 계획이었으므로 그 무렵 감녕과 감택은 황개가 내린 밀명으로 적의 첩자 채화, 채중을 교묘히 붙잡아두고 일부러 술을 대접하며 느긋하게 시간을 보내면서 아무렇지 않게 행동했다.

'어떻게 하면 이곳을 벗어나 조조 진영으로 무사히 갈 수 있을까.'

채화와 채중은 항복하는 방법만 궁리했다.

다음 날도 해가 일찍 져서 저물녘에 흘러가는 겨울 구름은 장강을 아름답게 물들였다.

그때 오나라 주군 손권이 전령을 보내왔다.

'오후(吳候) 휘하 본진은 이미 이물과 고물을 나란히 하고 장강을 거슬러 올라오는 도중이다. 전선과는 80리 정도 떨어진 곳에 와 있다.'

오나라 본진도 최전선 선봉도 중진도 지금은 주유 대도독의 지시만 기다릴 뿐이다. 자연히 진영 대장과 병사들도 주먹을 움켜쥐고 마른침을 꿀꺽 삼키며 온몸의 털을 곤두세우고 초조하게 기다렸다.

밤은 깊어질수록 평온해졌다. 별빛은 맑았고 구름 한 점도 움직이지 않았다. 삼강에 흐르는 물은 잠이라도 자는 듯 물고기 비늘 같은 작은 물결만 일으켰다.

주유는 돌연 의심스러웠다.

"어찌 된 일이오? 기원에 대한 효험이 전혀 보이지 않으니…. 이번 일은 공명의 속임수가 아닐까? 그렇지 않다면 확신도 없이 큰소리치고 일을 시작해서 지금쯤 남병산 칠성단에서 오도 가도 못 하고 후회하지는 않을까?"

노숙이 곁에서 거들었다.

"아무렴 공명이 경솔한 행동을 하여 화를 자초할 리가 있겠습니까? 기다려보십시오."

"아무리 그래도 말이오, 노숙. 겨울이 끝나갈 무렵인데 동남풍이 불 리가 없잖소?"

그 말을 주유가 입 밖에 내고 나서 이각도 지나지 않았을 때다. 갑자기 하늘에 떠 있는 별빛이 달라지고 물이 일렁이며 구름이 모여들더니 이윽고 바람이 불기 시작했다. 그것도 동남풍 특유의 뜨뜻미지근한 바람이다!

4

"응? 바람이 부는 듯하다."

"바람이 분다!"

주유도 노숙도 부지불식간에 외치며 진영 문밖으로 뛰쳐나갔다. 주위를 돌아보니 늘어서 있는 각 진영 깃발도 서북쪽으로 휘날리는 게 아닌가.

"오오, 동남풍이다."

"동남풍!"

기다리던 바람이긴 했지만 한편으로 둘 다 아연실색했다.

갑자기 주유는 몸을 벌벌 떨었다.

"공명은 대체 사람인가 신인가? 어떻게 천지조화의 변화를 휘어잡고 귀신도 예측 못 할 조화를 부리는가. 이런 자를 살려 둔다면 반드시 나라를 해치고 백성에게 화를 불러일으키리라. 황건적 난이나 여러 지방에서 부흥한 사교(邪敎)가 끼친 해를 비춰보면 확실하다. 지금 당장 죽이지 않으면…."

주유는 급히 정봉, 서성을 불러 수륙 병사 500명을 내주면서 남병산으로 파견했다.

노숙은 의아해하며 물었다.

"도독, 무슨 일로 사람을 보냈습니까?"

"나중에 말하겠소."

"설마 공명을 죽이려고 보낸 건 아니겠지요. 지금 같은 중요한 시기에…."

"…."

주유는 묵묵부답하면서 입을 꾹 다물어버렸다. 노숙은 그 얼굴을 보면서 다시 한번 생각했다.

'구제할 길이 없는 사람이다.'

노숙은 주유를 경멸하듯 노려보았다. 노숙의 타오르는 듯한 눈동자에도 뜨뜻미지근한 바람이 강하게 불어왔다.

육로, 수로 두 방향으로 나뉘어 남병산으로 내달린 500명 병사 중 정봉이 이끄는 병사 300명이 먼저 남병산으로 올랐다. 칠성단을 올려다보니 제구와 깃발 등을 든 병사는 방위 위치에 목상같이 늘어서 있었지만, 공명의 모습은 온데간데없었다.

"공명은 어딨는가?"

정봉은 큰 소리로 물었다.

늘어선 병사 중 하나가 대답했다.

"유막 안에서 쉬십니다."

서성이 지휘하는 선단도 도착해 함께 유막을 걷어보았다.

"아무도 없네."

"그렇다면?"

구름을 잡듯이 찾아 헤맸다. 어디선가 한 병사가 소리쳤다.

"도망쳤다!"

서성은 발을 동동 굴렀다.

"큰일이다. 아직 그리 멀리 가지 못했을 터. 뒤를 쫓아 공명 목을 베라!"

서성이 애를 태우며 명령했다.

정봉도 늦지 않으려고 채찍을 휘두르며 말 머리를 재촉했다. 산기슭까지 가서 해안가에 다다르니 사공이 눈에 띄었다. 이러한 사람이 지나가지 않았냐고 묻자 사공이 대답했다.

"머리를 풀고 흰 도포를 입은 사람이라면 여기서 작은 배를 타고 강으로 나가 거기에서 기다리던 배에 올라타고 안개같이 북쪽으로 사라졌습니다."

서성과 정봉은 적잖이 당황하였다.

"저 배다! 놓치지 마라."

두 사람은 서로 격려하면서 장강 기슭까지 말을 냅다 달렸다.

돛을 펼친 배 몇 척이 하얀 물살을 일으키며 상류로 쫓아갔다.

그러고 나서 얼마 지나지 않아 앞서가는 수상한 배 1척이 눈에 띄었다.

"기다려라! 거기 급히 도망가는 배를 탄 사람은 제갈 선생이 아닌가. 주 도독에게 중대한 전언을 받아 뒤를 쫓아왔소. 내 말을 들으시오…."

서성은 손을 들어 소리 질렀다.

그러자 흰옷을 입은 공명의 모습이 앞서가는 뱃고물에 홀연 나타났다. 그러고는 껄껄 웃는 게 아닌가.

"잘 왔소, 주 도독이 전하는 말은 듣지 않아도 아오. 동남풍도 불어오니 어서 돌아가서 적을 공격하라 전해주게. 나는 이제 하구로 돌아가네. 훗날 연이 있으면 다시 만나리라."

공명이 말을 마치자마자 흰옷은 갑판 밑으로 사라지고 물보라는 배와 돛을 감싸 안은 채 점점 멀어져 갔다.

봄을 부르는 남풍

1

“놓쳐서는 안 된다!”

서성은 사공과 돛대지기를 재촉했다.

“뒤쫓아라. 공명이 탄 배를 보내지 마라!”

서성은 뱃전을 두드리며 병사들을 격려했다.

앞서 배를 재촉하던 공명은 다시 뒤에서 쫓아오는 오나라 배를 보았다. 공명은 웃었고, 공명과 배 안에서 마주 보던 대장이 천천히 일어났다.

“집요한 녀석들이군. 겁을 한번 줘볼까.”

그 대장은 몸을 드러내어 뱃전에 서서 서성이 탄 배를 향해 소리쳤다.

“눈이 있으면 보고, 귀가 있으면 들어라. 나는 상산의 조자룡이다. 유 황숙의 명령을 받고 강변에 배를 대고 기다려 우리 군사를 맞이하여 하구로 돌아가는 길이다. 너희 오나라 무장이 무슨 이유로 저지하는가. 무턱대고 쫓아와서 우리 군사에게 무슨 짓을 하려느냐."

그러자 서성도 뱃전에 서서 맞섰다.

"제갈량에게 해가 되는 행동을 하려 하는 건 아니다. 주 도독의 뜻을 받들어 제갈 선생께 전할 말이 있다. 잠시 기다리라는데 왜 못 기다리는가."

"무시무시한 병사들을 태우고 해를 끼치려 하지 않는다 하니 어린아이 장난 같은 거짓말이다. 너희 눈에는 이것이 보이지 않느냐."

조자룡은 손에 들고 있던 활에 화살을 메겨 보였다.

"화살을 쏘아 너희를 죽이는 건 쉬운 일이나 우리 하구 세력과 오나라는 결코 조조 같은 적은 아니다. 그러니 양국 우호에 상처 입힐 우려가 있어 일부러 쏘지 않는 것이다. 쓸데없이 혀를 놀리며 쫓아오지 않는 편이 좋으리라."

조자룡이 말을 마치는 것과 동시에 활시위를 팽팽하게 잡아당겨 서성을 겨누어 쏘았다.

앗! 서성이 목을 움츠렸지만 서성을 노리고 쏜 화살은 아니다. 화살은 서성 머리 위를 지나쳐 뒤에 펼쳐진 돛을 꿰뚫었다. 큰 돛은 옆으로 쓰러져 물속으로 잠기더니 배는 강 위에서 빙빙 돌아 우왕좌왕하는 병사들을 태운 채 전복될 듯했다.

조운은 껄껄 웃고는 활을 내려놓고 아무 일도 없었다는 듯한 표정으로 다시 공명과 마주 앉아 이야기를 나누었다.

서성이 물에 잠긴 돛을 겨우 다시 펼치고 공명을 마저 쫓으려 했을 때는 공명이 탄 배는 이미 저 멀리 물보라를 일으키며 새같이 사라진 뒤였다.

"서성, 소용없네. 그만두게."

강기슭에서 큰 소리로 서성을 달래는 자가 있었다. 아군 정봉이다. 정봉은 말을 걸터타고 육지에서 강기슭을 따라 공명이 탄 배를 쫓아왔다가 지금 상황을 육지에서 지켜본 듯했다.

"공명이 가진 신기에는 도저히 우리가 상대할 수가 없네. 게다가 저 배에는 조자룡이 있지 않은가. 상산의 조자룡이라면 1만 명이 덤벼도 당해내지 못한다는 용장이네. 장판파 싸움 이래 조자룡의 용맹함은 소문이 자자하지. 이렇게 적은 숫자로는 쫓아간들 개죽음만 당할 뿐. 아무리 도독이 내리신 명령이라도 죽고 나면 무슨 소용 있겠나. 돌아가세. 어서 뱃머리를 돌리게."

정봉은 손짓으로 신호하고 말고삐를 돌려 터덜터덜 강기슭을 뒤로한 채 돌아갔다. 서성도 할 수 없이 뱃머리를 돌렸다. 그러고 나서 주유에게 소상하게 보고했다.

"또 공명에게 당했단 말인가…."

주유는 후회하며 노여워했다.

"이러니까 내가 공명을 경계한 것이다. 공명은 결코 오나라를 위해 오나라 진영에 왔던 게 아니다. 역시 무슨 수를 써서라도 죽였어야 했다. 공명이 살아 있는 동안에는 잠도 편히 자지 못하리라."

한때는 공명에게 감복한 주유였지만 이제는 감복의 정도가 지나쳐 오히려 공포로 변했다. 차라리 현덕을 먼저 쳐 공명을 죽이고 나서 조조와 싸우지 않겠느냐는 말까지 했다.

"작은 일에 얽매여 큰일을 그르치면 안 됩니다. 게다가 눈앞에 이미 모든 계책이 준비되어 있지 않습니까?"

노숙이 달래었다. 주유도 우둔한 사람은 아니었으므로 바로 마음을 돌렸다.

"그 말이 옳소!"

주유는 조조와 벌일 대결전에 임하기 위해 준비를 서두르기 시작했다.